2021年国家社科基金一般项目
"数字时代公共艺术生产研究"（21BZW074）
阶段性成果

近四十年来中国文学发展中的人文精神流变

孙婧/著

四川大学出版社
SICHUAN UNIVERSITY PRESS

项目策划：徐　凯
责任编辑：徐　凯
责任校对：毛张琳
封面设计：墨创文化
责任印制：王　炜

图书在版编目（CIP）数据

近四十年来中国文学发展中的人文精神流变 / 孙婧著. — 成都：四川大学出版社，2021.12
ISBN 978-7-5690-4092-0

Ⅰ．①近… Ⅱ．①孙… Ⅲ．①中国文学－当代文学－文学研究 Ⅳ．① I206.7

中国版本图书馆 CIP 数据核字（2021）第 001345 号

书　名	近四十年来中国文学发展中的人文精神流变
著　者	孙　婧
出　版	四川大学出版社
地　址	成都市一环路南一段 24 号（610065）
发　行	四川大学出版社
书　号	ISBN 978-7-5690-4092-0
印前制作	四川胜翔数码印务设计有限公司
印　刷	四川盛图彩色印刷有限公司
成品尺寸	170mm×240mm
印　张	13.75
字　数	226 千字
版　次	2021 年 12 月第 1 版
印　次	2021 年 12 月第 1 次印刷
定　价	68.00 元

◆ 版权所有 ◆ 侵权必究 ◆

- 读者邮购本书，请与本社发行科联系。
  电话：(028)85408408/(028)85401670/(028)86408023　邮政编码：610065
- 本社图书如有印装质量问题，请寄回出版社调换。
- 网址：http://press.scu.edu.cn

四川大学出版社
微信公众号

世界上只有一种人文精神,
那就是了解生命,
而且热爱生命的人。

——[法]罗曼·罗兰

目 录

导　论　文学与人文精神……………………………………………（ 1 ）

第一章　"文化大革命"的反思与人文精神话语的建构…………（ 15 ）
第一节　人道主义的出场…………………………………………（ 15 ）
第二节　人道主义对人的发现和拯救……………………………（ 20 ）
第三节　人道主义的边界与人文精神话语建构…………………（ 34 ）

第二章　政治批判下的人文精神话语镜像………………………（ 39 ）
第一节　政治论争烛照下的"人性"………………………………（ 39 ）
第二节　以"人性"为出发点的文学创作…………………………（ 43 ）
第三节　政治批判下"人性"的展现方式…………………………（ 54 ）

第三章　现代人本主义思想震荡下人文精神话语的转型………（ 65 ）
第一节　西方思潮的介入与"主体"的浮现………………………（ 65 ）
第二节　现代派文学创作中的"主体"……………………………（ 74 ）
第三节　"主体性"与人文精神话语定位的转变…………………（ 88 ）

第四章　日常生活书写中人文精神话语的延伸…………………（ 97 ）
第一节　生存意识与日常生活……………………………………（ 98 ）
第二节　新写实创作与生存意识的浮现…………………………（105）
第三节　生存意识对人文精神话语的消解与重构………………（122）

第五章　商业浪潮冲击下人文精神话语的考察……………………（131）
第一节　"人文精神大讨论"的发生…………………………（131）
第二节　知识分子自我叙写中的人文精神…………………（137）
第三节　女性文学的人文精神确认…………………………（149）
第四节　人文精神寻思对文艺理论建设的推进……………（165）

第六章　多元分化的文学转折与人文关怀的话语诉求…………（172）
第一节　人文关怀与新世纪文学的价值取向………………（172）
第二节　新世纪乡土叙事中的人文关怀……………………（184）
第三节　底层文学书写的人文关怀…………………………（187）
第四节　"文学是人学"命题的再认识与人文关怀…………（199）

结　语　作为"立场与方法"的后人文主义……………………（206）
参考文献………………………………………………………………（210）

导　论　文学与人文精神

"近四十年"不仅是一个自然的时间概念，也是中国文学发生变化的重要时段。新的文学思潮不断出现，人文精神与之一路同行。这不仅集中在文学内部，也表现在文学外部。在文学发展与人文精神彼此缠绕的进程中，对文学中人文主义传统的系统研究却较少。"近四十年来中国文学发展中的人文精神流变"基本上是中国文学思想史研究的一块空白。"理解任何历史都有必要将之放置在历史的过程中来阐释，否则就容易得出偏颇的结论。"① 本书带着"近四十年来中国文学发展中的人文精神如何流变""文学与人文精神具有何种关系""人文精神如何构成了文学文本内部的动态系统"的问题意识，考察近四十年来的文学发展，即"文化大革命"结束后，人文精神在文学中的复归至21世纪人文精神的多元、断裂。本书属文学思想史研究范畴，与文学史或文献史研究既有联系也有差异。基于此，为确保问题阐释的深入，故集中研究1976年至今的人文精神话语系统。本书探讨了中国近四十年来文学发展的部分思潮，但对历史的审视并不是面面俱到的，因此，本书是在大的人文精神话语脉络下所进行的有选择的历史考察，并不是完整意义上的文学史。

一、研究意义和价值

研究近四十年来中国文学的思潮状态及其人文精神特征对中国当代文学具有重要的意义。放眼近四十年来中国文学的发展，不难发现，在这段时期，文学运动的进程中总是蕴含着或隐或显的于低沉中深厚、于

---

① 陈晓明：《中国当代文学主潮》，北京：北京大学出版社，2013年版，第247页。

零散中坚韧的"人文精神"。而梳理漫长的文学史,不难发现,早在五四新文学运动中,周作人就提出"人的文学"的口号,使"人的文学"成为五四新文学运动的一个中心思想。其后经历鲁迅、王鲁彦倡导的乡土文学,到延安文学,再到"文化大革命"中人性和人道主义的被压抑,一系列的问题都与人文精神有关。尽管经历了"文化大革命"的冲击,但随着"文化大革命"的结束,人文精神在文学中得以复归。"近四十年来的文学发展"这个概念包含了1976年至今的文学。"人文精神"一直以某种价值取向潜藏在作家的心底、呈现在文学文本和批评理论里。"人文精神"构成了近四十年来中国文学发展中一个重要的内在脉络,它既非一种潮流,也非一个时过境迁的概念,而是一种力量和重要的文学元素。它伴随着近四十年来文学的精神转向和中国当代文学审美空间的巨大释放,也内在于近四十年来文学表现领域和疆界的转移、拓展。文学书写因此摆脱不了"人文精神"。"文学发展"和"人文精神"之间形成了一种复杂的关系。在此关系的背后存在着一整套潜文本,即与之相应的时代意识、文化文本的建构模式和主观性极强的"批评意志"。它通过文学理论批评界的热议以及标举人文精神大旗的文学思潮的助推,形成"人文精神"的主体位置。本书即意在无所遁形的话语网络下,探究"文学发展"与"人文精神"间的复杂关系,将"人文精神"作为审视历史的媒介,以这样的媒介去回顾和理解近四十年来文学发展的历史进程,在充满多种可能性的文学发展场域中讨论问题。因此,通过对近四十年来文学寻求自我品格的考察,挖掘文学书写背后隐含的人文精神话语空间,即"近四十年来的文学"如何以文学特有的方式内在地践行这种话语描写,并且深入探讨思潮涌动中的文学如何能够在这一特定历史时期成为一种强有力的话语批判,以从文学自身发展的角度把握"人文精神"在近四十年来成为一种社会批判的原因。

本书以"人文精神"为主线,阐发、回顾、梳理近四十年来中国文学发展的脉络,在人文精神的两条脉络里考察它的演变:一是自1976年至今的创作脉络,这意味着要去处理文学文本实践与人文精神理念的接续、再现、重构等问题,以及这些问题、这种文本间"影响的焦虑"在具体的文本内部的呈现;二是围绕文学文本的文学理论批评语境,研究理论批评如何体现、汇集和建构同时期文学的人文精神问题。长期以来，人文精神研究理论化程度的流向不明，只有对文学发展的不同阶段进行历史回顾，才能够展现文学发展中人文精神的变化。本书从不同时期文学发展的具体事实出发，探讨人文精神的历史流变问题。一方面，这有助于纠正人文精神研究中的断裂性倾向，即通过梳理人文精神与后人文主义话语体系的发生与建构、文学叙述的历史特征、人文精神理论的生成与运作，可以将过去被忽视的文学中人文主义传统的连续性因素重新纳入研究视野；另一方面，还可以克服长期以来脱离历史文化维度而孤立考察人文精神的局限，开辟一条理解人文精神的新路径。因此，本书对于其他当代文学思想研究亦有借鉴意义。

研究人文精神的学术成果较多，这也显示出人文精神在中国当代文学史和文化史上的重要地位。但将人文精神作为一种话语体系进行研究，目前还比较薄弱。因此，此研究有着比较重要的学术价值。阅读大量资料，不难发现，在20世纪关于文化的论争中，很多知识分子认为中国文化里面是没有人文精神的。人文精神作为一种话语被提出，被不断讨论，影响了文学的发展，影响了我们对文化与政治、文化与语境等问题的思考。在"人文精神失落"被提出多年之后，本研究用话语分析的方法研究人文精神，分析"人文精神话语不断失落"的言说方式，它为什么会被提出，表达了何种权力关系，发挥了何种功能。因此本研究可以填补当代学界对于人文精神话语研究的学术空白，并完善和丰富学界的话语问题研究，进而深化学界对近四十年来文学发展的把握。

本书的创新之处在于：

（一）学术思想的创新性

在目前国内有关人文精神的研究中，尚无对近四十年来文学的发展过程进行阐释反思的深度研究。就此而言，本书在一定程度上开拓了人文精神研究中的一个重要领域。本书还触及了许多当前理论界尚未深入的命题，如对女性文学经典文本中人文精神阐释方式的分析，对21世纪底层写作人文精神建构方式的分析，对"后人文主义"与人文精神阐释关联性的考察等。这些都是值得学界重视并深入考察的学术问题。

(二) 学术观点的创新性

本书以中国当代文学为研究对象,以话语分析的方式研究人文精神,把握人文精神的历史断裂性和连续性,展望其可能变化的方向。本书不仅对社会变迁中社会思想结构的变化进行了描述性考察,而且以后人文主义的视角考察了人文主义传统的整体方向和利弊,具有总体性、反思性、批判性的特质。

(三) 研究方法的创新性

文学思想史是文学与历史的结合,但过去的文学思想史研究基本局限于文学,缺乏史学理论的支撑。20世纪的文学研究与历史研究都经历了语言论转向和知识论转向的深刻变革,文学思想史研究也应该作出以下两个方面的转变:人文精神转向,即从关注文学史收录的文学思潮与事件、文学论争的模式与风格到关注文学史作为叙事文本的身份与视角;知识论转向,即从关注文学史知识的详略、评判的正误到关注文学史作为历史认知的性质与来源、变迁与成因。由此通过知识考古学和历史叙述学的考察并借鉴文化学、政治学的相关理论成果,以跨学科的多元方法推动人文精神研究的创新与拓展。

本书的一个重要目的就是要研究不同时期"人文精神"在文学文本和文学批评中的具体内涵和表现形态,分析人文精神话语功能的变化。

二、研究现状

1995年以后,学界开始进入对人文精神进行反思、评价与总结的阶段。整体来看,1995年以后的研究主要涉及以下几个方面。

(一)"人文精神"价值作为研究寻求的资源和切入口

1. "人文精神"内涵的应然判断

朱立元的《试论当代"人文精神"之内涵——关于"人文精神"讨论之我见》、陈思和的《就95"人文精神"论争致日本学者》、刘向军的《人文精神的三种含义及其现实意义》、袁伟时的《人文精神在中国:

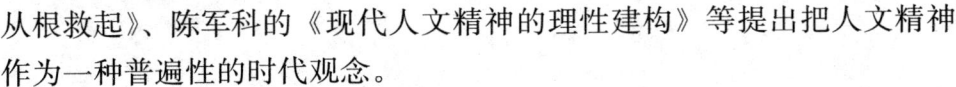

从根救起》、陈军科的《现代人文精神的理性建构》等提出把人文精神作为一种普遍性的时代观念。

2. "人文精神"的历史进路

朱维铮的《何谓"人文精神"?》、1996年"华文文学与中华人文精神国际学术研讨会"系列研究成果都考量了人文精神在历史发展中的吸引力,丰富了"人文精神"研究的思想资源。

(二)"人文精神"概念激发的重建想象

1. 作为建构前提的"人文精神失落"问题

李泽厚的《关于文化现状、道德重建的对话》、陈思和的《人文精神：是否可能与如何可能》、王晓明的《人文精神寻思录·编后记》、王蒙的《人文精神问题偶感》等文章为人文精神失落的路径提供了重建的概念框架。

2. 以建构作为寻找新的"人文精神"的支点

包心鉴的《社会转型时期人文精神的建构》,张汝伦的《文化世界：解构还是建构》,吴炫的《我们需要怎样的人文精神》,王蒙的《人文精神问题偶感》,杨岚、陈晏清的《社会哲学视野中的中国当代人文精神构建》等主张从中西理论资源中汲取重建的营养。

3. "重写文学史"

继20世纪80年代陈思和、王晓明"重写文学史"的倡导之后,文学界开始陆续对"重写文学史"进行回溯和反思。王晓明在《历史视野中的"重写文学史"》中认为"重写文学史"是应对"文化大革命"后严重的社会危机的文化战略。陈思和在《关于中国当代文学史的几个问题》一文中,提到了重写文学史是中国当代文学史的重要问题之一,在《知识分子精神与"重写文学史"》中再次对"重写文学史"的发生、"重写文学史"的知识资源、叙事策略等进行了历史性的理解。与此同时,曹顺庆的《重谈"重写中国文学史"》,马立新、贾振勇的《"重写文学史"的文学史学审视》,洪子诚的《中国当代的"文学经典"问题》,王一川的《20世纪中国文学史研究的重要收获》,王岳川的《重写文学史与新历史精神》等都对此问题进行了学理上的回应。

（三）对"人文精神"讨论的反思

马相武的《人文精神大讨论》，陶东风、金元浦的《人文精神与世俗化——关于90年代文化讨论的对话》，王晓明的《人文精神讨论十年祭——在上海交通大学的演讲》，贺来的《当前人文精神讨论存在的误区》，易瑛的《文化重建的艰难之旅——对20世纪90年代"人文精神"讨论的反思》，宋建林的《对"人文精神"讨论的反思》，李郁的《对峙与沟通——关于人文精神讨论的再思索》，李书磊的《"人文精神"的真实含义》等，明确运用"反思"的理论尝试，摆脱了"人文精神"面临的时代困境，重建了人文精神动态的理论话语地位。

（四）知识分子与人文精神的相互促进

1. 知识分子立场问题

如张晓琴的《近四十年中国作家的知识分子立场》。

2. 知识分子职能的转变

陈思和在《共名和无名：百年中国文学发展管窥》中指出知识分子的职能从时代性到个体性的转变过程，在《试论现代出版与知识分子的人文精神》中对知识分子实现自身价值的途径作了一番历史考察，认为出版乃知识分子安身立命之方式，知识分子的人文精神同出版事业密不可分。

3. 知识分子的公共性

上海社会科学院思想文化研究中心的陈占彪在《论知识分子的专业性与公共性》中指出，知识分子应具备公共性和专业性，知识的专业性与知识分子的公共关怀并行不悖，既可以兼而有之，也不应彼此妨碍。方亚琴在《"知识分子死亡了"吗——也谈当代中国知识分子的"公共性"》中指出，我国当代知识分子也同样出现了从公共领域退回到专业领域的现象。

4. 知识分子与公共空间

同济大学哲学系教授陈家琪在《知识分子与公共空间》一文中提及了此问题。关于人文精神的学位论文比较有代表性的有于云的《马克思主义文艺理论中国化与人文精神问题研究》、张娜的《人文精神的消隐与回归》。于文阐释和回答了"人文精神"大讨论和"日常生活审美化"这两次论争的问题,并没有形成系统的人文精神话语体系。张文试图通过对人文精神概念的分析、历史探寻和对比,为中国当前人文精神回归找寻方向。关于"人文精神话语"的单篇论文只有周成建的《极权·怀旧·自毁——人文精神话语张力的生成原因》,其以利奥塔的后现代主义阐释元话语的销蚀,从另外的层面看,它的意义和价值也是人文精神具有话语张力的原因。

总结这些成果,我们不难发现,在当前的基础理论研究中,对人文精神的研究大多数还停留在对人文精神概念、内涵的界定上。无论是分析人文精神的构成要素,还是阐发人文精神的内涵,都还只处于表层,缺乏一种全面、系统、深入的探究。从内容上看,大多数文章集中在人文精神的内涵上,尚未完全涵盖人文精神话语的丰富性和独特性;从方法上看,大多数文章在分析人文精神的模式时运用了比较对照的方法,如果运用福柯的知识谱系学,大概会有更深刻的论述。

现有研究未能从近四十年来中国文学发展的历史脉络角度把握人文精神的历史变迁,因此仍有进一步研究的空间。

从学术著作来看,截至2008年10月,中国大陆已出版的中国当代文学史著作多达72种。洪子诚的《中国当代文学史》,孟繁华、程光炜的《中国当代文学发展史》,陈晓明的《中国当代文学主潮》,陈思和主编的《中国当代文学史教程》等都是重要代表。《中国当代文学史教程》更是将民间概念引入文学史,在对民间概念重要内涵的描述上显示了一种人学意义上的理论姿态。陈思和主编的《新时期文学简史》意在从文学创作的审美层面把握新时期文学史的发展脉络。陶东风的《中国新时期文学30年(1978—2008)》,以从精英化到去精英化的视角扫描新时期文学30年。其余诸多关于新时期文学的著作均以新时期文学实场为主要论述对象,对新时期文学场域下的人文精神生成问题有所提及,但尚未形成人文精神研究专论。文学史中关于人文精神的历史分期缺乏细致严谨的梳理,国外学者在研究中国近四十年来文学发展时偶尔涉及人文精神问题分析,但多从宗教角度出发,并未对人文精神的演变展开专门讨论。

三、文学发展与人文精神

（一）文学发展中的人文精神问题溯源

"人文精神"问题可以追溯到"人道主义大讨论"。1978年《实践是检验真理的唯一标准》一文是人道主义问题讨论的发端。朱光潜的《文艺复兴至十九世纪西方资产阶级文学家艺术家有关人道主义、人性论的言论概述》、汝信的《青年黑格尔关于劳动和异化的思想——关于异化问题的探索之一》、胡乔木的《关于人道主义和异化问题》等文章，再一次证实了人文精神在人道主义讨论这个平台上的结构性存在。

20世纪80年代，"文学是人学"的观念开始复苏，文学走向了审美回归的道路。而复苏的最初时间可追溯至1977年年底。文艺界人士对"文艺黑线专政论"的讨论打破了"文化大革命"的文化霸权，重写了"文学是人学"的人文精神格局。"伤痕文学""反思文学"等反映人道主义和人性问题的文学作品开始出现。

钱谷融的《论"文学是人学"》、包忠文的《试论艺术规律和"人学"》、李劼的《文学是人学新论》、李泽厚的《关于主体性的补充说明》、刘再复的《论文学的主体性》等文章促成了"文学主体性"问题的提出，以"主体性"问题解释了人文精神的发展演变过程，使人文精神成为当时文学批评的重要理论问题。

1988年陈思和、王晓明提出"重写文学史"这一学术口号。

以上这些基本观点形成了反思人文精神话语书写的一些重要思路。

20世纪90年代，"人文精神大讨论"出现，1996年7月出版的由王晓明选编的《人文精神寻思录》共收录了26篇文章。陈思和、王晓明、张汝伦、朱学勤、王蒙、张承志、张炜等知识分子对人文精神问题的关注推动了人文精神概念的发展，讨论的影响力进一步扩大了人文精神的理论范畴，从文学、文化推进到政治等诸多方面。

（二）人文精神和人文精神话语的基本要素

人文精神是一个动态的历史的概念，在不同的时代体现为不同的历史内涵，这些内涵所串联的系统就构成了人文精神的话语结构。

为了更加具体地比较人文精神与人文精神话语的构成要素，首先需要在较为宽泛的意义上来理解这两个概念的"根源"。

在西方文化传统中，人文主义源自古拉丁文"humanitas"，英文中写作"humanism"。"humanism"除了译为人文主义外，还有"人道主义"和"人本主义"等翻译。其中以"人文主义"和"人道主义"最易混淆，有的时候两者可以互用，而在不同语境中两者又有着各自的含义。张椿年主张将"humanism"翻译为"人文主义"。他的表述更为明确，意指在文艺复兴时期，人文学者的推动提升了人文学派在文艺和教育领域的感召力，并确立了其在当中的地位，大力推动了古典文化研究，人文主义在人文学派中的辐射力和影响力逐渐产生。他赞同罗素用"humanism"表示历史，特指文艺复兴时期的人本主义，并将其限定在文艺复兴时期。而"humanitarianism"则指称道德，强化了人道主义话语的亲和力。而要透彻理解人文精神，还必须对人文主义、人道主义和人本主义的演变进行区分。对人文主义和人道主义进行区分，可以追溯到美国新人文主义倡导者白璧德。在《文学与美国的大学》一书中一篇题为《什么是人文主义》的文章里，白璧德对人文主义和人道主义进行了区分。人道主义者关注的是宏大叙事，是一种全面的探究，而人文主义者将个体的微观层面作为关注要素，提供了一种注重个体价值与个体完善的思路。

那么究竟如何区分人文主义和人道主义呢？王若水提出了人道主义范围定位的问题，即广义与狭义二元结构的划分。他将人道主义分为狭义和广义两种，狭义的人道主义来源于文艺复兴时期的思想主题，即人文主义，而广义的人道主义实际上是对文艺复兴的人文主义观念的整合性建设。在更为具体的研究中，研究者进一步发展了人的价值、人的尊严、人的发展或自由的观念，开始从人本身构建的角度讨论人道主义。相对于狭义的人道主义，以人的价值为代表的广义的人道主义指向的是全体社会成员。

在中国传统文化中，人文与性情本体论密切相关。《易经》"文明以止，人文也。关乎天文，以察时变，关乎人文，以化成天下"，人文指向中国的礼教文化。宋代理学家程颐说："天文，天之理也；人文，人之道也。天文，谓日月星辰之错列，寒暑阴阳之代变，观其运行，以察四时之速改也。人文，人理之伦序，观人文以教化天下，天下成其礼俗，乃圣人用贲之道也。"这里，"人文"与"天文"相对，意味着通过礼教使人文明化。因此，在中国传统文化中，性情成为中国文论的重要元素，也是传统人文主义言说立场的体现。它不仅呈现了文学和人文主义的同步进程，也形成了一种民族文化心理当中无意识表达欲望的文化形态。"利贞者，性情也"（《周易》）凸显了文化中的性情元素，孔颖达的疏指出了这种核心价值的表现形态。《诗大序》强调诗歌"吟咏情性"，这种人本性的情感是一个涉及审美的语言结构的大问题。说到性情与情性，《荀子·正名》曰："生之所以然者谓之性……不事而自然谓之性。性之好、恶、喜、怒、哀、乐谓之情。"荀子讲的是人的生命，赋予其社会化的含义。"性，生而然者也，在于身而不发；情，接于物而然者也。"（王充《论衡·本性》）人性的基础核心就在于此，拯救他人既是社会化行为，也是人性。"人之初，性本善"，儒家思想是从人性论的角度具体切入的，在肯定人性善的同时也构成了儒家人性论思想的核心观念。儒家思想的构成主要包含人性与性情两个方面，形成了一种民族文化的特有的规范，是传统的意识形态。儒家的"仁"从仁义、仁道两个基本要素出发，实现了对人的生存的人文主义关怀。墨子的"兼爱"理论是人文主义思想的重要体现，他试图以宽泛的人类之爱制止国与国之间的战争，兼爱与非攻要素的合一就构成了一种人文思想。关于情性本体，所有的文学文章都来自人的情性，孔子的"仁者乐山，智者乐水"、孟子的"学问之道无他，求其放心而已"都将问题指向了情性本体。

南朝梁刘勰认为，"义既极乎性情，辞亦匠于文理"[①]，性情就是指人的秉性气质。刘勰所提到的"文德"即"惟人参之"，是尊重和爱护个体的"仁道主义"传统。而此后的"文章者，盖性情之风标，神明之律吕也""诗缘情而绮靡"等恰恰保留了这种人文主义传统的精髓。

那么我们该如何来理解"人文精神"的定义呢？

学术界对人文精神的理解各不相同，大体有如下几种阐释：

---

① 范文澜：《文心雕龙注》（上），北京：人民文学出版社，2008年版，第21页。

陈思和指出，人文精神是知识分子对世界的自我表达。王彬彬称，人文精神是知识分子所具备的一种独立的"叙事"能力和"阶层的精神特征"。许纪霖则指出人文精神是一种新"道"，"在形而上的层次上为整个社会的文化整合提供意义系统和沟通规则"①，政治与学术不再是统治与被统治的关系，而是一种平等的、积极的、互动的关系。王一川重视"人文精神"的意义或价值提升的理性态度。一方面，自我实现需要关怀个体；另一方面，个体要与社会、自然一同进步，也必须具体而客观。"从具体文化过程中体现出来的追求人生意义的理性态度"就是"人文精神"。② 韩东屏将人文精神归结为两点：一是对人的关切，二是对人类精神价值的关切。袁进认为人文精神集中于哲学领域，并从人的价值和生存层面向整个人类命运的层面拓展。许苏民的研究直接引入人性这一核心主题，不在传统的人文精神的种种界定与陈述中绕圈子。

以上各位学者从不同视角对人文精神进行了界定，对人文精神的性质和内涵进行了不同层面的揭示和论述，有利于我们更好地理解人文精神。在不同的历史时期和不同的语境中，人文精神有着不同的内涵，但其又有着不变的内容，那就是对人本身的关注。如果要在这些界定中找寻一个最能代表普遍的价值追求的标准的话，人的价值和尊严无疑最为恰当。我们认为，人文精神是人文主义或人道主义的基本内核和价值依托，它应该包含三个方面的内容：第一，现实生活是人存在的基础；第二，个体的精神生活和价值与其现实物质生活发展程度是相应的，需要被重视和反思；第三，个体与社会的关系需要被衡量和关注。

需要警醒的是，"人文精神"与"人文精神话语"并不能简单地等同，两者存在明显差异（尽管两者在其内部仍各有不同的争论，但总体上的区别不容忽视），那我们又该如何理解人文精神话语呢？

首先必须指出，在16世纪，话语是西方学者有关言谈与交谈的语言学理论，指涉语言学理论中的形式价值。后来，话语逐渐转化为形式化的叙述或言语行动路径。18世纪，话语采取和论说、布道相同的方式成为一个专门的术语，和散文、哲学论著难以区别的样态增加了话语

---

① 许纪霖、陈思和、蔡翔、郜元宝：《道统学统与政统》，1994年第5期。
② 王一川：《从启蒙到沟通——90年代审美文化与人文精神转化论纲》，载于《文艺争鸣》，1994年第5期。

本身的丰富性、容纳力。有学者提出艺术评论都是用"discourse"这类词作为标题的。到了19世纪末20世纪初，话语和一个长单句的语言单位直接相关，并开始被语言学家选择使用。由于福柯是话语体系的提出者，他的《知识考古学》对话语体系在文化批评和文化研究语境中的本质和意涵阐释得更为清楚。对福柯来说，话语不只是传统的交谈行为，在某种社会知识的特殊领域中，话语是一种陈述系统。福柯的理论值得借鉴，话语不是孤立的文化，我们可以通过它探查人与世界的关系，从对世界的认知中生产意义。人文精神话语的构成跟它的生存状态有密切的关系。通过"话语"的建构机制和体系的界定与批评性分析，我们可以对符合本土语境的"人文精神"进行定义，确定它在文学发展中的历史位置。从文本建构的理论体系来说，无论是文学发展自身还是在人文精神系统之中都暗含着一种内在的体系，这种内在的体系以对不合规范的事件进行修正和扬弃而凸显其中被遮蔽的个体的价值尊严。通过话语我们可以了解事件，了解文学发展，在事件和文学发展被揭示和呈现的过程中看出话语的系统性和权威性。因此，要想合理认识文学发展和人文精神两者的关系，需要考虑话语的作用和影响力，即它如何进行传达和深化。在这一维度上，人文精神话语与社会机制也是密切相关的。正是因为如此，人文精神不只是西方哲学或中国哲学中的词语或概念，还是一个极具政治、文化意义的系统，它力图通过话语让接受者接受"人文精神"的教化感染。

在近四十年来文学发展的学术语境中，"人文精神"是一个动态的概念，在不同历史时期具有不同的书写范式、功用、影响。人们将人文精神话语作为一个批评场域，以此检视人文精神的概念在历史中的变迁。人文精神话语几乎没有一个固定的主场地，往往携带着各色各样的"临时居住证"栖身在各种文学思潮里。这种话语形式不断变迁，每个时期各不相同，不断在否定，又不断在重构，其中也隐含着许多不同的系统规则，这些在本书当中是通过各种文学思潮、作品文本、文学批评来呈现的。也就是说，人文精神话语是用来阐释不同时期人文精神的，体现在每个时期的理论建构上，人文精神和人文精神话语既密切联系又有所区别。

本书以人文精神话语形成的历史事实为主要研究对象，结合贯穿其中的文学思潮、时代意识、文学文本、批评文本和作家，通过一手材料，以文本细读等方法来解析人文精神话语是如何形成的，以期把握人文精神话语在文学内部一以贯之的系统性和独特性，发掘其对文学发展的影响与推进作用。

（三）近四十年来文学与人文精神话语的解读

从某种意义上来说，中国当代文学的发展历程与人文精神的流变是一致的。如何认识两者的关系，如何在近四十年来的理论视野上回顾两者所蕴含的思想资源，对于建构中国当下后人文主义的理论视野具有重要意义。

在近四十年来的文学发展中，中国文学与人文精神关系具有两大流脉：一是体现在文学理论中人文精神与人文精神话语的抽象思想，二是文学作品对人文精神话语的解读带有不同作家的审美维度。文学理论中的人文精神随着理论逻辑的话语演变走向后人文主义；文学作品中的人文精神通过对主体价值的重新认识转向审美自律。两者勾画出文学发展与人文精神的内在关联。文学与人文精神的关系成为影响中国近四十年来文学和文学理论发展的重要因素。

文学发展中的人文主义传统及其建构不仅需要在一个广阔的文化背景中进行审视，还需要以文化背后的话语言说机制来解读。从1978年开始的几次大的文学论争，虽然每一次要解决的问题都不一样，但人文精神的内涵贯穿其中，具有内在的连续性，也正是在历史论争的断裂中才更能凸显人文精神话语在不同事件中所发挥的作用、所产生的意义。对"人文精神话语"的研究和总结也包含了这样的意义和价值，即它一方面融入具体作家和文学作品的美学精神之中，另一方面又抽象地体现在话语形成的理论系统之内，而这就需要我们在文本实践之中挖掘这种内在的系统，慢慢摸索出具体的文学文本和抽象的话语理论之间的关联，还原人文精神话语的精神立场。鉴于此，本书采取后退式的研究视角，将人文精神讨论的事件变成注释性的历史文献，希望在历史情境的回溯中看清楚它的来龙去脉，再试图跳出历史事实，提出新问题，进而寻找重新对话的可能。

中国人文精神的发生有一种特殊性，它的发端与平民、大众有很大的关系。在五四时期,李大钊等一批知识分子发现了平民这样一个特殊的群体,他们开始关注平民身上的人文主义、人道主义。他们把视角聚焦于平民、大众,所以才提出人道主义这样一种特殊的精神。这在李大钊的《我的马克思主义观》等文章中便有体现。在《纵的组织到横的组织》里,李大钊提出,所谓纵的组织就是由上层来统治下层,所谓横的组织就是大家的、互相的博爱、平等观念。从五四时期知识分子对大众、平民的关注,到伤痕文学、反思文学第一次对自我身份的重塑,再到"人文精神大讨论"、人文精神失落由知识分子提出(真正意义上的知识分子确立自身的一种行为),这些都是知识分子寻求批判社会的支点,由此达到重塑自我立场、批判社会的目的。中国人文精神的特殊性就在于,它不像西方那样和宗教有关,而是和平民有关。五四运动之前,知识分子鲜少关注自身,他们关注的是无产阶级、平民如何解放,如何改变自身。到了20世纪80年代,人文精神也体现了这样的特殊性:离开政治话语,实际上就是离开权利话语,专注于一种伦理道德。也就是说,人文精神就是知识分子离开政治话语之后理解世界的一种方式。改革开放初期,发现"五四"、重新阐释"五四",就是重新阐释知识分子自身。改革开放以后,知识分子的地位发生改变,他们开始从自身的视角看待问题,开始有意识地塑造自身的传统。站在平民大众的人性立场就是人文精神的一种话语形式,这种话语形式不断变迁,提供了一个审视中国文学发展的新角度。

本书试图将人文精神作为一种话语嵌入文学发展的背景,并以此为基础对不同时期人文精神的不同表征进行梳理、分析和阐释。这实际上涉及两个相关的问题:一是对文学思潮的介绍、解释和分析;二是以对人文精神的流变研究为切入点,分析人文精神话语介入文学领域时的状况及存在的问题。

需要说明的是,本书实际上含有显性和隐性两条脉络,显性的脉络是近四十年来的文学发展或是文学思潮,隐性的脉络就是知识分子在文学发展中不断确认自身的过程,即在人文精神流变的过程中,背后的深层的历史意识和知识分子自我确立的沉潜过程。从这一点来说,近四十年来中国文学发展中的人文精神流变又是历史意识和知识分子的沉浮史,人文精神的流变轨迹包含了这种或隐或显的过程。

第一章 "文化大革命"的反思与人文精神话语的建构

人文精神是人的文学中重要的关键词,"文化大革命"以后,人文精神渐渐成为当代文学发展的主题词,人文精神话语建构的旅程亦随之开启,并为其后人文精神在文学发展中的流变"铺平了道路"[①]。为了重新确立"人"作为文学的价值理想,知识分子在反思的同时,极力将人的价值、尊严播洒在发现人、拯救人的过程中。

第一节 人道主义的出场

当代文学的起点基本可以定位在1978年,这一年,对"十年动乱"的否定和反思开始进入文艺领域,为当代文学的发展创造了相对自由的文化空间。而在十七年和整个"文化大革命"期间,在学术界,对人道主义问题的讨论是不被允许的。在"左"的政治功利主义路线的威压下,人道主义涉及对文艺阶级性和文艺作为阶级斗争工具性质的否定,被视为资产阶级思想和修正主义思想,因此成为理论禁区。1978年《光明日报》发表评论员文章《实践是检验真理的唯一标准》,为人道主义的出场拉开了序幕。由此,在20世纪70年代末至80年代中期,对人道主义问题的讨论得以深入而持久的展开。

人道主义作为马克思主义人学思想的主要指导原则,在"文化大革命"中表现出流于"虚化"的"修正主义人道主义""资产阶级人性论"

[①] 陈思和:《中国新文学大系1976—2000·文学理论卷一》序言,上海:上海文艺出版社,2009年版。

等错误方向。对人的问题进行重新认识和修复是新境遇下人道主义的基调。

一、"马克思主义与人道主义"大讨论

"马克思主义与人道主义"大讨论是一场涉及文化、政治、思想等多个领域,由哲学界进入文学理论界的论争。周扬、朱光潜、王元化等马克思主义理论家目睹了极"左"路线对人性的戕害,开始从马克思主义的角度对人道主义进行重新解读。

(一)人道主义问题讨论

长期以来,有一种观念认为,只肯定和实现少数人的个性而牺牲多数人的人道主义是资产阶级的人道主义。

例如,陆梅林认为,"人道主义和科学社会主义,是两个对立的概念",人道主义倡导从人出发,而马克思主义则是从社会物质生产实践出发,因此并不能作为人道主义注释的典范。杨柄提出,青年时期的马克思、恩格斯都是否定人道主义的。邢贲思认为,"马克思主义可以包含人道主义"[1]是证伪的,两者是不相容的、分属于两种不同的理论体系。蔡仪也提出人道主义"在思想实质上和马克思主义是根本矛盾而不相容的"[2]。

另一种肯定的观点则是影响最大的"包含说"。

马克思主义"从诞生的第一天起,就把人的解放作为自己的最高目标"[3],使每个人都成为自由的、独特的个体。这样马克思主义就被赋予了人道主义彻底的革命性意义——人的价值的重新发现。周扬认为马克思主义思想体系有巨大的可阐释性,并揭示了人道主义非马克思主义的对立面,即"人道主义"若以人为自身存在的前提,就必须从马克思主义中发现真理、展示真理。汝信强调了人道主义是马克思主义的一个重要部分。可见,马克思主义理论中含有人道主义。汝信认为,马克思

---

[1] 邢贲思:《怎样识别人道主义》,载于《百科知识》,1980年第1期。
[2] 蔡仪:《试论人本主义、人道主义和"人化自然说"》,载于《文艺研究》,1982年第4期。
[3] 汝信:《人道主义是修正主义吗》,载于《人民日报》,1980年8月15日。

主义也重视人，重视人的价值。基于对马克思主义人道主义的倡导、肯定，朱光潜认为，以马克思主义作为理论资源和思想基础，在马克思主义学说当中寻找马克思主义与人道主义本质上的关联，可以发现人道主义是历史发展的产物而不是资产阶级的专属。此时的人道主义就剔除了资本主义意识形态专属的标签。王若水对此持赞同态度，他认为在强调人的价值这一原则上，在马克思主义的思想体系和思想倾向中包含着丰富的人道主义。他把人道主义区分为一种人道主义和另一种人道主义，而核心是用马克思主义观点进行吸收和利用，来应对人道主义历史观的变化。这样的理解思路自然会推导出马克思主义是人道主义的。

如上所述，在激烈的理论讨论当中，人道主义获得了发展，对人文精神的话语建构产生了重要作用。在对马克思主义人道主义的理解上，尽管这些论点有着内在的矛盾或者相互矛盾，但在马克思主义人道主义的争辩过程当中，它们揭示了20世纪80年代社会对人道主义的深刻需求。

(二) 关于异化问题的讨论

早在20世纪50年代，理论界就有关于异化问题的初步讨论，出现了巴人的《论人情》、钱谷融的《论"文学是人学"》、王叔明的《关于人性问题的笔记》等文章。从50年代中后期开始，这些观点被驳斥为修正主义和资产阶级文艺观而受到批判，异化问题也成为理论思想的禁区。

1978年，汝信在《青年黑格尔关于劳动和异化的思想》一文中对异化问题进行了历史溯源，引起了学界对异化问题的全面深入的讨论。

第一，对异化问题的讨论集中在对异化概念的界定上。

周扬认为，所谓"异化"，乃马克思主义的异化概念在劳动异化上的理解。

第二，马克思主义思想体系与异化问题的关系。

薛德震、杨昭在《马克思关于人的学说与费尔巴哈的人本主义》中强调了异化理论在马克思主义中的重要地位和作用。黄枬森认为异化理论并不是马克思主义的构成部分，更不应该是成熟的马克思主义。

第三，异化理论与社会主义实践的关系。

胡乔木在《关于人道主义和异化问题》一文中强调异化问题的讨论要对社会主义条件下的异化问题进行批判、揭露、克服,因此,异化理论应该适用于社会主义实践的分析。王若水承认社会主义存在异化问题,并且这种问题遍布社会的各个领域,异化理论因此适用于社会主义实践的分析。黄枬森强调社会主义时期不可避免地存在着异化现象。当然,应当承认,社会主义实践当中的异化仍然有很大的局限。

第四,异化理论与文艺创作的关系。

陈辽认为:"异化问题,在马克思主义创建时期的哲学思想、文艺思想中都占有重要地位。"[①] 针对文学中对人的异化问题的描写和探索,敏泽提出应该对人的概念有比较明确的理解,不应该将爱情和友谊理解为抽象的人性、人道主义。[②] 借助于马克思主义的异化理论,季水河探讨了异化作为文学的形式和内容的差异,他认为:"批判现实主义文学的异化是局部的……现代派文学中的异化却是全面的……前者是文学的异化,后者是异化的文学。"[③]

据此,以上种种传达了一个重要的信息,即人道主义和异化问题再次标举了马克思主义的重要性。尽管问题的论争在观点和认识上存在着诸多不同,但都表达了对人道主义的看法,其带给我们的最大启示,便是确立了以人为出发点的文学观念,恢复了"文学是人学"的理论命题。尊重人、表现人、满足人成为文学最重要的表现内容。

正是在这样一种探讨的框架下,人道主义大讨论成为人文精神问题逻辑深化的重要路径,更为重要的是,它勾画了人道主义在文学内部的自我转化。

二、"人道主义"问题的自我转化

对"人道主义"问题的讨论,标志着其试图从这种以马克思主义为

---

① 陈辽:《论马克思、恩格斯异化观和文艺创作》,载于《江海学刊》,1983年第2期。
② 敏泽:《论思想与文学领域中的异化及抽象人性、人道主义问题》,载于《昆仑》,1984年第1期。
③ 季水河:《文学的异化与异化的文学——批判现实主义与现代派异化之比较》,载于《文艺理论与批评》,1989年第4期。

第一章 "文化大革命"的反思与人文精神话语的建构

核心的外部思考中跳脱出来,提供从文学上定义人道主义的可能,努力建立文学的价值和独立品格。在文艺与政治二元对立的视野之外,显然人道主义与文学之间形成了一种张力。

基于对马克思主义人道主义多方面的考量,我们有必要将人道主义的思考延展到文学领域,并在其对马克思主义的建构、解构、重构的过程中,检视其是如何转化、互动的。这里的转化不是生物学意义上的演化,而是文化意义上表述模式的转换,主要是指文学所处的历史情境和人道主义的关系网络。这一过程体现了文学理论的自主性、自律性。但这只是问题的一个方面,由于人道主义论争一开始就站在了反思的角度上,借助于马克思主义的阐释保证了人道主义问题的合法性,而其向文学内部的转化则保证了这种阐释的有效性,促成了人道主义问题的自我转化。反思所洋溢的人道主义热力使文学与人学紧密地结合在一起,对人的重新发现成为新时期文学最重要的特点。

戴厚英曾发表过一段经典的人道主义式宣言,人道主义在进入文学之际,有其颠扑不破的牢固根基。也许,对戴厚英而言,文学恰好估量了人道主义的能量,并借由这种能量的开放,打开被闭锁的"人",使他(她)成为文学恒久的、固定的中心。在人道主义自我转化的过程当中,它自成体系,通过在文学内部不断的自我调整,来获得与时代对话的可能。

那么,这种转化过程首先折射了人道主义与文学浑然天成的紧密关系。

在世界文学发展史上,越是深得人心的伟大作品,越是激荡着人道主义的力量。何西来在《人的重新发现》一文中弘扬了文学创作中的人道主义。在一定意义上,人道主义通过不断的自我调整与转化,来获得与文学、社会对话的可能。"文学是人学,马克思主义文艺观关于人的美学生成的思想基础就是文艺与人的天然的联系,文艺正是以它对人的人道同情与深切关怀与人对话,对人的心理发育产生积极的影响。"[①]在此,"转化"所勾起的不仅是文学与人道主义的历史同源关系,而且也进一步指涉了各种牵涉其间的历史前文本。如在《悲惨世界》《巴黎

---

① 庄锡华:《中国现代文论家论》,北京:光明日报出版社,2006年版,第175页。

圣母院》等作品中,雨果对困苦中的底层平民的同情和对贵族阶层的批判都具有革命性的人道主义。英国批判现实主义作家狄更斯在《双城记》《老古玩店》《荒凉山庄》《董贝父子》等小说中对人的尊严的关注,无不展示了人道主义与文学的浑然天成。

其次,这种转化过程还深刻地反映了马克思主义强大的理论生命力,促使其完成了理论和实践上的自我更新。

马克思主义人道主义思想是核心,文本和阐释是条件和基础。马克思主义或者它在文学中的形态促使人道主义的复苏,也成为文学转向的最初标志。当然,更为明显的是马克思主义赋予了文学本质性的地位。也就是说,从理论论争到文学创作,再从文学创作到文学理论,尽管表述的路径有所不同,但都是以马克思主义为基调的,这就为文学注入了生命的活力。

第二节　人道主义对人的发现和拯救

近四十年来的文学发展表明,人道主义虽然没有形成单独的文学思潮,但形成了贯穿"伤痕文学""反思文学"等文学思潮之中的"人道主义潮流"[①],"人"成为这股潮流的核心。

当人道主义对"文化大革命"扼杀人性的一面进行了彻底的否定与批判之后,文学对人的价值的认识进入了一个崭新的阶段。"人道主义""人的文学"成为一种新的人生观和文学观。这种人道主义的文学观一反"文化大革命"对人性的压抑,承认人是最高的价值,对人的重新发现和认识使人由非人回复到人,人的价值和尊严重新苏醒。这种对人的发现和拯救,为人文精神话语体系的建构创立了文本基础。

为此,我们可以从三条路径来观察人道主义对人自身的认识和发现的过程。第一,是对迫害人、侮辱人的控诉;第二,是从人的反面拷问人性;第三,是对女性尊严独立的不同展示。这些路径承载于人道主义

---

① 俞建章:《论当代文学创作中的人道主义潮流——对三年文学创作的回顾与思考》,载于《文学评论》,1981年第1期。

第一章 "文化大革命"的反思与人文精神话语的建构

的启发,描述了文学与人盘根错节的复杂关系。

一、对迫害人、侮辱人的控诉

"十年浩劫"以不同形态的人性沦丧对文学产生了深刻的影响,即迫害人与侮辱人。如《男人的一半是女人》《绿化树》中都有对恩格斯所说的人的基本欲求的描述。这种关于人的基本欲求的叙述,实际上在"文化大革命"中是被压抑的,至少人的吃、穿、住等基本需求没有得到充足的保证。在人的基本需求匮乏的同时,人的尊严亦被践踏和侮辱。在此语境下,文学和"控诉"的关系是相辅相成的,宛如控诉必先述恶,两者在无形中托举出人的内涵。而文学中对人的基本需求匮乏的描述,在某种意义上恰好是对迫害人、侮辱人的控诉。

在此,我们不妨把张贤亮的小说《绿化树》和《男人的一半是女人》看成一前一后、相互印证的控诉文本。

如果把张贤亮的《绿化树》看作人道主义拯救的经典之作,那么这种人道主义意识达到了更深层次上的对人的自身价值的认识。

食是与人类生存关系最密切的问题之一。在小说主角章永磷的意识里,人活着的要义统统是围绕着一个"吃"字来进行的。

章永磷因为一首歌颂人道主义的诗歌而被打成右派,出狱后被遣送至西北高原一个偏僻的劳教农场。在1960年年底至1961年这一段时期,正是遍布全国的空前大饥荒。面对严峻的生存考验,人的求生本能使他想方设法争取果腹的吃食。贫困的物质生活是章永磷无法摆脱的噩梦。为了维持生命,摆脱饥饿,他曾经"狡诈"地多领菜饭,偷烙煎饼,他狡黠地欺骗老实巴交的老农用洋芋换取更多的萝卜……

马缨花不仅帮章永磷摆脱了饥饿,并且提供条件让章永磷到她家里去读书。马缨花解除了章永磷物质上的饥渴,于是他精神上的饥渴复苏,他开始不满现状,在《资本论》中寻找能解决自己灵魂饥渴的广阔空间,《资本论》使他"从馍馍渣、黄萝卜、咸菜汤和稠稀饭中升华出来"。作品在情节上有着循环与推进,随着饥饿的消失,章永磷重新拿起了一位哲学讲师送给他的《资本论》,这样就从"食"进入到人生存发展的基点——对自我身份的认同。在食物和《资本论》之间似乎无甚关联，章永磷却在此达成了对知识分子身份的重新认同。在对自我的寻找中，小说的人文精神话语已悄然建构。在章永磷看来，这种孤立的读书活动，是充满内省的重要过程。

马克思历史唯物主义认为，随着生产力的发展进步，生产力必然推动生产关系的变革。生产关系具有两面性：一方面是推动社会进步和人的解放；另一方面又用更为邪恶的方式压榨人。人的解放问题就成了马克思历史唯物主义的重要问题。从生产力与生产关系的二重性来讲，"马克思主义人学"就与启蒙理性的人道主义思想不同。

在阅读《资本论》的过程中，章永磷一步一步由非人走向人的价值与尊严的席位。在这样的情形下，马缨花的出现就有了特别的意义。章永磷对马缨花的追求，不仅仅是为了消除肉体的饥饿，还是对作为个体存在的人的尊严的追求。当基本生存需求得到满足以后，个体就开始以追求精神自由的方式来发泄内心的压抑和痛苦。所以，在章永磷的追求中，始终伴随着对《资本论》的阐释，他的灵魂由此得到升华。在由基本的生存需求向高层次的需求挺进的过程中，小说提出了"什么是人"的哲学命题，在对历史的反思中控诉人生的苦难，探索人的价值和人的本质。

与食一样，性也是人生存的本能。如果说"食"奠定了人的生存基础的话，那么"性"则是人类生命得以延续的基本条件。在沉重的意识形态的压抑之下，章永磷的性的需求被扭曲，以非正常的形式表现出来。《男人的一半是女人》则以人道主义的旗帜开启了性的拯救。一方面，它以人道主义的观念来拯救"文化大革命"中被压抑的人性；另一方面，它也无法否定或回避人性自身的局限。

主人公章永磷所处的劳改队常年与女犯隔绝。在这样一个压制性的框架内，共识性的人类基本需求——"性"被"遗忘"。长期的劳动改造，"黑衣、排队、出工、报数、点名、苦战、大干"，枯燥的劳动对人性的压抑和摧残造成了章永磷始终无法遏制的性饥渴。女犯丢失的发卡就如同追踪女性线索的启示，暂时性地满足了男人关于性的所有幻想。移居到劳改农场后，章永磷的性需求并未得到解决，他对女性表出镂心刻骨的爱慕和追求，这不仅仅是为了基本需求的满足，更是对作为人的自我价值的呼唤。

在非人的环境中，与黄香久的相遇一方面切实地检验了章永磷身心的健康与否；另一方面也成为一种变相的提醒，使章永磷清醒地意识到其作为人的价值。由此可以肯定，小说中章永磷的性饥渴并不是一个孤立的存在，相反，它在同被压抑的人的关联对话中描画了自己。当章永磷突然看到芦苇丛中裸浴的女犯黄香久时，他的内心涌动了难以言说的幸福与恐惧。这里传递出两种力量：一种是生命的本能不断回应对异性的渴望，成为一个自我的镜像；另一种是自我持续地捕捉来自体外的社会面相，并结合社会身份，抵消潜滋暗长的性欲望。这个既定的意识形态规范框架不仅标示了章永磷行为的边界和思想的准则，同时也意味着性冲动的溢出与未达。换句话说，章永磷之所以拔腿而跑，恰恰在于因为遵守规则而产生的性需求的继续隐匿和丧失。

这种长期的非人改造又反过来造成了章永磷生理功能的退化，他已经没有勇气和力量来践履人的基本需求。如果说这是章永磷心理创伤的一次自我暴露，那么，婚姻应该是其性饥渴的迟到的补偿。但是，在身份层次上，这种婚姻并未为其提供摆脱性饥渴的契机。八年后，章永磷同黄香久结了婚。结婚过程带着一种可笑和狼狈，结婚申请书写成了接受改造的"保证书"，新房的壁纸和被面显示了与婚庆不和谐的政治指数。

新婚之夜，章永磷表现出性无能。这场婚姻实际上有名无实。在这样的设定上，可以清楚地看出，性无能的章永磷并没有完成人的身份的转化。性无能的人物设定投射出极"左"的政治运动对他的摧残破坏仍然没有发生根本性的转变。其中，性饥渴被提到了关键性的位置，乃至于他需要对造成身心异化的生存环境的根本改观，才能逐渐恢复被剥蚀掉的正常的人性。因此，基于这样一个前提，他的身心康复需要求助于一次创造性的社会劳动，即向高层次需要挺进的过程。参加抗洪抢险，章永磷为作为人的基本需求的合法性找到了一个立足点，即所谓的性必得经由他者的认可、政治话语的介入，方有建立的可能。在此意义上，性饥渴不再是对人的基本需求状态的客观描述，相反，它转换成了人的价值尊严的"发现"。作为人道主义之中的"重新"，意味着另一个以人为内核的自我的浮现。他清醒地意识到被极"左"路线"欺负、愚弄、试验了几十年"，企望重新确定自我的能力，与黄香久分手，即出于这种清醒的自我认识。

如果说这种认识是由人的基本需求到身份需求渐进的发展过程，它显示了人道主义发现人、拯救人的一大特色，那么，对身份想象的直接跃入也构成了其不可或缺的另一面。

区别于《绿化树》《男人的一半是女人》拯救式的基本叙述，《人啊，人！》以"恢复身份"为知识分子谋求需求的基本思路开创了"人格"视域的理性诉求模式。也正是在这样的意义上，人格或者是身份的拯救成为人道主义所牵涉的另一个重要的发现人的维度。

《人啊，人！》渗透着强烈的人道主义意识，即对迫害人、侮辱人的控诉和对人的拯救。这种意识使小说把揭示奚流等人的丑恶和对四人帮扼杀人性的反思结合起来，使发现人、拯救人具有了现实意义。透过《人啊，人！》搭建的身份框架，孙悦、何荆夫等人重建了人的中心位置。

何荆夫的人生是充满血迹和泪痕的。《人啊，人！》清晰地展示了这种"身上的血迹，脸上的泪痕"，它告诉人们的正是这种被扭曲了的灵魂和被遮蔽的痛苦呻吟。何荆夫的人生更像是一部自我身份复苏的纪录片。他对"四人帮"的揭批和反思，更像是一个幡然悔悟的身份重建过程，使人们"心中的神圣在摇晃，精神的支柱在倒塌"[①]。人应该有人的价值，而不应该成为被迫害、被侮辱的"工具"。

十几年的流浪生活造就了何荆夫的"流浪汉"身份，他游离于意识形态权威之外。在情感和理性的双重作用下，他深刻地认识到尊重人、尊重人的个性和尊严的重要性。在结束流浪生活之后，他成为一名深受学生爱戴的学者。因此，何荆夫作为一个承担"文化大革命"记忆的符号和知识分子身份诉求的表征，被策略性地定格在理性的层面。换句话说，在何荆夫身上有着身份诉求的连贯性，即流浪汉身份的瓦解和知识分子身份的重建。这里我们应该注意到他对"人道主义"的使用不仅交代了控诉展开的时间，同时也回应了"马克思主义与人道主义讨论"的几个关键问题，指出了马克思主义与人道主义的交接点。由此，何荆夫关于马克思主义与人道主义的表述强化了其知识分子的身份和尊严。意

---

① 戴厚英：《人啊，人！》，广州：花城出版社，1980年版，第353页。

识形态的桎梏和政治禁区使人们在表达上接近失语，令人欣慰的是，何荆夫在劫难之后仍然保持着清醒和坚定。事实上，虽然狂飙突进的政治高压开始松动，但暴力革命思想仍未消除殆尽，要成为觉醒的、独立的个体，去挑动十年来既定的政治结构和权力话语还比较困难。何荆夫在出版一事上遭到了学校党委书记奚流等人的阻挠和反对，这实质上是在剥夺何荆夫作为知识分子表达的权利，但他仍然没有放弃。

在此，我们要注意何荆夫逐步走向知识分子的过程。可以说，何荆夫是以一个弱者的姿态出现的，他努力突破政治的禁忌和避讳的重围，发出知识分子的声音，并确认自我。这样就凸显了人的身份需求的紧迫性。他扮演了一个身份追寻者的角色。

孙悦是小说中另一个追求身份的知识分子。她正义、坚持，却在"文化大革命"中被冠以莫须有的罪名，成为阶级斗争的受害者。她善良、美丽，却被前夫背叛抛弃。"文化大革命"之后，她担任C城大学中文系总支书记。坎坷的人生经历让她陷入一种"什么时候我能不为失去你（何荆夫）而痛苦？什么时候我才能原谅赵振环？"的两难之中。这不是一个女性的简单的情感纠结，而是在身份诉求的层面表现出的一种强烈的自我决断，即对女性身份的正视。换句话说，她作为知识分子的目标，是站在何荆夫和赵振环的对立面，将自我送入身份建构的框架，并确保这种建构的有效性。《人啊，人！》的性别体系只是为了塑造不同的纯粹的独立的个体，以延续在一个相对大的范围内的灵活性。身份是小说中孙悦挣扎的焦点。尽管她说"在他们（青年人）身上，我既看到了自己的过去，也看到了自己的未来，唯独看不到自己的现在"，"现在"的痛苦和迷茫在持续强化着她的身份诉求，她在挣扎当中进行身份的定位。

在两者共生的语境中，何荆夫和孙悦之间存在着一种同构的互涉的关系，在某种意义上，人的价值尊严就是身份诉求的本质。所以，《人啊，人！》无可争议地成为探讨人道主义的前文本。

在这样的例子中，《绿化树》《男人的一半是女人》《人啊，人！》对人的基本需求的陈述，也回应了张炜在《古船》中所说的"反思人"和"救救人"的呼声，即在侮辱人、迫害人的控诉之外，看到人被重新发现、人的尊严被重新建立的新局面。

二、从人的反面来拷问人性

与人性相关的另一个有关"人的发现"的特征是拯救，即反面人物的忏悔。承接上面的分析，需要继续讨论的是，尽管对迫害人、侮辱人的控诉在人道主义潮流中占据了重要的组成部分，是小说创作的核心，可是，回到文学现场，我们会发现对人性恶的拷问也是文学拯救人的内容之一。

对"文化大革命"的反思使文学中对迫害人、侮辱人的控诉成为人道主义拯救的重要意义。随着人道主义观念的确立，文学作品中开始出现对人性恶的批判。伴随着这种人性的反面，小说在人物的心理设置上总是自觉或不自觉地表达着这类人某种无以排解的"忏悔意识"①，对自我恶行的苦恼经常导致人物的精神产生畸变。这在高晓声的短篇小说《心狱》②中表现得特别明显，即把人性的恶施加到某一类人身上，以此拷问人性。

在小说《心狱》当中，高晓声直截了当地描写和批判了充当"四人帮"爪牙的一类特殊人群的人性，揭示了人的恶行。就目的而言，高晓声有意描述一个真实的恶人形象，并传达一种人性恶的观念。踩死蚂蚁的细节映射出施阿楚欺辱弱小者的丑恶灵魂。小说中充当"四人帮"爪牙的施阿楚是集体豢养的一个打手，他事实上并没有尊严。冯炳法的大儿子冯大荣自由恋爱却被污蔑为企图强奸心爱的姑娘，施阿楚"不分青红皂白，把冯大荣捉去"，导致冯大荣惨死。三年里，对于施阿楚是否有罪一直处于争论之中，小说最后以施阿楚精神分裂作为结束。

写到施阿楚的人性恶，他"干坏事，不但是家常便饭，而且是他的嗜好"。因此，施阿楚被认为是没有心肝的——"他的良心被狗吃掉了。"但从反面来看，高晓声又不仅仅局限于对恶人施阿楚的控诉。疯癫是人性恶的无法施展，这样就使人性陷入一种悖论，即精神正常的恶和精神错乱时的善。显然，像施阿楚这样站在人性反面的人，是不会有

---

① 陈思和：《中国新文学发展中的忏悔意识》，载于《中国现代文学研究丛刊》，1986年第2期。
② 高晓声：《心狱》，选自《一九八一年小说集》，北京：人民文学出版社，1982年版。

思想和感情的，没有感情和思想的人当然也不可能发疯，然而事实是，在沉重的道德压抑之下，施阿楚真的疯了，小说"非常想弄清促成这种变化的原因"。如果说施阿楚之前的作恶仅仅在于他缺乏信仰，更不懂得生命的价值，那么经过法制教育的施阿楚越懂法律，就越相信自己是个罪犯。"从那时候开始，他的精神彻底垮台，变得神经过敏了。他常常手足无措，在风声最紧张的时候，甚至要到公安局去投案。"这样一来，原本在疯癫状态掩护下的施阿楚就变得真实公正起来。这个判断直接适用于施阿楚的自我囚禁。施阿楚的自我囚禁正是对自身恶的深刻忏悔。他的家不再是普通的房门，而成为拷问人性的心狱。"这里四壁萧空，沿墙角的地面挖得坑坑洼洼，施阿楚穿着一身灰色的破布衣坐在房子中央的一块石头上，双脚被铁索锁住了。"施阿楚以"斥、斥、斥、斥、斥、斥……"的均匀声响冲破了站在人性反面的认识上的无知状态，看到了自己丑恶的面貌与灵魂。

施阿楚对充当"四人帮"爪牙所导致的疯癫正反映了一种人对自身恶行的忏悔，体现了侮辱人者的一种深刻的忏悔意识。

此外，在《人啊，人！》中也有类似的表现。赵振环扮演了一个道德败坏者的角色，他遗弃了孙悦和憾憾另觅新欢，却无法承受别人对其灵魂扭曲和玷污的指摘。在赵振环的心里，他始终自觉或不自觉地表达着对孙悦和憾憾的忏悔，并且经常为自己抛弃这个家庭而苦恼。为求得孙悦和憾憾的原谅，他借出差采访的机会回到 C 城曾经属于他们三个人的温暖的家。在写给孙悦和憾憾的信中，他以对丈夫和父亲身份的反思认识了自己的"罪"，"人总是有思想、有感情的。一想到我给你们带来的不幸，我恨不得把自己打死！"以此唤起人格和尊严的复苏、觉醒。显然，赵振环所扮演的忏悔者的角色是有价值的。

由此也带来了文学更深层次上对人自身的反思。

文本细读的基础是进行必要的选择和过滤。为了从人道主义的角度作出相对完善的说明，在这里，我们要打破文本选择的时间维度来谈论《古船》。在《古船》中，洼狸镇人的恩怨纠葛还暗含着一个恶与去恶的过程。"四爷爷"赵炳是人性恶的典型。他玩弄权术，虽身在暗处，实则掌握着镇上的政治权力，控制着整个洼狸镇，把持着芦清河岸边的生杀予夺大权。他与赵多多沉瀣一气，虚伪恶毒，夺取老隋家的老屋，

"院子里，四爷爷赵炳两手掐腰看着熊熊燃烧的房子，神色肃穆"。赵多多惨无人道地虐杀后母茴子，而赵炳则是杀害凌辱茴子的幕后主使，他杀人于无形。在"土改"和"大跃进"期间，他为全镇"拉车"，又在"文化大革命"中"功遂身退"、韬光养晦，以保全自身。他授命张王氏"料理酒席"，以笼络调查组规避赵多多粉丝大厂的造假问题。他身有剧毒，"与之交媾，轻则久病，重则立死"，虽连克三妻，依然以隋氏兄弟为人质霸占少女含章，将她折磨得"苍白消瘦"。面对他的施暴，含章最后奋而刺杀，而赵炳也自知"太过""没法儿避灾"，坦然接受了含章寒光闪闪的剪刀刺向其"肥大壮硕"的身体。

> 他垂着头说："我在等那个'结果'。"……他一句话没说完，含章已经从衣襟下边拔出了那把剪刀。她把剪刀往前直直一推，捅进了四爷爷的小腹中。血水顺着剪刀涌上手臂。含章觉得两手像被开水烫了一下。她尖叫一声松开了，剪刀还翘翘地插在那个肚腹上。四爷爷跌倒在一叠被子上，两眼仍然盯住含章。他把嘴唇鼓起来，又咬住。他说："你快铰一下，铰一下……我就完了。你快动手……"含章往后退着，连连摇头。四爷爷把头仰靠在被子上，憋着气说："罢！罢！你到底还是个孩子，下不得……手去。我这会儿伸出两根手指，就能把你……捻死！可我不了。我对老隋家人做得……太过了。我该当是这个……结果！"他说一句，腹上的剪刀就颤一下，血水越涌越多。后来这血水又慢慢变成了酱油颜色。

细读这段文字，在"四爷爷"赵炳与含章的关系中，一方面，赵炳人格中的虚伪和非人性因素不断展现出人性的邪恶和残酷；另一方面，对于含章的报复，赵炳有着不可回避的忏悔倾向。如果这种忏悔是《古船》的文学基调，那么，对人的拯救较以往的犀利批评便更为有力。更为具体地阐释，"四爷爷"这种企图自杀的行为是为拯救罪恶的自我，因而他自觉自愿地接受了含章的报复惩罚，他的自我忏悔不仅是对人性的激烈抨击，更使得作品弥漫着浓烈的人道主义气氛。这种忏悔情调不能不说是人被重新发现的一种新的视角。

在小说的附录中,张炜强调"人道主义的确有真假之别"[①]。在张炜那里,人道主义不是抽象的概念,而是具体地存在于人与人的关系之中。张炜的《古船》以人性中残忍、自私的一面作为参照,显示了人道主义关心人的处境、维护人的尊严的立场。在控诉苦难、鞭挞恶行中呈现了对"人"的理性思考。

我们无须夸大人性的罪恶,相反,应该承认它扩大了人道主义诠释发现人、拯救人的范畴。可以用来佐证的例子还有王安忆《叔叔的故事》中人性的畸变。

《叔叔的故事》中,"叔叔的故事"开始于20世纪50年代。年轻的叔叔写了一篇"不如小学三年级的学生""文笔糟得很"的反映农民成长过程的文章,结果这篇文章被指借文中驴子之口污蔑农民和攻击农村合作化运动,叔叔被打成右派,发配到一个苏北小镇劳动、教书。他遭受到侮辱,档案袋里装满了痛哭流涕、卑躬屈膝、追悔莫及的检查,失去了人的尊严。70年代末,右派问题得到修正,叔叔也从小镇调到了省城。叔叔开始写作,并成为职业作家。

当然,叔叔身份的骤然变换,除了可以帮助我们辨明叔叔故事背后的真实,勾画历史现场,也在一定意义上反映了叔叔如何在虚构的层次上追求个性的膨胀。与粗蛮的农村妇女的结合是叔叔屈辱生活的象征,因此他在有意无意地淡忘,这种淡忘助推了他急于剔除精神中那些肮脏的东西。80年代,随着叔叔的社会地位和荣誉感的进一步上升,他首先完成了离婚这件大事,并作为中国作家代表团团员出访欧洲。国外学术界、艺术界和出版社纷纷邀请叔叔做访问和演讲。他除了践行了一个迟到的政治虚空者的形象,同时也在无形中强化了与过去的一切割裂的规范。一方面,异国的观光客这个身份迅即抹平和消弭了叔叔的各种自卑感,帮助他从一个悲惨的精神状态中超拔出来,自我个性开始膨胀,他开始补偿式体验新生;另一方面,叔叔产生了虚空,又被这个虚空束缚。虚空背后所指涉的是叔叔在"文化大革命"结束后的心理状态——带着随心所欲被欲望俘虏的危机感。

叔叔的儿子大宝在解构叔叔真实的生存过程中扮演了重要的角色。

[①] 张炜:《古船》,北京:作家出版社,2013年版,第323页。

透过大宝的认知,叔叔那些零散的花招被连接为一,一个真实的生存本相被呈现。自然,我们无须精细地梳理叔叔与大宝的关系,最终上演的儿子弑父情节就剖明了丑恶是如何在其个性发展膨胀的脉络中逐步落实的。

以王安忆的眼光来看,叔叔的个人境遇是不值得人同情的,因为叔叔并没有实现精神的自我救赎,他带给人的是一种丑陋、屈辱、虚妄的印象。也就是说,叔叔的受难者身份并没有得到认同,甚至其知识分子的理想主义光环也随之被打破。因为这种自救的可能性被彻底否定,叔叔的屈辱与自我身份认同就出现了断裂。

在小说里,叔叔是一个以自我为中心的欲望主体,而对其丑恶的展示是通过分享其隐私来实现的。小镇婚外情的"桃色事件"、叔叔与小米的苟且、在大姐床上阳痿、在德国旅行时亲近一个德国女孩被拒绝后的恐慌和崩溃,他意识到了其虚空的位置感,就换算成了小镇里粗话俚语的指责,而这也恰恰成为一种变相的提醒,使读者更为清醒地意识到叔叔精神的丑陋和人性中的自私自利。但是,这样的思路并不意味着王安忆要启动某种虚构与真实的运演机制,而是由叔叔的丑恶追踪人的反面所透视的精神领域问题,具有对人的发现与拯救的现实指涉性。或者说,这是一个人性恶的拆解过程。正如叔叔所说的一个警句:"原先人以为自己是幸运者,如今却发现不是。"这个"不幸运"的故事,寓言式地揭示了人性的复杂多面——善之外的浮华和虚妄,从侧面暗示了人在人道主义中的关键位置。

这种描写人性丑恶一面的写作大大加强了对人性的鞭笞力量。也恰因为如此,它反而形成了一种意指实践,即以鞭笞、忏悔的方式达致拯救人的目的。而且更为重要的是,即使这种原罪式的忏悔策略并不奏效,我们也无法忽视人道主义发现人、拯救人的能动性。

三、对女性尊严独立的不同展示

"伤痕""反思"小说繁多,仅从女性作家写就的一门来看,会发现其间独特的价值功能,那就是不再是人的尊严如何崇高,而是人的尊严的独立和竞争。

第一章 "文化大革命"的反思与人文精神话语的建构

对照张洁的《方舟》和张辛欣的《同一地平线上》两篇小说，不难发现，在张洁与张辛欣的作品中所呈现的女性具有相似的特质，即她们都是知识女性，有自己的事业和追寻的理想，有追求发展和竞争的毅力和精神。她们以挑战世俗的魄力冲破婚姻的枷锁，获得女性的尊严和人格的独立。对女性的不同展示可以看作女性要求尊严独立和对人道主义的呼唤。

女作家张洁的中篇小说《方舟》植根于现代女性意识，打开了女性关于自我的认识。小说描写了三位女性经历婚姻事业的打击之后聚集在一起，在生活的方舟之中孤苦无望地挣扎。无爱的婚姻是三个人内心的隐痛，在世俗的罗网中，为了取得类似于常人的一点点进步，她们不得不承受"一个离了婚的女人，不属于自己的丈夫，那就属于所有的男人"般对自我尊严的践踏和侮辱。然而，"这是一个竞争的世界，争教育，争吃饭，争就业……"① 为了获得真正的自由和平等，她们压碎了自己，"骑着摩托疾驶在雷电下，在暴雨里，她觉得自己很有一些顶天立地的气概"，这换来了"她意识到自己可以驾驭生活的能力。哦，这种自由感并不是每个女人都可以得到的"。尊严受到严重威胁的女性，即使经历家庭束缚的艰难考验，也不会因为这种外在的阻碍性因素而失去对自身存在的价值的认识，相反，"对她们这一种类型的女人来说，所思虑，所悲伤，耗尽心血去关注的，早已有了不同的内容。就连她们表现悲哀的方式，也已经不同了"②。

"女人要面对的是两个世界。能够有所作为的女人，一定得比男人更强大才行。"③ 在受男性压制的世界和与男性竞争的世界，事实上存在着一种悖论关系，这是一种强烈的对自我的肯定，因此传统男女二元格局的世界被割裂和打破，女性认知的改变只有在作为人的竞争意义上才能被理解，或者把女人当作与男性对等的人。或者说，竞争是女人微妙的抗议，它与人的重新发现相伴，对应着女人现实的奋斗，希望工作得好，工作得出色。

《方舟》中的梁倩是一位有见地、有想法的电影导演，对未来充满

---

① 张洁：《方舟》，北京：北京出版社，1983年版，第30页。
② 张洁：《方舟》，北京：北京出版社，1983年版，第97页。
③ 张洁：《方舟》，北京：北京出版社，1983年版，第119页。

期许。出于现实的考量，梁倩与白复山并未结束婚姻关系。丈夫白复山为了得到某种利益，不断泄露妻子的权利背景。梁倩的反叛也见证了其对男性依靠的持续下降。在梁倩看来，听从长辈或丈夫的安排已经逐步被"竞争""争夺"等表述取代，尽管电影上映的失败彻底摧毁了梁倩之前的努力，但它业已表明女性的竞争实力，展现了女人的特殊性。

借助于这样的分析，或许可以说，张洁的小说描写了女性在婚变之际以不可遏抑的倔强和努力唤起自我的尊严。她们直面生活的苦楚，借此不断提升作为人的价值和力量。这个个人尊严逐渐树立和放大的过程也见证了人道主义对人的发现，扩充了人道主义发现人的理路。换句话说，在《方舟》当中，这种对女性的竞争意识的体认，同时也包含着一系列对人的发现与重构。我们可以看到，荆华、柳泉、梁倩的竞争历程不断地被比附到人的尊严之上，从而构造出一个跳脱传统男女二元结构的第三方视域。这个视域让我们对"人"有了更清晰、更笃定的把握，同时与一个更为广阔的社会文化语境相关联，即人道主义对人的发掘。

张辛欣的《同一地平线上》与张洁的《方舟》有某种相似性。《同一地平线上》中的"我"立志要成为一个导演而考入了电影学院，小说是以个体的"生存竞争"来为人的发现做脚注的。有意思的是两者都表现出女性对自身价值的特别关注。"我本来要寻找的，和我找到的，好像不是一个人。又好像就是他。"[①] "我"总是试图对"他"做出间接的回应：

> 我停了一会儿，回答："我爱人是搞美术的，他很热爱自己的事业，在事业上，他也很支持我……"我的心在自己简单勾画的情景里感动地颤了一下。假如真是这样，一切太圆满无缺了！唉，我宁愿像个向日葵一样，把好看的一面朝着太阳，而把打落的牙咽进肚子里。怎么啦？这后一句竟是他说过的话！
>
> 体检完了，政审完了。我真不愿意过这样坐立不安地等待的日子，可还是一天天，一时一刻不由自主地焦急等待着结

[①] 张辛欣：《在同一地平线上》，见《张辛欣中短篇小说集》，成都：四川文艺出版社，1985年版，第170页。

第一章　"文化大革命"的反思与人文精神话语的建构

果……

　　结果来得太快了！所有的努力全白费了。不早不晚，高教部下达了明文规定：已婚者一律不能参加大学考试。在进入竞赛场地之前，我已经就不配做个对手了。

小说所诉诸的大学理想的结构是建立在丈夫支持基础之上的双向互动机制。但结果是以单身者做饵，由是勾画了一段势在必行的竞争之路。正是在这一意义上，它帮助我们折返小说的标题"在同一地平线上"，显示了她与他在竞争层面上的扭结。"在同一地平线上"意味着平等，即革除传统社会观念所引起的身份焦虑，造就社会达尔文主义的人生观，一切都在竞争当中。

　　对那些看来跟好孩子一样，对别人的争、奔嗤之以鼻的人，我常常感到怀疑，他们不是过分可爱，就是在装蒜！

《在同一地平线上》舍弃了对女性外貌的描摹，相反，其见证了女性生存观念的变化。张辛欣在小说中略去了男性的照顾，以"我"的生活能力逐渐强大为表征，塑造了一个要强、要坚持、要努力的生存竞争的场域。

如果说张辛欣的细节描写在于对"女强人"的认知与定位，那么这也从一个崭新的角度改写了"人"的定义。女性进入竞争的过程本身就充满了挣扎、矛盾、苦痛，"我"力图改变自己的社会位置而宁愿忍受孤寂。小说特别提出了对竞争的思考，把竞争视为一个解决人的价值与尊严的切实方案。

　　也许到现在，他从来没想过，在生活的竞争中，是从来不存在绅士口号：女性第一的。

　　现在这会儿，他正在忙什么呢？他知道我成了这样会怎么想？他根本不会想到我的！

所谓生存竞争，是衡量女性作为人的社会地位的一个重要尺度。"竞争"一语已有女性建构自身的要求和态势。张辛欣在小说中反复使用这一词，也意在强调这种竞争的残酷性。成为导演的"我"所面临的是在同一地平线上竞争的丈夫，这与她极力想获得社会的承认大有关涉。此外，还与人道主义对人的重现和发现有关。作为女性，不必仅仅局限于家庭与爱情之中。事实上，"我"的矛盾怅惘之中还有着一股与男性一争高下的雄心。所以，张辛欣在以回避女性特征来叙述小说之时，就意在透过打破男性权利体系，再造女性作为人的尊严的平等和独立。结果如何，或许我们无从知晓，但它在描绘女性的尊严独立的重组过程中显露出复杂的人的发现的线索。这样，既可以越过狭窄的人的定义，又提供了放大人的层面的视域。

总而言之，为了获取作为"人"的崇高地位，这截然不同的三个路径代表着人道主义总体层面上对人的重新发现的倾向。应该看到，这三种路径为我们铺设了理解文学中人道主义的不同层次，对人道主义有了更为具体、全面的理解。不过，它也带来一种悬而未决的缺憾，这当中所暴露的人道主义的界限尤其值得思考，以便我们对人文精神话语的生成脉络有更深入彻底的理解。

第三节 人道主义的边界与人文精神话语建构

人文精神话语是以人文精神为中心的表述系统，意在寻求外在的语言表述与深层的价值体系之间的关联。人道主义并不能直接转换成人文精神话语，而只是在边界的框架内阐释背后的权力关系，进而提供一种关于人文精神的价值体系，以建构整个人文精神的话语结构，使之保持一种向上的姿态。那么，人道主义就不只是一种单纯的文化现象，它作为人文精神的一种意涵，恢复了文本与语境的联系，建构了人文精神话语系统。

一、人道主义的边界

人道主义是具有边界性的，它一方面是文学关怀的实现途径，另一方面又意在对历史传统进行批判。如果划不清这个界限，势必会从一种危机走向另一种危机。

我们可以从"边界"这个词考察并分析人道主义暗含的态度，观察

第一章　"文化大革命"的反思与人文精神话语的建构

其在定义、发展、转化的过程中发现自我并发展为一种话语体系的基础。为了说明这一点，我们可以将"边界"看作一个出发点，最终进入完整运用的话语体系。那么，人道主义的边界所指就成为一个十分有趣的问题，因此，有必要展开初步的辨析和探讨。

在五四前后，有关"人的发现""人的文学"的讨论和思索已经不胜枚举，其中最著名的是周作人在《人的文学》中所提出的一种特定的有关人的概念的建构，并且提及了作家的态度和时代使命。"文化大革命"结束以后，揭批"文化大革命"所造成的历史创伤接续了五四时期"人的文学"所发起的思考，"人性""个人""大写的人"成为"人性复归"的有力口号。人道主义积极利用马克思主义原理做着自我调整，由此建立了马克思主义人道主义的解释，为传统狭隘的意识形态清理赋予了理性色彩。实际上，马克思主义对人道主义的认知和定位指认了人的重要性。人道主义所强调的"人"被想象性地置于批判反思的中心，而这种中心是在时代和国家的范畴之内，这就为人道主义新边界的确立铺平了理论道路。从马克思主义整个思想体系来看，人道主义的首要目的是发现人和拯救人。对马克思主义的重新解读使人道主义获得了新的界定。

这时候我们就开始思考：新的人道主义的边界是什么？这个边界是为了表现什么？

"文化大革命"的反思文学浪潮是新的界线产生的场域。此时，人道主义脱离了传统狭隘的意识形态的束缚，重申人性的独特，捍卫人的价值和尊严，进入新的意识形态关注领域。人道主义试图跳脱意识形态的框架并达到某种重建的效果。它以人的重新发现为叙述轴线，比较人与非人、压抑人与拯救人两种不同的生存样态，阐述"文化大革命"残酷的历史现实，又对"文化大革命"持反思批判的态度。这时，人道主义与时代之间的界限不断松动并发生游移。那么，当人道主义开始进入文学、进入人自身时，人道主义便与人发生了连接，这种连接通过文学扩大到其他领域。一旦人道主义与传统狭隘的意识形态之间的界线被打破，回归人自身的文学理想就可以成为现实。新的意识形态边界强调了人对政治压抑的摆脱，不再是传统狭隘的意识形态边界的简单延伸，而是对政治属性的一种逃避，其本质是人作为时代主体的表达形式。于是，新的"大写的我"的人道主义边界开始生成。

二、人道主义边界与人文精神话语建构的关系

在20世纪80年代，能够坚持人道主义批判的立场，并写出反映"大写的人"作品的，基本上是当年的"伤痕文学""反思文学"作家。沿此线索，马克思主义重新阐释的人道主义新倾向对我们认定的"人道主义"提出了疑问。问题是，用这一边界可以说明人道主义与人文精神话语的关系吗？

针对上述问题的回答，可以引导我们思考人道主义边界如何建构人文精神话语的话题。根据前面的论述，人道主义指向的是人，而与之相关的文学亦是如此。人道主义作为一种人的理论，显示了它能够在文学话语层面加以讨论的视野和能力。

人道主义边界的转变影响了文学发展的趋势，也影响了文学理论的走向。显然，人道主义与人文精神话语具有相关性，即人道主义能够把握人文精神话语建构的过程，并参与其中。那么，人道主义就是人文精神话语的一部分，因历史建构而存在。

"大写的人"作为人道主义的新边界，文学沿着它开拓的方向继续深入。以下是对"人道主义"边界的限定性描述，除了表明"人道主义"的界限，同时也试图指出沿着"人道主义"的路径会走向何方。

首先，人道主义边界体现了"人文精神"的涵盖性和包容性，即人道主义体现了有关人文精神思想的一个方面，最终通向其整体话语脉络。"人道主义"的边界和内涵的界定是文学发展过程中的一个重要阶段，它总结了文学和文学批评的阶段性成果。因此，可以将人道主义思想视为一种有效的有关人的认知模式。

其次，人道主义边界具有排他性。人文精神是一个变动的、历史的概念，人道主义宣告了"大写的人"的边界和人文精神话语的新关系的确立，并意味着其他话语模式类型的失效。

结合上述两点，就可以进一步指出，"大写的人"界定了人道主义与人文精神的关系，并作为一种新范式为文学发展提供了方向。所以，我们注意到，在马克思主义人道主义提出之后，人对文学的认识发生了变化。在《关于人性、人道主义、人情味和共同美问题》中，朱光潜指

出人道主义是人性的一个重要因素，把人放在高于一切的地位，在文艺的构型中创造人情味和共同美感。人道主义帮助人文精神话语实现了"人性""主体"等概念的联结及推衍，并让我们明白人道主义是如何成为一种建构人文精神话语的力量的。从界定人道主义与人的关系，到考察人道主义与构成人文精神话语的关系，就完成了一种跨越。所以，如果说人道主义为人文精神提供了一种新范式，那么，"大写的人"就通过人道主义的概念实现了人道主义与人文精神话语的关联，建构了人文精神话语体系脉络。

不应该否认"人道主义"开创了一条人文精神的新路径。

在这个意义上，人道主义的边界所表征的是具有人文精神话语体系的当下性。如果说文学发展中人道主义的变迁可以被视作人文精神话语的文本演化，那么，人道主义的现实表征就转变为一种人文精神的话语表述。人道主义不再局限于意识形态的框架，它成为描述人和人性深层变动状态的理论话语。人道主义边界的逻辑不是简单地庆贺人性的复归，而是关注人文精神话语的建构过程。按照理论的和历史的推理演述，通过马克思主义与人道主义和异化问题的讨论，"伤痕文学""反思文学"等创作潮流便形成了强大的人道主义潮流。人道主义成为人文精神话语体系的核心命题，现在，当我们回过头来重新审视人道主义的边界时，发现它创造了一种可能性，一种重新建构人文精神话语的可能性。

值得一提的是，文艺理论家和作家为人道主义和人文精神话语的关联的确立做出了重要的贡献。他们从人道主义的讨论中挖掘出人道主义是人文精神话语"未完成"的概念范畴。作家们则用鲜活生动的文本验证"什么是人""人是目的""人的价值""把人当成人""人是马克思主义的出发点"等命题。人文精神话语采用建构的方式来替换人道主义诉诸文学的表现形式，相反，文学实践所表征的人道主义，因其揭示、扩大甚至建构了既定的人文精神话语程式和结构，所以具有一种明确的力量。正如我们在前面的文学文本中所看到的那样，人道主义对人文精神的挖掘，实际上是对人文精神话语体系的建构，人道主义被设置为构建话语体系的材料。无论是形式还是内容，人道主义都提供了人文精神话语赖以为生的养料。譬如，戴厚英的小说《人啊，人！》向来被认为参与了人道主义的建构。高尔泰、何西来的文学批评挖掘了人道主义内部隐藏的人文精神话语,有力地证实了人道主义对人文精神话语建构的开放性。在两位批评家看来,人道主义与其说是一种理论的生成状态,不如说是在特定时空下人们关于人文精神话语所建构的产物。人道主义边界的流动性与人文精神话语的建构特质昭然若揭。

那么,人道主义边界和人文精神话语就形成了交互性的关系,即两者相互影响、相互关联,最终产生一种文学发展的新力量。人道主义构成了人文精神话语的内在意蕴,人文精神话语也促成了人道主义的边界操作,为之提供了一个外延的空间。这大概也是"伤痕文学""反思文学"引发有关人性的广泛论争的原因。

第二章　政治批判下的人文精神话语镜像

在文学和文学批评话语中，在经历了"文化大革命"的"冷酷严寒"后，人文精神开始在文学场域小心翼翼地迈开反思与探索的脚步。从最初的"伤痕文学""反思文学"，到随后的"朦胧诗"，文学发展中的人文精神以不同的形式涌现。与此同时，伴随着文学创作，文学理论在人的解放和人性复归的旗帜下，又进一步推动了文学中人文精神话语的发展。从对人的问题的重新关注、对人性问题的讨论到人性的复归张扬，理论家以理性的力量让被遮蔽的人性逐渐显露。文学和文学批评对人性的积极肯定使文学重新走上了"人学"的道路。

第一节　政治论争烛照下的"人性"

人文精神话语得以确立的关键是"人性问题的讨论"，与这一论争联系在一起的不是形而上的、抽象的人，而是有血有肉、有感情的现实的人——人性。对文学而言，关于人道主义的论争重新确立了文学的合法性，并在"文化大革命"后的政治进程中为人文精神找到了新的位置。

一、"人性"在马克思主义中的重新阐释

"文化大革命"始于对"文艺黑线专政论"的批判，这种批判伴随着"文化大革命"的整个进程，它在话语层面表现为对"真正的"社会主义文艺的确认和呼求。抱着纯化社会主义文学创作的目的，与"真正

的"社会主义文学创作理念不相符合的文学自然受到批判和否定。① 对人性的否定即是如此。

在"文化大革命"中,人性被与资产阶级联系在一起,是资产阶级的超阶级的意识形态。当我国步入社会主义的伟大阶段、确立以毛泽东思想为基本指导思想时,我们需要的是"开创人类历史新纪元的、最光辉灿烂的新文艺",因此,与马克思主义阶级斗争观念不符、与毛泽东思想相左的超阶级的人性论自然需要被剔除。"毛泽东同志的《在延安文艺座谈会上的讲话》批评了超阶级的观点,驳斥了'人性论'、'人类之爱'这一类资产阶级的谬论",在批判与确认之间,确立了基本的文艺创作原作——"根本任务论"和"三突出"。人性作为资产阶级的"毒草",自然不能出现在文学作品中。在这一时期,主流的文学创作完全统摄于一种文化革命的基本主题,对文学中人性论的批驳就是在这一主题的裹挟下,以马克思主义、毛泽东思想的名义进行的。"新时期"对"文化大革命"的批判自然会将人性问题作为一个基本切入点。"文化大革命"后对人性问题的讨论也是在马克思主义、毛泽东思想的烛照下进行的,只不过这一次是要在马克思主义、毛泽东思想中找到人的位置。

"文化大革命"结束后,政治上的拨乱反正和思想上的解放几乎同时进行。为人性提供讨论背景的是"实践是检验真理的唯一标准"的大讨论。这一标准重新确立了讨论问题的基本原则——不唯教条束缚,以实际存在的情况为准绳,敞开了问题的诸多可能。

关于"人性问题"的讨论具有十分重要的意义:

第一,它在马克思主义思想中确认了人的位置。

1979年朱光潜在《关于人性、人道主义、人情味和共同美问题》中指出,"文化大革命"所人为设置的禁区,首先就是人性的禁区。马克思在《1844年经济学—哲学手稿》中从人性论出发来阐述无产阶级革命的必然性。借助马克思主义的观点将人性论与马克思主义哲学基础进行对接,王元化在《人性札记》中并不同意朱光潜将人性定位为人的

---

① 不管提出者的主观目的为何,反映在文学话语中的即是以"纯粹"的社会主义文学反对其他各种文学理念和创作。

自然本性的观点，而是将人性归结为人的社会本质。在对马克思主义的人性概念进行辨析的同时，将其导向了人的本质。在《人的自然本性、社会性和阶级性——与胡绳生、袁杏珠同志商榷》一文中，王润生以折中的姿态将朱光潜和王元化两人的马克思主义人性观进行了统一。朱晶、傅树声则进一步强调"人的自然性往往受社会性的制约和影响"[①]。

当学者们将人性与马克思主义进行结合时，就赋予人性存在的合法性，也就为批判和省思"文化大革命"提供了一个基本的切入点。

第二，人性问题的讨论不仅促进了文学中人性的复归，也进一步深化了文学对人性的发掘和表现。

当人性被确认为合法时，束缚于文学之上的政治枷锁也就松动了，文学和马克思主义人性观之间就建立了关联，这样，文学的价值和意义就获得了一个内在的评判标准。例如，钱谷融在《〈论"文学是人学"〉一文的自我批判提纲》中将人性与当代中国的马克思主义进行对比，显示了马克思主义在"人性问题"讨论热背后所承载的巨大的理论重荷；朱晶、傅树声秉持一种批判主义的立场；刘再复则肯定了人性在文学中的本体地位。

这些讨论都是围绕文学展开的，讨论的核心无一不指向人性。当文学的价值和评判标准不是外在的政治理念时，文学也就具有了独立的地位。

二、"人性"的价值取向及其在政治批判中的地位

"文化大革命"后，人性论争有力地证明了周扬关于这一时期思想解放任务的判断。当人性不再被直接否定，而是作为一个可以争论的话题时，也就预示了对"文化大革命"所造成的"宗教教义式的新蒙昧主义的束缚"的挣脱。当然，关于人性论争的意义远远不能这样简单概括了之。在这一时期，人性论争具有更为实际的意义：

第一，人性论争在最显在的意义上提供了批判"文化大革命"的视

---

① 朱晶、傅树声：《论人性与文学艺术的解放》，载于《吉林大学社会科学学报》，1980年第4期。

角。"文化大革命"的人性话语被认为是林彪、"四人帮"为了篡党夺权而实施的阴谋。"人,在革命词藻的掩饰下,有时仅仅视为完成目的的手段和工具。"① "可惜的是,在'文化大革命'中,整个说来我们是把'革命'和'人道主义'对立起来,以为人道主义既然是不革命的,那么革命就不能讲人道主义。于是那些'走资派''修正主义分子''牛鬼蛇神'就连战俘享受的人道待遇也享受不到了!"② 现在,在思想解放的环境下,对人性进行公开讨论便是对"文化大革命"设置人性禁区的突破。

第二,人性的公开讨论为"文化大革命"后的政治批判提供了一条基本路径——揭批。林彪、"四人帮"在"文化大革命"中为了篡党夺权而设置了人性禁区,对与人性相关的问题进行简单否定和打压,揭批林彪、"四人帮"打着"文化大革命"的旗号而进行的否定人性的事实即成为反思"文化大革命"的基本方式。"揭批"成为这一时期文学展现自身价值的基本方式,也是"伤痕文学"被肯定的理由。

第三,人性的公开讨论赋予了文学独立性和价值。首先,当表现人性被看作文学的本质时,文学就有了超脱政治的自我衡量标准,文学作品的好坏就不能单纯地由政治维度判断,而应该综合考虑它对人性的展现。其次,在反思"文化大革命"的时代主题下,文学又具备揭批林彪、"四人帮"罪行的政治需求。在《哥德巴赫猜想》的开篇,徐迟即引用了1978年两报一刊元旦社论《光明的中国》中的一句话:"为革命钻研技术,分明是又红又专,被他们攻击为白专道路。""文化大革命"中,陈景润的数学研究被定位为走"白专"道路,受到了严厉的批判和打击。在这篇报告文学中,以陈景润为代表的知识分子经历了被发现为人、被正视为人、被视作主体的三个阶段,整篇文章都围绕着政治批判中人的重新发现而展开,确立了文学中人的价值视角。由此可以见出文学价值标准的界定首先是从政治批判的维度上进行的,政治批判与人文精神交织在一起,两者共同为人的价值的重新肯定提供了现实基础,其意义就在于为文学价值标准赋予了新的内涵。

---

① 敏泽:《论〈论文学的主体性〉——与刘再复同志商榷》,载于《文论报》,1986年第6期。
② 王若水:《为人道主义辩护》,载于《文汇报》,1983年1月17日。

第二节 以"人性"为出发点的文学创作

"历史的任何一个节点,同时又都是过去的延伸,未来的萌生。"①"文化大革命"是人文精神的中断期,但中断不等于断绝。"我们已经迎来了一个人性复苏的年代。"②"文化大革命"后的人性争论延续自"文化大革命"中的"地下文学"写作。不过,"地下文学"写作与"文化大革命"后的文学创作所表现的人性存在些微差异。当然,在表现人性方面,这种差异显得微不足道。

一、"地下文学"与情感触角的伸展

尽管人性是 20 世纪 70 年代文学的敏感区域,但是在文学创作当中,反叛的潮流依然暗自涌动。在这一时期,人性以地下写作的方式得以展现,出现了特殊的"地下文学",成为文学发展史上一个"缺场的在场"的特殊存在。"文化大革命"结束以后,这些作品得以陆续公开发表,被时代压抑的人性也开始浮出水面。其中,以"白洋淀诗群"为代表的诗歌创作和张扬等对人性和人的价值的肯定成为他们书写的主要目的。

"文化大革命"将社会卷入政治斗争的亢奋之中。在对伟大领袖的崇拜和忠诚中,在一种纯粹社会主义理念的指导下,在对光明未来的追求中,个人的感情显得微不足道。相反,在政治浪潮的裹挟下,人性、人道主义被看作阻碍社会发展的障碍,个人感情被政治激情挤压到边缘。

从空间角度来看,占据中心的是禁锢人性的政治修辞;人性被看作资产阶级的意识形态,是需要拔除的毒草。"白洋淀"青年虽大多数来自北京,不过,就像人性被放逐到政治的边缘一样,他们也只能代表一

---

① 冯宪光:《回望十七年的文学理论传统》,载于《文艺理论与批评》,2009 年第 5 期。
② 刘光耀:《"文艺反映社会生活的本质和规律"评析》,载于《当代文艺思潮》,1985 年第 4 期。

种不被主流话语承认的"青年亚文化"。在"文化大革命"的政治话语之下，个人话语是被压制的，个人表达的风险使他们自发组织的民间诗歌活动演化成一种地下写作，白洋淀也成为众多来自北京的中学生及一群热爱文学的青年人开展地下诗歌活动的聚集地。确切地说，白洋淀诗群出现于20世纪70年代中期，代表诗人有芒克（姜世伟）、多多（栗世征）、根子（岳重）、食指（郭路生）、江河、林莽、北岛等。政治的禁锢与个性的叛逆造成了这一群诗人在诗歌艺术上的双重性。应该说，从文学史进程的结构性因素来看，白洋淀诗群的地下写作对人性的保存是朦胧诗发展的基础，例如白洋淀诗群的代表诗人芒克与北岛等创办的《今天》杂志，以对人存在意义的追问，造就了朦胧诗早期曲折隐晦的艺术特征。

这一边缘的"亚文化"创作群体被冠之以一种地形学的称谓——"地下写作"。

"地下写作"并没有像主流文学那样书写昂扬的政治激情，它所展现的只是一种小心翼翼的个人情感，一种在政治激情裹挟下的个人的有控制的情感的延展。《这是四点零八分的北京》以娴熟的诗歌语言技巧和饱含深情的对人性的洞见，大大增强了文学的思想力量。尽管理想的夭折如同妈妈缀扣子的针线穿透了心胸般骤然疼痛，但"上山下乡"作为"文化大革命"政治革命生活的一个组成部分，是个体所无法抗拒的政治事件。食指在这一事件中将个人感受作为诗歌所必需的叙述姿态。在第一小节中，车站作为离别的典型意象，它的能指指向的是个人下乡插队离别北京的真实经历，所指指向的则是处于意识形态屈从位置的个体内心世界的情感变化起伏。整首诗在"文化大革命"的时代背景下将以往"响应号召"的"英雄"进行了革命性的解构，在离别的历史瞬间，知青一代的个人遭际最终演化为青年普遍存在的精神痛苦和心灵创伤，催化了人的自由意识的崛起。

与《这是四点零八分的北京》有着同样影响力的是张扬的长篇小说《第二次握手》。在《第二次握手》中，作者更多地转向人性、主体等"严肃话题"，将功勋卓著的知识分子的坎坷爱情和一代航天人的爱国情怀交织在中国革命事业的艰难历程之中。小说批判了"左倾"错误路线对知识分子的残害、对革命事业的严重危害。在同时期的文学批评中，有学者从女性主义和伦理意识、时代困境等角度对张扬的作品进行了多维度的分析，指出张扬是"地下写作"的代表人物。但是站在人学立场审视其作品，会发现"人性"是贯穿小说的关键词。张扬的小说背景突破了"文化大革命"的时代局限，对人与人、人与社会关系的行为规范情有独钟，故事情节中充满人的需要、人的价值、人的尊严和自由的描写，作品舍弃了主流话语筛选下小说的公共情境（例如洁琼对原子弹使日本遭到毁灭性打击的行为感到愤怒伤感），努力将个人的感情理念提纯，保持了人文精神在文学文本中的连续性。

"地下写作"展示的是个人情感在政治浪潮中小心翼翼地伸展，它还没有"朦胧诗""伤痕文学""反思文学"的批判锋芒；或许我们能够从中解读出反思和批判"文化大革命"的倾向，但这种倾向隐晦地藏匿于人性的伸展中，它既不公开，也不强烈。"地下文学"表现了人之为人的情感，仅此而已。

二、以"人性"为支点的"伤痕文学"和"反思文学"

"文化大革命"后的文学创作对人性的表现远较"地下文学"强烈，这种转变伴随着时代转折，依附于写作方式的转变。"文化大革命"后的文学创作不再是单纯地表现人性，而是以人性为支点进行揭批。①"伤痕文学""反思文学"便是以人性为支点揭批林彪、"四人帮"的罪恶。这种揭批从三个方向上进行：一是以青少年为表现主体，集中指向教育功能的模糊和缺陷；二是以知识分子为表现主体，集中指向个人身份的不确定；三是以日常生活个体为表现主体，集中指向个体生存的困境。

先来看以青少年为表现主体时对教育的批判。

伴随着"救救孩子"的呼声，拯救孩子、拯救童心和纯真再一次对人性价值提出了重要的要求。就"伤痕文学"而言，教育是楔入人性的极佳入口。它以"文化大革命"对青少年所造成的伤痕唤起读者的共鸣，成为中国近四十年来文学发展中最重要的文学思潮之一。

---

① 何西来：《蚌病成珠——论"伤痕文学"》，载于《清明》，1983年第1期。

 中国文学发展中的人文精神流变

"伤痕文学"的发端是1977年11月《人民文学》上刊载的刘心武的小说《班主任》。"伤痕"这一名称最初的来源则是1978年8月11日复旦大学一年级学生卢新华在《文汇报》上发表的短篇小说《伤痕》。《伤痕》的发表引起了全国性的轰动,也引发了大家对"文化大革命"所造成的伤痕的讨论与批判。卢新华的《伤痕》是站在人性与政治对立的框架内展开的叙事,因此,"伤痕文学"的出现不仅是一场后"文化大革命"时代的文学思潮,更是一场政治批判运动。它的实质是人的自我觉醒,是人性的自我觉醒。"伤痕文学"站在人的立场反对政治压迫,反对"四人帮",激发了一大批作家对于人的政治想象,自此,伤痕小说大量涌现。[①] 这一文学思潮在"文化大革命"建立的政治空间之外,使作为叙述文本的文学与政治、人性相互影响、相互关联,最终产生了一种避免"文化大革命"思想延伸的批判力量。

自"伤痕文学"开始,青少年就成为作家们表现的重点。"伤痕文学"所展现的"文化大革命"造成的教育问题可以分成两个部分:

第一,教育被迫从属于政治。

作为"文化大革命"的产物,教育在当时的政治话语建构下发生了畸变。学校教育承载着国家意志,替代了知识机构。教育的主要任务一方面是要发挥政治话语的"建构"功能,它决定了教育该说什么和怎么说;另一方面,从政治标准和价值倾向两个方面决定个人的现世价值系统。这样被培养的个体无一例外地留下了意识形态介入的印迹。"文化大革命"初,"五·七"指示发表后,"停课闹革命",砸烂"旧课本",学习"毛主席著作"和"语录",在荒谬、怪诞、可笑的教育模式背后,个人与教育之间不再是互为本体的直觉意识,而是集中体现了人被规约、被放逐的地位。以阶级斗争与生产斗争为纲的知识体系使个体主观所获得的意义和内容完全依赖于当时的政治精神。个体价值判断的基础是社会语境,而社会语境所具有的共通感往往超越或压制了私人的感

---

① 这一时期的作品还有王亚平《神圣的使命》、陈世旭《小镇上的将军》、冯骥才《啊!》、郑义《枫》、周克芹《徐茂和他的女儿们》、莫应丰《将军吟》、孔捷生《在小河那边》、竹林《生活的路》、陈建功《萱草的眼泪》等。刘心武其后的小说《穿米黄色大衣的青年》《爱情的位置》《我爱每一片绿叶》《如意》,鲁彦周《天云山传奇》,从维熙《大墙下的红玉兰》《杜鹃声声》《第十个弹孔》《雪落黄河静无声》,张贤亮《灵与肉》《土牢情话》《绿化树》《男人的一半是女人》等,都以对"文化大革命"批判反思的方式建构人文精神。

受。"文化大革命"中教育的有效性不是来自先验的根据,而是来自他者的接受或认可,这种认可需要通过暴力或说服的方式,这也正是政治话语的思维模式。

第二,对人的精神的禁锢和塑造。

作为政治话语的一部分,"文化大革命"中的教育被赋予了特殊的意义。它以颠覆、斗争与垄断的形式突出"人"的政治化,使人性出现了破坏性的倒退。教育成为一个特殊、敏感、充满矛盾的领域,每一个青年个体都深陷于"文化大革命"的困局。在某种意义上可以说"文化大革命"中的教育不仅造成了中国教育功能的紊乱,实际上也成为"禁锢人的思想、抹煞人性"的手段之一。

从创作情形来看,"文化大革命"中的教育问题对当时青少年的毒害可以总结为两个方面:

其一,基本价值取向、审美取向的扭曲。

与单纯的政治批判相比,小说《班主任》显然承担了更多的叙述目标。以"文化大革命"中的教育为背景,《班主任》不仅呈现了"文化大革命"中的思想禁锢问题,更揭露了"文化大革命"对广大青少年心灵的毒害。在总结自己的小说创作时,刘心武提出一个重要的体验,便是在他所讲述的故事里,存在这样一个现象——成长中的个体如何面对一种价值标准的量化和统一化的社会情境。刘心武①选择了《牛虻》,而《牛虻》却无一例外地被好孩子谢慧敏看作"黄书"。在《牛虻》一书价值标准的认定上,"坏孩子"宋宝琦与谢慧敏不谋而合。然而小说中的谢慧敏,作为班干部工作认真负责,积极进步,有着"劳动人民闪光的一面",甚至"绝不能让贫下中农损失一粒麦子";而同时,她又以极度的政治敏感,把"穿带褶子的短裙"看作"沾染了资产阶级作风",造成审美取向的扭曲。谢慧敏是一个无可置疑的"好学生",但如脱离"文化大革命"的反常教育语境,她又是应该被质疑的。她深受极"左"思想的控制,价值取向不可避免地僵化,把"小流氓"宋宝琦的到来看作血雨腥风的阶级斗争。谢慧敏和宋宝琦的伤痕是人性禁区和僵化教育

---

① 1961年,刘心武从北京师范专科学校毕业,进入北京十三中学,成了一名语文老师,十多年的班主任工作为他后来的文学创作积累了真实的生活经验。

模式下一种非人道的悲剧,是人性的被忽视、被欺骗和被毒害。因此,这种教育由此生发的合法性意识就彻底抑制了人的基本价值取向、审美取向,并演化为非正常理性状态下的观念和信仰。

其二,人的基本感情的缺失。

《班主任》中两个孩子所遭受的精神上的禁锢和摧残,在小说《伤痕》中另一个孩子王晓华身上再次发生。《伤痕》中的王晓华一开始只不过是个十六岁的孩子,她天真、纯洁,有着成长中的稚气,她乐观向上,积极追求"进步"。"文化大革命"后不久,曾经在战场上冒险抢救伤员的妈妈,"在敌人的监狱叛变自首",她喜爱、依恋的妈妈成了"叛徒"。在"文化大革命"的教育思想下成长起来的王晓华无法接受这样的事实。因为妈妈的"叛徒"身份,她失去了友谊,失去了做红卫兵的资格,失去了加入共青团的机会,受到了"从未有过的歧视和冷遇"。尽管她经历了短暂的困惑和恐惧,但最终还是彻底动摇了对"叛徒"妈妈的信任。这一切,是这个追求理想的女孩所无法挣脱的认识范围,她还无法深刻到能穿透当时的政治语境。教育让这个孩子丧失了家庭和母女之间的基本感情,她所持有的价值观使她自觉地与"叛徒"母亲划清了界限。"文化大革命"对人性的毒害摧残,对青少年教育模式的改变,给整个20世纪六七十年代人的心理造成了巨大伤害,而这种伤害体验难以在记忆中悄然抹去。为了强调"文化大革命"精神禁锢所造成的社会病态,卢新华提到了"唯成分论"这一事实,提出为什么要探讨唯成分论这个问题,"因为就我在社会上的所见所闻,被它埋没和压抑的青年和人才确是太多了"[①]。就"文化大革命"整体的话语立场而言,教育不可避免地沾染了政治话语的气息,个体及其生存是有限的存在。从一开始,"叛徒"这个称谓就占据着王晓华伤痕问题的中心地位。在很长一段时间她都保持着对母亲的隔离疏远,自我价值的确认也同样长期依赖于对亲情的间离,并以此作为政治指向的手段和渠道。值得一提的是小说中的苏小林这个人物,在"文化大革命"泛政治化的文化语境中,在王晓华与阶级敌人"母亲"自我割裂时,苏小林仍然给予了同样是受伤害者的母亲以人性的温暖呵护,难能可贵。从作者的叙述态度上

---

① 卢新华:《谈谈我的习作〈伤痕〉》,载于《文汇报》,1978年10月14日。

看,《伤痕》在文本的意蕴层面延续了这样一种潜在的人文精神。

以人性为支点的第二种揭批就是将知识分子作为表现主体的"反思"文学。

"文化大革命"一直把人性视为禁区,在畸形的政治之下,人性被抹煞。对青少年的毒害同样也发生在知识分子身上。在"文化大革命"的极"左"思潮中,是非颠倒,"知识越多越反动",知识分子成了"臭老九",在相当长的时期内,"文化大革命"对人性的毒害使知识分子失去了作为历史主体的建构位置。作家宗璞的小说《我是谁》就深刻地揭示了老一辈知识分子在"文化大革命"中的遭遇。同样这也是对知识分子在"文化大革命"中所受磨难的叙写。大学生物学教师韦弥,在1949年以深沉的爱国之心回到炮火纷飞的祖国,从事她所热爱的科研事业。然而"文化大革命"却剥夺了韦弥夫妻二人最起码的人的价值与尊严,科研成果被付之一炬,知识分子的主体意识被践踏。自我意识丧失的韦弥不得不发出"我是谁?"的诘问。知识分子失去了作为人的地位和重要作用,而"知识"也在"文化大革命"的话语暴力中逐渐退出。对知识分子被压制的认知比较深刻的还有古华的《芙蓉镇》。"右派"秦书田在芙蓉镇遭遇了知识分子的身份危机,他的知识者身份被剥夺。和胡玉音的爱情解构了他此前的政治追求,贯穿于小说的是从拒绝右派身份到对人性的重新确认。显然,《芙蓉镇》对知识分子身份保持了高度的兴趣,而这种身份是被"文化大革命"突然割断的。秦书田作为知识分子的身份困惑本质上还是个体关于人性的自我认知,因为人性与身份的联系才是政治批判的最有力之处。与之相关的还有王蒙的《蝴蝶》、戴厚英的《人啊,人》、张洁的《爱,是不能忘记的》等对知识分子命运的关注,它们一面消解了政治的内涵,一面在对"文化大革命"的反思中建立了人性体察的视角。

第三种揭批是将"文化大革命"的毒害扩大到日常生活的诸多个体。

《铺花的歧路》中的红卫兵白慧,《枫》中热恋的青年学生李黔刚、卢丹枫,《醒来吧,弟弟》中沉睡消沉的弟弟,《生活的路》中女知青娟娟和立志改变农村落后面貌的青年梁子,《弦上的梦》中艺术学校的大提琴教师慕容乐珺,他们都在"文化大革命"中经历了生活的突变,虽然不同的生活态度所造成的个体生活道路多少有些差异,但伤害却是相似的,都是这场革命中的暴力场景。因此,"文化大革命"和日常生活群体就形成了施暴与被施暴的特殊关系。

人文精神阐释的无限性进入文学,文学才能与政治话语的有限性告别。无论是青少年、知识分子还是日常生活中的普通个体,这些政治批判的文学书写都在政治和社会维度的剖析上提供了反思"文化大革命"价值颠倒的视角,一系列关涉人性本位的思考和反省共同构成了人文精神在文学创作中的展现方式。

三、人性在朦胧诗中的复归

从地下文学延伸过来而与"伤痕文学"几乎同时出现的是朦胧诗。由于"地下文学"对人的情感触角的铺垫,"朦胧诗"表达了与"伤痕文学"不同的内容——以人为主体的价值取向。朦胧诗提出的"自我表现"开创了控诉"文化大革命"禁锢的"黄金时代"。

从白洋淀诗派到《今天》手抄本的出现,再到归来诗群,在此境况下,朦胧诗代表诗人芒克的《教诲》《北方闲置的田野上有一张犁让人疼痛》等承继了朦胧诗人文精神的价值取向,并将朦胧诗的文学形态和人文精神特质加以扩展。与此同时,朦胧诗也引发了包括诗人、理论家,甚至文学界以外关于诗歌与时代氛围相契合的论争。

1979年10月《星星》复刊号发表了诗人公刘的文章《新的课题》,被认为是最早的关于朦胧诗的讨论文章。对顾城诗歌的情感表达方式,公刘既有惊异也有无法理解的焦虑。1980年《福建文艺》设立了关于新诗创作问题的专栏,专门针对舒婷的诗歌创作问题展开讨论,与此同时,《诗刊》《诗探索》《光明日报》《星星》《当代文艺思潮》等刊物或纷纷发表争鸣文章,或开辟专栏展开讨论,由此拉开了一系列关于诗歌问题的讨论,掀起了关于"朦胧诗"的论争,在这种论争中朦胧诗的命名亦得以确立。论争初期的主题主要围绕"三崛起""懂与不懂""诗歌是否符合时代要求"等问题,是社会转折时期文艺观念在社会意义层面的冲突。1980年4月7日到22日,"全国当代诗歌讨论会"在广西南宁召开,这次会议聚集了来自全国的诗人、文艺评论家、学者、编辑等百余人,"诗歌创作的经验""道路走向"等问题成为此次讨论的核心。"南宁诗会"将朦胧诗的论争推进至学理层面,随着论争的深入,争论双方将朦胧诗的美学旨趣等问题纳入讨论的范畴。在讨论中,诗歌的观念也逐渐发生了转换,以人为主体的价值取向在朦胧诗中逐渐获得了新的审美支持。

这一时期,章明的《令人气闷的"朦胧"》对朦胧诗进行了旗帜鲜明的批评。与此同时,理论家谢冕在《在新的崛起面前》一文中认为,"一批新诗人在崛起,他们不拘一格","他们是新的探索者"①,以宽宏的态度对朦胧诗给予了充分的肯定。1981年,孙绍振《新的美学原则在崛起》继之而起,以充沛的理论阐明了朦胧诗所建构的新的美学原则。徐敬亚《崛起的诗群》则将朦胧诗称作"不可遏止的现代文学潮流""新诗发展的必然道路"②,他把对朦胧诗的评价从现代倾向上升至审美价值、艺术主张,以理论的优势系统阐述了"崛起的一代"③。1986年《深圳青年报》《诗歌报》联合举办了"中国诗坛1986现代群体大展",再次将朦胧诗推向人性维度上的另一个发展阶段。

严格说来,关于朦胧诗的论争是在内容与形式、审美和以人的自我表现价值取向之间展开的。借助朦胧诗论争的契机,文学的审美标准和以人为主体的价值取向之间开始了一场角力。诗歌既不是一种"新艺术",也不完全是审美的艺术,而是介于意识形态和文学之间突破环境的事件点,朦胧诗的出现恰好处于新时期历史转折的事件点之中。在对诗歌是以审美为主体还是以人为主体的价值取向的反省判断中,"人的尊严"作为新的审美价值观在论争中逐步得到恢复。李书磊的《谢冕与朦胧诗案》、王爱松的《朦胧诗及其论争的反思》、程光炜的《批评对立面的确立——我观十年"朦胧诗论争"》、李润霞的《以艾青与青年诗人的关系为例重评"朦胧诗论争"》等都可看作对朦胧诗价值取向这一特定问题的理论延续。至此,朦胧诗论争所打开的以人为主体的价值取向突破了人文精神审美意义上的局限。人的特征和意义在诗歌中得以明确,开启了一种文学中人性持存的新范式。

在对文献的梳理中,我们发现了两个问题:一是朦胧诗论争和批判

---

① 谢冕:《在新的崛起面前》,载于《光明日报》,1980年5月7日。
② 徐敬亚:《崛起的诗群》,载于《当代文学思潮》,1983年第1期。
③ 徐敬亚:《崛起的诗群》,载于《当代文学思潮》,1983年第1期。

"文化大革命"的关系,二是朦胧诗的出现、论争与人文精神的关系。首先,"文化大革命"是朦胧诗产生的直接背景和反抗的对象,因此,朦胧诗论争的焦点不仅在于诗体的建设,更是释放了在"文化大革命"时期被压制的话语力量。其次,朦胧诗的出现在人的解放方面迈出了重要的一步。从朦胧诗论争到对"自我表现"的肯定,都是对"以人为对象为目的"的倡导,使人的感性因素与富有理性的人文精神"合力"成为文学的内在力量。它们以超前的思想论争形式在文坛产生了美学视角的冲击。

朦胧诗美学品位的反省与另辟蹊径,一方面集中表现为人的价值标准以从特殊的社会政治标准到普遍的人的精神世界的方式来建立和衡量;另一方面,人的价值取向与美学原则的关联则在于"文学想象力"的充分运用。无论如何,朦胧诗关于美学原则的论争让我们看到了超越独断政治话语,使文学中的人文精神进入新的阶段的可能。

大批青年诗人如北岛、舒婷、顾城、江河、杨炼等成了这种新的价值倾向的倡导者。从1979年3月到1985年10月,《新诗潮诗集》《朦胧诗选》等收录了大量不同诗歌浪潮和风格流派的朦胧诗。

在抒情诗《雨别》中,舒婷"毫不掩饰地表现了'自我',而且是非英雄的、普普通通的人的'自我',包含着一些明显的思想弱点的'自我'"[①]。中国传统社会中,女性长期处于底层,自我的独立人格在男权话语中被极大地扭曲,男权政治作为社会总体性的施暴结构已深深植入个体的集体无意识,对男人抑或男权的依附成为被泛化的行为机制。在去"中心化"的话语方式中,舒婷以女性作为"人"的清醒独立的自我人格发出这样的呼喊:"我真想甩开车门,向你奔去。"她并不避讳在现实的险恶中女性的孤寂、忧愁、矛盾和挣扎,但圆融其中的却是一种"不畏缩也不回顾"的精神。到了《会唱歌的鸢尾花》中,"小我"的色彩更浓:

  我的忧伤因为你的照耀
  升起一圈淡淡的光轮

---

① 练文修:《抒情诗的"自我"及其他——也谈舒婷的诗》,选自《新诗创作问题讨论集》,福建文学编辑部编印,1980年版,第90页。

……我会从人们的爱情里
　　找到我的
　　会唱歌的鸢尾花

作为女性的舒婷在面对人的生存、地位、处境时比男性更为敏感，在"自我"的形象之中，女性忧伤式的个人感受显示出非同寻常的审美价值。对女性意识的特殊强调，是为了斩断男性中心社会中女性的依附地位，使女性可以作为真实独立的个体出现：

　　让我做个狂悖的梦吧
　　原谅并容忍我的专制
　　当我说：你是我的！你是我的
　　亲爱的，不要责备我……
　　我甚至渴望
　　涌起热情的千万层浪头
　　千万次把你淹没

从整体上看，舒婷一开始就将诗歌的基点定位在人对爱情的渴望和自由上，这样就超越了以往诗歌审美视角的价值审定，她以女性的委婉细腻去看待诗歌的主体，用这种体验性、情感性的意象呈现人作为个体存在的方式，引起对人的重新认识。作品摆脱了以往政治话语所决定的审美因素，从根本上建构了以人为主体的价值倾向，在诗歌的叙述层面更显示了一种对人的自我价值追求的理解和关切。

"文化大革命"对人性的种种禁锢使得反叛这个词具有了超越自身边界的意义。而朦胧诗使"我"的主体色彩得到了舒展和释放。在《结局或开始》中，北岛将时代精神和人的主体性扭结在一起。为了纪念维护人的尊严而牺牲的遇罗克烈士，北岛建立了革命与个人的历史相关性。诗歌的审美情趣就在于个人情感在历史的洪流中不再被排斥、被隐匿，诗歌也成为"我是人，我需要爱"这个隐秘内心世界的合理渠道。

从"文化大革命"政治阴影中走出的个体不可避免地带有时代和群体的烙印，与家国危亡连接在一起的"大我"和感性直白的"小我"一起构成了江河在《纪念碑》中对"我"这个主体的诠释。

　　我常常想

> 生活应该有一个支点
> 这支点
> 是一座纪念碑

诗中,"纪念碑"是具有社会意义的"大我"。自我与中华民族的融合过程也是小我与大我交织的过程。朦胧诗论争之后,对诗歌的认识也开始从人文精神的角度进行审美筛选,代表着人的主体性的"小我"为时代所接纳,"我想/我就是纪念碑",当个体的生存与国家捆绑在一起时,个体作为人的固有本性就不再服从于主流意识形态话语的必然要求。由此,《纪念碑》的革新意义就在于将"大我"和"小我"共同统摄在作为人的生命主体之下。

除了表述私人情感的作品,实际上,朦胧诗在对"文化大革命"的批判上远比"伤痕文学""反思文学"强烈。

第三节 政治批判下"人性"的展现方式

人性论争似乎赋予文学以某种自主性,给予文学一个自我的价值评判标准。不过,无论是在"伤痕文学""反思文学"中,还是在朦胧诗中,人性的表现都是为了实现一种政治批判的功能——揭批林彪、"四人帮"的罪孽。人性、人道主义在与时代的结合中构建着一种独特的人文精神。

一、"人性"话语与时代精神的结合

时代精神①是一个重要的文化学范畴,也是历史的产物,意即时

---

① 18世纪,作为法国唯物主义哲学家杰出代表的爱尔维修就将时代精神作为人类发展进步在思维上加以衡量的重要维度。在中国,如果要追溯历史的话,个人与时代精神的结合早在五四时期关于青年的话语中就有时代精神的表述,20世纪60年代,学术界也曾开展关于"时代精神"的讨论。1962年,历史学家周谷城在《新建设》第12期发表《艺术创作的历史地位》一文,他提出时代精神理应是各种思想意识的汇聚,被概括为"时代精神汇合论",并引起了一场关于时代精神的讨论。从1962年至1965年,《光明日报》《文艺报》《人民日报》《新建设》《文学评论》《红旗》等刊物均刊载了多篇文章参与论争。

精神必然是社会意识系统中推进社会实践变革的先进的社会意识。因此，时代精神也成为当时反映文艺创作独创性的重要思想意识。我们在这里所说的时代精神实际上就是陈思和先生提出的"共名"的变体。

1976年中国历史进入一个重要的转折点。这一年，"文化大革命"结束，中国面临的最大问题就是转折。在这样一个历史的关节点，如何冲破政治对人性的扭曲，显示了中国在话语选择上的挣扎和困惑。无论是当时的政治状况还是文学环境，都需要一种新的社会精神气质和理性价值观念的引导。

"伤痕文学""反思文学"在这一时期的文学话语中首先被解读为对政治功能的实践——以人性为支点进行政治批判。"通过活生生的生活画面和铁一样的事实，更进一步认清'四人帮'确是地地道道的我们社会的最大祸害。"[①]"以自己的经验来反思历史。"[②] 文学创作者和批评家关于文学政治功能的观念紧密配合了这一时期政治转折的要求。

整体来看，文学承载时代精神大致有两种不同的路向：

一是在文学作品中，主人公基本上承载了时代的变化，作家以政治批判为基本叙事立场，应和时代主题。作为新时期文学的发生阶段，"伤痕文学"所承载的时代意义显而易见。

改革开放以后，党对文艺方针的调整仍然是坚持人的主体基础地位。文学深受时代转折的影响，展示人性成为紧跟时代精神的文学的基本内容。这一时期的时代精神是思想解放和政治路线调整。在这个思维视野中，此时的人文精神不仅仅是单纯的文学创作的内核，更是一种面向"变革"与"创新"的时代精神的人性话语，是以人性为主导的人文精神。由《班主任》《伤痕》开始，文学慢慢实现了批判与反思的相对自由化。无论是《班主任》中的谢慧敏、宋宝琦，还是《伤痕》中的王晓华，在他们身上都凝聚着转折时期的时代精神，并以批判"文化大革命"来确认现在，指向未来。

二是在文学批评中，将文学当作时代的表现。

诚然，新时期的文学批评对作品的导向有着更为显著的影响，文学

---

① 卢新华：《谈谈我的习作〈伤痕〉》，载于《文汇报》，1978年10月14日。
② 陈思和：《中国当代文学与"文革"记忆》，载于《中国现代文学论丛》，2008年第2期。

开始以人性话语反对"文化大革命"的政治话语,批评理论亦提倡马克思主义的人性论。在人性论中,作为最高理念的人性不再是一个政治禁区,而是一个现实问题。

从1978年到1986年,理论界的诸多批评家、学者如陈恭敏、吴强、董德兴、王朝闻、王蒙、冯牧在《文汇报》《南方日报》《光明日报》等报纸杂志刊发评论文章,不断开拓文学批评的话语空间,将人性与时代精神紧密结合在一起。

这些研究主要包含两个层面的内容。

一是对文学叙事文本进行研究的微观层面。主要表现在对《班主任》《伤痕》《枫》等文学文本的批评上,往往从文本本身的视角出发总结文学和时代精神结合的写作经验。

例如王继志的《"现代迷役"和悲剧——谈〈枫〉的思想意义》。①在重读作品《枫》时,王继志围绕社会主义能否出现悲剧的个体化理解,指出了《枫》的思想意义;《文汇报》刊载了荒煤的文章《〈伤痕〉也触动了文艺创作的伤痕》,提出"《伤痕》写的是一个家庭问题,也是一个有相当普遍性的社会问题"②,总结了文学作为时代精神的显现。对《班主任》《伤痕》等文学作品依附于人性而产生的时代精神的强调,是这一阶段"伤痕文学"研究③的一个重要视角,这也成为文学批评研究的出发点。在充分肯定"伤痕"文学的人性话语时,这些文章在一定程度上呈现了方向上的一致性,即它们都以对《班主任》《伤痕》的重新打量,突出时代在文学中的表现,在对"文化大革命"展开批驳的同时,展现了坚定的时代认同。

二是对文学思潮和文艺整体进行研究的宏观层面。从宏观上来看,这是在中国文学发展的整体进程中对"伤痕文学""反思文学"等文学

---

① 王继志:《"现代迷役"和悲剧——谈〈枫〉的思想意义》,载于《南京大学学报》,1979年2月。

② 荒煤:《〈伤痕〉也触动了文艺创作的伤痕》,载于《文汇报》,1978年9月19日。

③ 如冯牧的文章《打破精神枷锁,走上创作的康庄大道——在〈班主任〉座谈会上的发言》,西来、蔡葵的《艺术家的责任和勇气——从〈班主任〉谈起》,张钟的《小说创作的新开拓——评刘心武的短篇小说近作》,尤西林的《无产阶级启蒙的呼声——谈〈班主任〉中的谢慧敏形象》,雷达的《人民的心声——赞〈班主任〉等作品的出现》,吴强的《可喜的新花——读短篇小说〈伤痕〉》,陈恭敏《"伤痕"文学小议》,孙小淇的《〈伤痕〉出格了吗?》,董德兴的《从小说〈伤痕〉的一点争议谈起》,王朝闻的《伤痕与〈伤痕〉》,刘叔成《读〈伤痕〉,话题材》,等等。

现象的总结与研究，探讨了文艺力量以何种方式参与时代精神的建构。

延山、西庭、毅然的《暴露文学的作用和地位》①、张奇虹的《悲剧的生命力与时代精神》②、周绍华的《"伤痕文学"：戴着镣铐跳舞》③都是重要的理论文章。张奇虹的文章《悲剧的生命力与时代精神》全面论述了"伤痕文学"与时代精神的关系，提出人性是现实存在的焦点，文学不能离开现实的真实性，更不能离开人，作家的美学理想和文学的艺术生命力是由文学的认识作用和对现实的反映决定的。只有在作品中呈现人道主义精神，作家才能成为一个现实主义者。1984年9月24日，《人民日报》刊载了冯牧的文章《新时期文学的广阔道路》，指出"因为我们的文学""并不偶然"，它已经体现了新时代的精神特征，而且文学还在对这个时代主题进行新的开拓。相对于张奇虹对悲剧生命力所蕴含的时代精神的判断，冯牧将反映民众情绪和时代精神的理想视作文学不可或缺的重要组成部分。

就研究的覆盖面而言，这两个层面互为基础，互相支撑，为梳理文学和时代精神的关系提供了重要的参照。就阐释的深度而言，两者都在理论上倡导文学对人性和时代精神的描写，强化人性话语与时代精神的结合，将文学中人文精神的发生时间和发展空间拓展至"文化大革命"以后。

因此，在此基础上，"伤痕文学""反思文学"从时代立场出发的表述，在政治话语之外，重构了对这一时期政治批判性质的人文精神路径。

二、私人生活在政治话语中的重构与凸显

所谓私人生活，一般来说与公共领域相对，也可以说是公共领域背后相对清晰的个体活动边界，它拥有保持足够效力的精神特征。自黑格尔以来，公和私的关系问题就一直成为哲学家关注的重要理论问题。关于公和私的界线问题在哲学上的讨论也很多，尤其是汉娜·阿伦特和哈

---

① 延山、西庭、毅然：《暴露文学的作用和地位》，载于《山东文艺》，1979年第9期。
② 张奇虹：《悲剧的生命力与时代精神》，载于《当代文艺思潮》，1984年第6期。
③ 周绍华：《"伤痕文学"：戴着镣铐跳舞》，载于《齐鲁学刊》，1988年第6期。

贝马斯。在《公共领域的结构转型》一书中，德国哲学家哈贝马斯就公共领域和私人领域的关系、私人和国家集体的权力运作，以及两者在语言、交往与哲学关联的框架中受到的各种因素的制约和影响作了充分阐释。既然公共领域是市民社会的公共领域，它就必然区别于市民社会的私人领域。公共生活指向的往往就是政治生活这样一些彼此交往、探讨确定规则的生活，而私人生活则是个人的、自我的与公共领域相对的生活，也就是不存在与其他人交流或影响其他人的生活。把它们放到特定的文学背景下去考察和分析，就会发现两者有着复杂的表现，也就是说，文学有其自身的逻辑。在某种意义上，恰好对应着公共领域的社会政治结构，而其最终取决于政治话语的解构。

因此，公共领域理论为我们提供了一种视野，抑或是去重新审视"伤痕文学""反思文学"叙事中对私人生活的处理和把握的角度，它们有的直接以凸显的方式将私人生活与公共领域区别开来，有的以重构的形态体现私人生活的解放。

需要指出的是，私人生活在政治话语中的重构与凸显有两点值得注意：

首先就是公共政治领域对私人领域的介入，这种介入对个人产生了伤害。

第一是伤害了人的思想信仰。"文化大革命"的话语特征是典型的政治话语，它反映了政治在社会结构中的重要地位。这时的公共领域占领、侵吞、覆盖了属于个人的私人领域，个人空间被公开化，在一个更大的范围内，个人的政治身份被加以集体化的呈现。根据阿尔都塞的意识形态国家机器理论，人性被集体意识覆盖和取代。因此，扭曲变形的权利造成了公共领域与个人生活的重叠，这种重叠使私人生活很大程度上带有强烈的政治色彩，严重侵入了生命个体作为人本真的生命存在。"革命"的修辞力量将错误的方针政策灌输给大众，革命的红色信仰代替了人的理性思想信仰，这套思想体系强调的就是对人性的压制和抵抗。《班主任》中的"坏学生"宋宝林、"好学生"谢慧敏对"黄书"《牛虻》的共同指认就是"文化大革命"的公共领域在私人生活中建立"革命"理路的思想信仰。《李顺大造屋》中所张扬的时代的"大我"刻意遮蔽了李顺大个人感性的"小我"，也是"文化大革命"所传递的

"社会主义建设"的信仰标准。在自上而下侵入的过程中，我们可以看到，最明显的痕迹就是思想信仰标准的被歪曲。

第二是伤害了善恶是非的伦理标准。"文化大革命"是个体之外的外在事件，更是公共领域严重侵入私人领域的典型事件。相对于人的思想信仰而言，善恶是非的伦理标准也许是"文化大革命"公共领域伤害个体私人生活最直接的方式。从实际的伤害来看，它造成了善恶是非观念的孽变。处于"文化大革命"中的每一个生命个体，无论是《伤痕》中的革命者妈妈，还是在社会中享有盛名的文化名人或政治领袖，甚至是《剪辑错了的故事》中那些日常生活里的普通人，他们的生活经历如一段段鲜为人知的插曲，哪怕是一句隐藏在对话当中的无心表述，都将暴露在公共场域之下，成为批斗与揭发的对象。"文化大革命"挤压了个人的私人生活，导致更多人的秘密被窥视，而革命不约而同地选择了展示这种私密，扭曲善恶是非观便成为一种重要的"革命"手段。卢新华在《伤痕》中展示了王晓华善恶是非标准的转换过程。一直积极要求进步的红卫兵王晓华突然面临妈妈既有的革命者身份的落难之境，她一方面纠结于母女情感，另一方面又站在"革命"的路口，执着于红色革命所激发的信仰的热情。在得知上层对妈妈"叛徒"身份的指认后，她便开始启动了对妈妈的逃离和愤恨，十六岁女孩的是非观就这样被"革命"吞没。尽管王晓华的"革命"是非观不合乎人的正常理性，但也最能体现公共领域侵占私人生活状态下道德准则的畸变，尤其对陷入"革命"洪流的个体而言，这些"准则"慢慢成为消解人性的革命暴力。

第三是伤害了人性和人权。人首先是一种生物，在一定的空间中生存，逐渐形成了人之为人的本性；人同时还是一种社会动物，具有社会属性，处于一定的社会关系网络之中，由此人也无法离开共享公共文化的公共空间。1980年《人民文学》第3期刊登了作家李国文的小说《月食》，小说中，那位从红小鬼成长为记者的伊汝，只是因为在一篇文章中提出"冰冻三尺"的理论，就在大字报、批判会上受到"义正言辞"的责难，被迫在柴达木劳动教养二十多年。他失去了青春，失去了爱情，失去了作为人的价值与尊严。"文化大革命"政治秩序和权利的无序，无法给人的基本权利带来合法性的支持，因此，在政治斗争中基本的人性和人权也无法得到保护。这样看来，"文化大革命"是以革命的宏大口号,有意压缩人的私人空间,人性和人权不得不成为被遮蔽和伤害的对象。

其次是私人生活重构和凸显的基本方式。

事实上,它包括两种基本方式:一种是对个人人性和人道精神的维护,这是作为独立个体的个人对"文化大革命"所造成的伤害的本能抵御;一种是对政治残暴的批判。两者的共同基础是人性,批判就是维护,批判政治暴力的同时就是维护个人的人性。比如,与《班主任》所呈现的悲剧不同,《伤痕》以历史发展的序列作为批判的导向,老一辈人——王晓华的妈妈在"文化大革命"中死去,新一辈的青年人——王晓华、苏小林承载着伤痕,承载着人性,也承载着希望,他们在"文化大革命"后获得了新生。在以批判为主轴的同时,《伤痕》又以维护人性之意增强了私人生活的重要地位。

私人生活在政治话语中的重构与凸显,其重要意义在于,它使市民社会理论从传统的公共领域与私人领域的两分图式发展为私人领域在公共领域中的共存模式。也正是文学在不断进行批判反思的过程中,政治话语逐渐被削弱和打破,以人为主体的私人话语逐渐在公共领域占据了重要的位置。而这种私人话语主要体现在人和人性的凸显之中,它还原了人之为人的本性。以此为坐标,如果之前的文学是"人性""人情""人道主义"失落的阶段,而在此后,文学发展中的"人性""人情""人道主义"得以复苏并发展,政治批判被看作"人"重新被发现的支点。

由此,在文学理论上私人话语与政治话语获得了一种重构性。

三、"伤痕"描写的时间错位与知识分子的自我认同

"伤痕"是中国文学发展领域的重要现象,而"伤痕文学"则是呈现这一现象的重要部分。"伤痕文学"对"伤痕"的剖析是对"文化大革命"悲剧的再现式书写,这也成为"新时期文学潮流的第一朵浪花"。[①] 在政治批判和改革浪潮的裹挟下,"伤痕文学"以文学独有的特

---

① 何西来:《历史行程的回顾与反省——论"反思文学"》,载于《当代文艺思潮》,1982年第2期。

第二章 政治批判下的人文精神话语镜像

性配合政治反思和批判,并迅速在政治论争和文学书写中重新确立了知识分子的地位,重塑了知识分子的形象。

"伤痕文学"的核心是对"文化大革命"造成的悲剧及在人们心中錾刻的"伤痕"的叙述和展示,也正是从暴露"文化大革命"遗留的"伤痕"的角度,"伤痕文学"实现了其价值,但其叙事的独特性却被忽视。要真正认识"伤痕文学"中"伤痕"的深层要素,首先需要对其核心——"伤痕"描写的叙述方式进行分析。

"伤痕文学"被认知的锚点是其对心灵创伤及原因的文学叙述,它是站在当下的时间点上,追溯个人和家庭在"文化大革命"中受迫害的遭遇,暴露遗留在个人心灵上的创伤,从而实现对"文化大革命"的控诉和批判。"伤痕文学"进行暴露和批判的立场是当下这一时间点,其实现批判的最凌厉的方式是对当下心灵创伤的展示和对原因的叙述。

那么,当下的心灵创伤是以何种方式被展示和揭露的呢?心灵创伤对个人和家庭是否就是挥之不去的梦魇呢?

以"伤痕文学"命名的卢新华的短篇小说《伤痕》,无论叙述方式还是对伤痕的暴露均具有代表性和典型性。在《伤痕》中,作者在开头和结尾两个地方展示了主人公王晓华当下的心灵创伤。在开头部分,王晓华听到小女孩呢喃着叫"妈妈"的声音,在小说的结尾,"妈妈"两个字不断出现。当王晓华看到妈妈留下的日记本时,王晓华心灵的创伤及伤痕产生的原因都被揭露。不过,也正是在这种结构中,王晓华的心灵创伤从两个方面被消解。一方面,在对心灵创伤原因的追寻中消解过去。如果"四人帮"篡党夺权的阴谋发动的"文化大革命"是造成国家、民族、个人灾难的原因,是錾刻个人心灵创伤的刽子手,那么个人的错误就会得到谅解,个人做错事不过是受到"四人帮"及其帮凶的欺骗。王晓华不会因为自己对母亲的伤害而自责:在过去,她与家庭决裂,是因为她怀有强烈的政治情怀,不会考虑自己的行为对母亲的伤害,而自己心灵的创伤不过是对母亲的埋怨;在现在,当把自己过去的错误归结为"四人帮"的欺骗时,她就能够告别过去,重新开始。另一方面,心灵创伤又在对未来的展望中被强硬地掩盖起来。《伤痕》的最后,在揭露了王晓华的心灵创伤及原因之后,其凝结点不是伤痕本身,而是一种基于政治情怀的展望。也就是说在对造成伤痕的原因进行剖析之后，伤痕本身也就消融了，成了一段回忆。"伤痕文学"尽管是对经历了"文化大革命"的人们的心灵创伤的展示，不过它的凝结点却不是当下的伤痕，甚至不是基于暴露伤痕对"文化大革命"的简单控诉，而是基于个人体验对一个笼罩在国家、民族、个人之上的谎言的揭批，这就造成了"伤痕"表层与深层的颠覆与错位，这种"错位关涉在知识表述、推进路向上所可能导致的偏差"①，也就是说伤痕描写的错位是政治压力下的错位。《伤痕》中的王晓华因为轻信"四人帮"对母亲的政治定罪才与家庭决裂。《班主任》中，在谢慧敏、宋宝琦身上，造成他们基本价值观和审美观扭曲的也是"四人帮"篡党夺权的阴谋，对伤痕的刻画被一种强烈的情绪取代、消解。"伤痕文学"在对伤痕原因的追溯中，伤痕造成的痛楚被覆盖，覆盖一切的是回忆过去的强烈的情绪、对谎言的强烈憎恨。因此，在对伤痕的叙写中，"伤痕"实际上在两个方面被覆盖、撕裂和消解：一是在对伤痕原因的追溯中，覆盖着一种对造成伤痕的谎言的憎恨；二是在揭露谎言之后，个人的伤痕被一种政治光芒照亮。例如《被爱情遗忘的角落》就揭露了"四人帮"的谎言——对爱情观念的扭曲。男女之间的自然感情被妖魔化，这种谎言在小说的最后也被激烈的政治情绪抹平了。

伤痕在"伤痕文学"的叙述中从不同维度上被揭露。不过，这些对伤痕的不同描述并没有成为叙述的凝结点，而在叙述的最后都被一种政治情绪掩盖。这种政治情绪的触发混合着人性的复归和对政治方向的重新确认。与人性相关的各种维度在"文化大革命"中被扭曲，"文化大革命"之后，政治方向的纠正拨开了迷雾，人性的诸种维度自然而然地回归了。

心灵创伤的展示被一种明显的政治叙事消解了。尽管"伤痕文学"的叙事以对心灵创伤的描写命名，但是，心灵创伤并没有成为叙述的凝结点。造成个人心灵创伤的原因是"四人帮"的谎言，驱散谎言的不是个人对真相的追寻，而是政治方向的纠偏。在政治方向重新确立的情况下，个人的错误得以确认，错误的原因得到追溯，心灵创伤得以展示。不过，个人的情感立即会被政治浪潮淹没并融入政治进程。在《班主

---

① 吴兴明：《文艺研究如何走向主体间性？》，载于《文艺研究》，2009 年第 1 期。

任》中,张俊石老师确认了"四人帮"对谢慧敏、宋宝琦这些孩子心灵和思想的扭曲,他最后的心理活动却是将个人与政治进程结合在一起的强烈感情。个人的心灵创伤被揭示之后,凝结点不是对个人的关怀,而是对个人进行教育以使之为正确的政治方向贡献力量。在对"伤痕文学"的定性中,它被界定为揭批"四人帮"的第三大战役。①

"伤痕文学"从思想和理论上揭批了"四人帮"的罪证,以其自身的叙述形式践行和配合着这一揭批"四人帮"的第三个战役。通过对造成心灵创伤原因的追寻、一种对回忆的描写,"四人帮"为了篡党夺权的阴谋而对国家、民族、个人造成的伤害被全方位地揭露。

事实上,在将文学创作与政治批判联系在一起的情况下,"伤痕文学"还承担着重塑知识分子形象和确立知识分子地位的作用。

"伤痕文学"对知识分子本身的重要作用从两个方面进行:

首先,就文学叙事本身而言,在"伤痕文学"的叙述中,知识分子是与历史进程结合在一起进行建构的:知识分子被确立为过去政治事件的受害者和未来历史进程的推动者。正面描写知识分子遭受迫害的《我是谁?》就将知识分子定位为"文化大革命"价值观念扭曲和否定知识的残酷现实的承受者。《班主任》中,知识和人的正常的审美观念在"文化大革命"中被扭曲,而在"文化大革命"之后,班主任张俊石却通过将自身、知识与政治批判和政治反思联系在一起,进而确立自身存在的意义和价值。就"伤痕文学"的讨论来看,关于伤痕和"伤痕文学"的话语成为构建知识分子形象和价值的重要方式。关于"人性""人道主义""伤痕文学"的讨论重新确立了文学作为一个学科的独立性和特殊性,进而确立了知识分子的独特性和自身的价值、意义领域。荒煤在《〈伤痕〉也触动了文艺创作的伤痕!》中指出,文学创作者和评论

---

① 揭批"四人帮"的"三大战役":第一战役,从1976年12月至1977年2月,主要学习中共中央〔1976〕24号文件,由各级领导机关全面系统了解"四人帮"反党集团罪证材料之一,采取声讨会、批判会、出墙报、黑板报等多种形式,深入揭发批判"四人帮"一伙反对毛主席、周总理,妄图打倒一大批党政军负责同志和反党乱军、建立第二武装、阴谋搞反革命武装暴乱等罪行。第二战役,从1977年3月至5月,主要学习中共中央〔1977〕10号文件,了解"四人帮"反党集团罪证材料之二,着重弄清"四人帮"的反革命面目,严肃查处与"四人帮"阴谋活动有牵连的人和事。军师两级成立了清查领导小组,广泛发动群众检举揭发。第三战役,从1977年9月至1978年1月,主要学习中共中央〔1977〕37号文件,了解"四人帮"罪证材料之三,从思想上和理论上批判"四人帮"炮制的"老干部是'民主派','民主派'就是走资派"等反革命政治纲领,澄清是非,正本清源。

家不仅要描写"四人帮"对国家、民族、个人的伤害,而且也应该解放文学自身,使文学突破"四人帮"设定的种种限制,使得知识分子能够以文学自身规律进行创作,限制知识分子的枷锁被打开,在此基础上,又通过对文艺进行定性,赋予知识分子重要的责任。在关于文学独立性的话语中,知识分子开始在新时期重新确立自身的地位和责任。

其次,关于知识分子独立地位的确认和知识分子价值的重塑更主要地体现于关于"伤痕文学"讨论的一系列隐含话语中。无论是关于"'歌德'与'缺德'"的讨论,还是关于"向前看"问题的讨论,实际上都隐含着关于文学创作者责任的讨论,也就是文学创作者在"文化大革命"结束后的新时期应该怎样进行文学创作,更主要的是应该以怎样的立场进行文学创作的问题。

知识分子关于"伤痕文学"乃至"人性"的讨论,实际上使他们成为时代精神的承担者,间接地也成为人文精神的捍卫者。"文化大革命"泯灭了人性,而未来将是人性的复归。知识分子在人性、人情、人道主义中找回了自己失去已久的自我意义和价值。而人情、人性、人道主义能够成为确立知识分子地位的重要因素,不是因为它们单纯作为人的感情要素,而是因为它们与一种时代精神结合在一起,既是时代精神的体现,也是时代精神的感召。

第三章　现代人本主义思想震荡下人文精神话语的转型

笼罩着"伤痕文学""反思文学"创作的政治激情在20世纪80年代初期即已开始消退。而随着西方现代派思潮在这一时期的涌入，文学创作和文学话语以一种独立的姿态在自身领域进行创新和拓展，并获得了足够的借鉴资源。在新的创作技巧和方法的探索和运用中，现代派文学不仅拓展了文学表达的手段，而且文学自身也开始撕破笼罩人的政治面纱，为人文精神话语的转变提供了新的可能。

第一节　西方思潮的介入与"主体"的浮现

如果仅从谱系学的角度看，中国的现代派文学创作无疑可以溯源到西方现代派——中国现代派是对西方现代派进行借鉴吸收的成果。当然，中国作家对一些现代派创作技巧的借鉴和运用则远早于被称为"中国第一部真正具有现代意识的现代人创作出来的现代派小说"——《你别无选择》——出现的1985年。在对文学形式技巧的探索和对西方现代派文学资源的借鉴中，本土作家开始不断拓展文学表达的可能，刺激文学创作的发展和转变。

一、"主体"："现代派"在中国的历史解构

19世纪逐渐形成的西方现代思潮与中国20世纪20年代末、30年代初以来的现代派是不一样的，其中重要的差别就是西方现代派在中国

的历史解构并建立了"主体"的概念，具体表现为一种对人的价值的认识，并以对人的主体力量的肯定尝试建构人文精神话语的文学体系。

正是从这种深层的对人的认识出发，现代派重新确定了人文精神在文学发展中的历史地位。现代派思潮中的"主体"意识分为两种。

一种是随着中国对西方现代主义文学的引入，如20世纪20年代末、30年代初以戴望舒、卞之琳等为代表的现代诗派[①]，尤其是早在五四运动之前，一大批文艺工作者翻译西方现代主义文学作品，介绍现代主义理论，并运用现代派的形式技巧进行文学创作，使主体的概念日益明晰，人们从现代性中思索着人的价值、地位、历史作用等，呈现出鲜明的历史解构性。在这一漫长的过程中，中国本土也出现了一些以现代派命名的文学团体和流派。

另外一种主体意识在"文化大革命"结束后以更具体的形态出现。在对西方现代派文学的介绍和引入中，文艺工作者根据需要将之转变为文学创作思路，探索文学创作的新形式和技巧。这就在一定程度上刺激了本土文学的发展。西方现代派文学也重新成为我国学者竞相借鉴的资源。

20世纪80年代，作为"世界文学"的现代派文学开始被广泛介绍和引入中国。现代派进入中国的第一个途径是对西方现代主义文学作品的译介。1985年《外国现代派作品选》选本共四册八本全部编撰完成，成为当时影响最为深远的西方资本主义国家现代派作品的参考读物和启蒙教材。另外如萨特的文学作品在这一时期也开始被有意识地进行整体译介和引入。当时的中国读者对萨特并不熟悉，1981年柳鸣九编选的《萨特研究》由中国社会科学出版社出版。这次编选介绍了萨特的存在主义文学的部分代表性文学作品，包括短篇小说《墙》《艾罗斯特拉特》，中篇小说《恶心》，长篇小说《自由之路》，戏剧《毕恭毕敬的妓女》《肮脏的手》《涅克拉索夫》《阿尔托纳的隐藏者》《间隔》《苍蝇》《魔鬼与上帝》，还将其在哲学和文学思想上的部分文论《我为什么写作》《答加缪书》《七十岁自画像》作为阐释和研究的原文本。

[①] 关于西方现代派在中国的引入和中国现代派文学创作情况的梳理有很多，可参见谭楚良：《中国现代派文学史论》，上海：学林出版社，1996年版；赵凌河：《中国现代派文学引论》，沈阳：辽宁人民出版社，1990年版；等等。

第二个途径也是真正促进现代派文学在中国的接受和传播的，就是围绕现代派进行的各种论争。1980年，《外国文学研究》杂志在第4期发起了"关于西方现代派问题的讨论"专栏，并在一年的时间里刊载了32篇关于现代派文学的讨论文章，由此掀起了"现代派"的文艺论争。这些文章从文化背景、社会批判到文学形式等不同视角对西方现代派文学作了切实、深入的分析。无论是以开放的视野参照西方现代派文学的观念和实践，还是以对本土民族话语的表现展开批判，讨论的内容和深度都取得了重要进展。此外，如《上海文学》刊载了冯骥才、李陀、刘心武三人探讨《现代小说技巧初探》的通信，《文艺报》《人民日报》《读书》也纷纷开展对现代派问题的讨论，充分显示了这一思潮在引入与更迭中的话语策略和理论争鸣。1982年，《文艺报》编辑部就召开了两次关于"现代主义与现实主义"的座谈会，肯定现代派文学在形式技巧上的创新和所开拓的美学表现领域，此文也成为现代主义文学思潮论争的总结。

当然，对国外现代派在中国的引入进行简要介绍后，在对中国现代派文学创作进行介绍之前，我们首先需要对一个问题进行探讨：这一时期的中国文学界为什么要引入现代派？也可以换一种表述：西方现代派文学有何特质，需要中国学术界对它投入如此多的关注和热情？西方现代派文学在这一时期对中国文学界究竟意味着什么？

毫无疑问，作为"世界文学"代表的现代派文学首先是一种养料，能够促进中国文学的创新和发展。西方现代派文学对这一时期的中国文学界来说意味着"空旷寂寞的天空"中飘进的一只"漂漂亮亮的风筝"。这首先是对中国文学创作本身状况的反思，也是对西方现代派文学促进中国文学创新和发展可能性的说明。毫无疑问，对冯骥才等人来说，这只漂亮的风筝首先是技巧。这种对现代派技巧创新的追认也是中国文学工作者对现代派的一般认知。

这两个阶段一脉相承，展现了中国现代派思潮在发展过程中对人自身地位与作用的认识。文学主体性正是在这样的背景下产生的。"文化大革命"之后的现代派文学把形式技巧的创新与主体意识的建立联系在一起，强调的是人的价值和面对人的价值所发出的呼喊，其意义显然超出了西方现代思潮的范围，成为一种精神的、实践的人之主体的深刻认识。

不过，技巧的创新只是代表了刺激中国文学发展的可能。如果说技巧本身即已为这一时期的文学创作者和批评家所着迷，那么，现代派文学形式的探索所隐含的巨大价值则成为中国文学界对其积极接受和借鉴的心理契合点。

在现代派文学的形式实验中诗歌得风气之先。一批拒绝传统艺术规范的年轻人，以青年的桀骜不驯和果敢促成了新诗潮的崛起。顾城的"不胜骇异"[1]和一批新诗人的"新奇""背离""古怪"[2]等都旗帜鲜明地代表了"新的崛起"[3]"新的美学原则在崛起"[4]。在小说领域，现代派技巧的运用首先出现在对"文化大革命"的反思中。较早使用现代派技巧进行创作的作品是宗璞的短篇小说《我是谁》。[5]与卡夫卡《变形记》所使用的变形手法类似，宗璞将"文化大革命"的残忍视作一个巨大无边的魔影，这个魔影把人变成了虫，人的异化使人不再是人，而是"牛鬼蛇神"。与《变形记》的意义指向不同，《我是谁》荒诞变形的感受并没有指向形而上的理性深层，而是关注"人"，关注"人的本身"。宗璞将"文化大革命"的黑暗现实做了变异处理，以一条毒虫的视角窥视"文化大革命"中知识分子的心灵和生存状况。投湖自杀的知识分子韦弥和毒虫的荒诞关系呈现了"文化大革命"的荒诞感。尽管这部小说仅有五千余字，在叙事话语和形式技巧上当属早期现代派的力作。

与宗璞运用现代派技巧反思"文化大革命"对人的摧残、异化相似，王蒙以比宗璞更彻底的姿态突破"文化大革命"及其之后对人的界定。他以现代主义的形式技法开创了现代派描摹心理现实的领地。在20世纪70年代末80年代初，他连续发表了六部小说，《春之声》《夜的眼》《海的梦》《风筝飘带》《蝴蝶》《布礼》，以意识流的艺术手法和叙事结构表现人的内在心理，着重描写人的心灵。这一组被称为"集束手榴弹"的小说在对个人意识和无意识的展示中，突破了从政治维度界

---

[1] 公刘：《新的课题》，载于《星星》复刊号1979年10月。
[2] 谢冕：《在新的崛起面前》，载于《光明日报》，1980年5月7日。
[3] 谢冕：《在新的崛起面前》，载于《光明日报》，1980年5月7日。
[4] 孙绍振：《新的美学原则在崛起》，载于《诗刊》，1981年第3期。
[5] 宗璞：《我是谁？》，载于《长春》，1979年12月号。

定人、确立人的价值和意义的观念，淡化了传统的以外在冲突表现人物性格，继之以意识的流动与迁移呈现人内心的真实的创作手法，在时空大幅度跳跃与剪接的虚实之间，使人获得自由联想和重新组合的思考空间。在对跳跃性个人意识的展示中，去除了笼罩在人之上的笨拙、僵化的政治因素，抛弃了政治对人的统摄力。这样，个人就冲破了政治的笼罩，成为文学创作的核心，人的意义价值也在意识的流动和跳跃中而不是在与时代精神的结合中得到确认。

老一辈作家运用现代派技巧进行创作的还有李陀的《七奶奶》[①]《自由落体》[②]、张辛欣的《在同一地平线上》[③]、张洁的《方舟》[④]等。不过，20世纪80年代的时代精神已经转变。如果说，老一辈作家还在带着一种强烈的使命感运用现代派创作技巧关注人与"文化大革命"、人与政治的关系，那么，新时代背景下的新一辈作家则完全抛弃了"文化大革命"和政治的重负，完全关注新时代背景下青年人的生存状况。

以青年解读人道主义经典的体会诉说自我的苦闷，企图寻求时代框架规范下的自我而引发的"潘晓讨论"[⑤]，把人生问题纳入个人问题。"潘晓讨论"暗示着20世纪80年代以来对"个人"或"自我"的认识和青年对"主体"理解的变化。青年作家不再需要对"自我"的压抑来完成对时代精神的统合，而是以大胆的个性释放将自我纳入现代化的话语体系。

无论是作为个体假设的"潘晓"还是在讨论中的青年，都是社会心理的真实对应。在承载时代精神的大写主体退场后，潘晓式的人生疑问也正是在转型期从神坛上跌落的年轻人的彷徨与迷茫。

抛开"文化大革命"和政治的重负，运用创新性的形式和技巧关注

---

① 李陀：《七奶奶》，载于《北京文学》，1982年第8期。
② 李陀：《自由落体》，载于《人民文学》，1982年第12期。
③ 张辛欣：《在同一地平线上》，载于《收获》，1981年第6期。
④ 张洁：《方舟》，载于《收获》，1982年第2期。
⑤ "潘晓"并非真实的人物，而是由两个人的名字拼合编辑而成，一个是北京第五羊毛衫厂青年女工黄晓菊，另一个是北京经济学院二年级学生潘祎。《中国青年》杂志将黄晓菊和潘祎的部分言论放在一起组成了这封"潘晓来信"。这封来信于1980年5月11日刊发，14日就开始收到大量读者来信，17日收到100件，27日高达1000件，之后每天一直保持1000封左右，讨论持续了近三个月。后期，《中国青年》发表文章《只有自我才是绝对的》，使武汉大学历史系三年级学生赵林成为后期讨论的主角。

"潘晓"一代的生存状况和精神世界就促成了中国当代"真正的"现代派文学的产生。"真正"的现代派文学依旧在关注人,只不过关注的是抛弃了时代重负的青年人。

刘索拉和徐星就是这一批年轻作家的代表。《你别无选择》被看作中国现代派文学的正式出场,并将这股潮流推向高潮。青年作家刘索拉,初出茅庐时还是一个音乐学校的学生,她以虚无的主题展现了人生存自身的荒谬。她以《第二十二条军规》式的黑色幽默描写了一群音乐学院作曲系学生的生活状态,他们或玩世不恭或消极颓废,透过人物群像挖掘了人深层的心理状态和人的内心世界。黑板上T—S—D乐曲法则的功能圈是马力们无法摆脱的制约,也是人生无法逃离的既定规范,它有着循环往复的荒诞,也调侃渲染了颓废、疲惫、沮丧的个性和美好的理想憧憬之间的冲撞。

徐星的《无主题变奏》则是借用荒诞的形式来表现青年生活的荒诞。"我"和女友老Q的分手,暗示了"我"人生方向的困顿、失落所导致的人生的虚无,"我搞不清除了我现有的一切以外,我还应该要什么。我是什么?要命的是我不等待什么"①。"我"以戏谑嘲弄的态度应对没有主题的人生,就如同社会的变奏,暗示着一种规范对另一种规范的扬弃和否定。"那一年,还不以谈论什么萨特、弗洛伊德为荣",它捕捉着社会生活的变化,以存在主义的哲学理念践行"自我"中心,在貌似荒谬的嘲讽中包含着严肃的批判。

从最初在形式上标新立异的反叛,到社会转型时期情绪的释放,现代派形式探索的思考愈加深刻。

由此产生了一个问题,这种形式的探讨与人的主体建立了怎样的对应关系?

现代派淡化一切,对形式技巧的非理性的追求与此前文学所持有的家国情怀不再对应,对政治话语和宏大视角的流放,使得原有文学中的家国情怀被削弱和解构。因此,现代派文学以其新奇晦涩的文风带有深刻的否定性。

随着社会价值观念的起落,当理性的规范无法解决人自身的问题

---

① 徐星:《无主题变奏》,载于《人民文学》,1985年第7期。

时，文学就开始转向人类自身和现实存在的个体，试图以超然的感性欲求去建构人自由的彼岸世界。现代派文学的形式探索被公认为是对人、人的价值、人的本质的重新肯定和认识。而正是在围绕"人"这一核心问题上，刘再复在《文学研究应以人为思维中心》中首先关注了人与社会的关系，这在中国文学界的现代派技巧探索中得到了映照。但是，对于刚刚脱离"文化大革命"中对人、人性、人道主义的否定和压迫的灾难，想重新确立人、人性、人道主义价值的中国文学界而言，只有人才是其关注的核心。

当然，文学形式和技巧的创新毫无疑问会改变之前关于人的理解，自然也改变了人文精神的基本话语和理念。这正是我们需要从中国现代派文学创作和话语中进行解读的内容。

二、"文学主体性"论争

中国现代派文学思潮的出现既是借鉴西方资源进行文学创新——形式探索——的需要，也隐含着对人本身的关注。或者换句话说，人本身就是现代派文学与这一时期中国社会现实的契合点。中国现代派文学一开始就汲取了西方现代文化。在东西方空间的差异里，人的问题并存不悖。这样的背景形成了中国现代派文学与西方现代思潮的最大区别，即现代派文学在肯定形式创新的同时，还提出对人的主体性的确认。文学主体性论争正是这种确认在理论上的表现形式。

20世纪80年代初期，中国文学理论界的"人道主义"论争持续多年，余波未消，国内学界就开始有人提出主体意识的问题，此后陆续有文章探讨美学、文学理论如何建构主体论。而随着政治话语统摄力的不断衰弱和文学创作中人的主体意识的不断上升，关于人性、人道主义论争、异化等问题在理论上得到了进一步的延伸。

1983年《文艺报》第5期刊登了鲁枢元的文章《审美主体和艺术创造》，其中，对作家作为主体的强调占据了论述的中心地位。刘再复的《论人物性格的二重组合原理》①《论人物性格的模糊性与明确性》②《文学研究应以人为思维中心》③ 《性格组合论》④等著作和文章的叙述都指向通过"性格"将人的精神世界从"典型"中拯救出来,并将之上升到"人学"的高度,构建了"文学的主体性"理论思想的雏形。紧随其后,《文学评论》分别在 1985 年第 6 期和 1986 年第 1 期连续发表了刘再复的长文《论文学的主体性》,系统阐述了他的文学主体性思想的主旨、特性、原则和构成,由此使"文学主体性"理论成为这一时期针对文艺现状进行阐发和建构的重心。

从现有资料看,关于主体性问题,《文学评论》《文艺报》等多个刊物也纷纷展开讨论,开启了此前"人道主义"论争尚未企及的理论探索。

在这场讨论中,学术界关于人性和人的主体精神的持久论争获得了同时代知识分子的共鸣。它以新的"人学"高度动摇了历史的机械"反映论",成为文学朝向人文精神话语转变的关键理论节点。"大写的人"的呈现和一系列主观式语词引发了整个文学理论界的赞同、质疑和批评。

首先是对文学主体性理论的认同与肯定。

在学术界,一些学者认为,刘再复的"文学主体性"理论的提出是文学理论研究的重要发现。这一理论使文学从政治斗争工具的旧有观念转变为文学是文学自身,因此得到了部分学者的肯定与认同。1985 年到 1986 年,何西来连续发表了两篇关于文学主体性问题的讨论文章,其中,《主体意识的觉醒——刘再复〈文学研究应以人为思维中心〉之我见》⑤一文肯定了主体性理论对马克思主义文学理论体系的构造和现实意义。何西来在该文中所阐明的问题意义在于:其一,他将文学上人的主体性看作一种积极的能动的感性力量,并赋予主体性在人的主观认识过程中的建构作用,这就与曾经极端、片面的极"左"思潮观念拉开

---

① 刘再复:《论人物性格的二重组合原理》,载于《文学评论》,1984 年第 3 期。
② 刘再复:《论人物性格的模糊性与明确性》,载于《中国社会科学》,1984 年第 6 期。
③ 刘再复:《文学研究应以人为思维中心》,载于《文汇报》,1985 年 7 月 8 日。
④ 刘再复:《性格组合论》,上海:上海文艺出版社,1986 年版。
⑤ 何西来:《主体意识的觉醒——刘再复〈文学研究应以人为思维中心〉之我见》,载于《文汇报》,1985 年 11 月 25 日。

了距离;其二,将人的主体性看作马克思主义辩证唯物主义能动反映论的本质规定,避免了旧唯物主义直观、机械的认识绝对化。如果说在《主体意识的觉醒》当中,何西来的主体性理论还停留于主体性观念,他以自由讨论总结为基础进一步强调了在主体性和马克思主义反映论的关系之外要区分为对象主体、创造主体和接受主体这三个不同的领域,同时注意到不同主体类型的理论分野和转化关系;孙绍振则对文学主体性理论作出了肯定性的评价,这就从审美意识上肯定了主体性理论对审美意识的唤醒,同时也标志着文学理论的自觉。1986年《文学评论》第4期刊发了杨春时的《论文艺的充分主体性和充分超越性》,肯定了主体性理论的批判精神。

其次是对文学主体性理论的批评与否定。

刘再复的文学主体性理论也受到理论界一些专家学者的批评与否定。

如敏泽在《论〈论文学的主体性〉——与刘再复同志商榷》[1]中批判刘再复的文学主体性是古老的人文主义,与马克思所说的人性复归是两种不同的指向。陈涌在《文艺学方法论问题》中也认为刘再复的主体性理论有悖于"马克思主义的观点和方法"[2]。姚雪垠的《创作实践和创作理论——与刘再复同志商榷》[3]也将论争的焦点指向了"何为人的精神主体""它又是如何来实现的"的问题。因此,刘再复的文学主体性理论是对马克思主义基本原理的偏离,带有主观夸大和主观唯心主义的色彩。

时隔五年,论争一直延续到20世纪90年代初。除了上述颇有影响力的专论之外,文学研究者也力图从不同角度阐释对文学主体性的认识,如赖大仁的《关于文学主体性的思考》、董学文的《评刘再复的文学主体价值观》《论文学主体性的三个层次》、王元骧的《评〈论文学的主体性〉》、陈传才的《马克思主义与艺术主体性问题》、陆贵山的《"文学主体性"理论与审美乌托邦》。尽管这些争论显示出学者层次和理论视角的不同,也由此导致了对主体理解的偏差,但共通的感觉是人的主

---

[1] 敏泽:《论〈论文学的主体性〉——与刘再复同志商榷》,载于《文论报》,1986年6月21日。
[2] 陈涌:《文艺学方法论问题》,载于《红旗》,1986年第8期。
[3] 姚雪垠:《创作实践和创作理论——与刘再复同志商榷》,载于《红旗》,1986年第12期。

体正在形成。这些论争从根本上确立了人文精神的话语定位,或者我们可以这样认为,在这场论争中,经过学者的共同努力,人文精神直面人生、直面人的价值的普遍认同得以确立,从而使这一问题得到了学理层面的反思。

整体来看,文学主体性论争是"文学是人学"问题的接续,也隶属人文精神话语体系。它既是中年一代知识分子和老一辈马克思理论研究者悬而未决的代际精神之争,也是西方理论思潮与传统意识形态堡垒之间不可遏制的冲撞。同样,它也使个人与政治的结合遭受分离陷落。在这种分离的进程当中,"主体"的意指为人文精神重塑铺垫了理论场域,也再一次为文学内部人文精神的接续和延展发挥了积极的影响。可以说,刘再复的《论文学的主体性》是当代中国"马克思主义人学"所倚仗的重要精神资源,个中的误解、矛盾、差异自不待说。

文学批评的"主体性"风向形成了强烈的主体意识。文学经历了从政治批判到人作为主体的转轨,主体日益成为文学创作的鲜明特征。

第二节 现代派文学创作中的"主体"

在人文精神的历史流变中,文学创作往往处于理论交接的前沿。现代派文学创作的历程从一个角度记录了人文精神的侧面——"主体"问题破茧而出,从而使人文精神在文学中获得了新的展示。

一、现代派写作与大写主体的消解

在哲学上,主体的概念几经嬗变。在《关键词:文化与社会的词汇》中,雷蒙·威廉斯梳理了"主体"词义的演变过程和历史意蕴。根据雷蒙·威廉斯的考证,"Subject"的拉丁词根包含三种意涵:在统治者或君王管辖之下的人民、实体(substance)和探讨的素材主题。"主体"概念即具有了公共含义的适用范围——"'内在的'(inner)或'个人的'(personal)世界。"也就是说,在雷蒙·威廉斯看来,单个心灵使"主体"这一概念具有了明确性,它确定指向的是"人"。那么,主体首先标志着人类的自我意识，是有别于他者的一种身份确认。这里人类的自我意识其实就是启蒙时期树立起来的观念，是现代性的基本预设。而大写主体则是在社会总体的视野上来展开的价值预设，是时代精神的浓缩与展现。因此，主体的演进也预示着符号身份合法性问题解构与重建的历程。

对现当代文学研究者而言，《你别无选择》《无主题变奏》的故事并不陌生，在看似叛逆和颓废的外表下，小说表达着人的个性解放的主题。它们首先是青年"寻找自我"的成长故事，同时也预示了这一时期文学对大写主体的解构。当个人不再需要从与政治进程的结合中寻求自身的意义和价值时，独立的"现代自我"才能够在这种解构与超越中建立人文精神与个体结合的普遍性话语。如果说之前的文学寻求的是个人与时代精神的结合，文学作品的主人公总是承载着时代精神，包括"伤痕文学"中的班主任、"反思文学"中的红卫兵、"改革文学"中的乔厂长，但是，到了现代派文学，小说的主人公就不再需要从政治进程的角度进行解释。现代派写作方式的创新推动了对个人与时代精神结合的人文精神的消解，其中的原因可以从以下几个角度讨论：

首先是时代的转变。任何文学的叙述都不可避免地带有"时代文本"的痕迹。党的十一届三中全会的召开，开始了全国范围内的改革开放进程。社会转型期和整个社会寻求思想解放的时代情绪不谋而合。从大的文学环境来看，在发展经济的同时，西方文化思想包括文学理论和著作不断涌入，为文学创作者提供了借鉴和模仿的对象。在西方文化思潮的推动下，如文学期刊《今天》读者会、星星画会、四月影会等各类文化团体逐渐增多，人们逐渐摆脱了以政治批判为主导的文化形态。这一变化单从时代层面看，意味着个人的合法性被承认和强化。这样就导致了承担时代精神的主体自身（大写的主体）的结构性裂变。"自我"和"时代"的意义生成逻辑被打破，主体不再需要在宏大的社会结构中进行定位，个人与国家历史的联系也不再需要在叙述和建构中完成。也就是说，人们不必站在"社会大我"的高度来认识自我价值。因时代需要而被放行的个人主体与大写主体之间的冲突，在现代派文学中借助于人的生存焦虑而游离在外。

其次是青年作家的背景。20世纪80年代初，新时期文学开始建构

并发展,不同的社会群体相继在"伤痕文学""反思文学""改革文学"等文学叙述中找到了自身与时代命运结合的合理性和正面价值。作为国家改革开放目标的主要人力资源,青年尤其受到关注。在认同既有的社会秩序时,引导青年规避旧有的时代叙述,在当时成为一种文学潜在的自觉。

1984年年底召开的"中国作家协会第四次会员大会"为创作者提供了更为宽松的创作环境,使现代派获得了生存发展的空间。1985年的创作则预示了一种新的文学创作主题的出现。在这一时期,青年作家并不是直接从消解"大写的主体"入手,而是以对青年心态的描述来获得重建人文精神的话语基础。将大写主体的社会外在视域转向人作为主体的内在视域,为"文化大革命"后文学中缺失和空场的主体找到一个立足点。

最后,也是最重要的,就是文学创作方式的转变。西方现代派的文学形式给中国的现代派文学带来了巨大的冲击。如果说"伤痕文学"的关键词是"政治"和"伤痕",那么,现代派文学的关键词就是"形式"。从某一层面而言,其形式意义甚至大于思想意义,形式创新不仅是现代派文学的一种外在表现,最重要的在于这种写作形式的变化撕裂了个人与时代精神的结合,贯穿于其中的是对自我命题的反省。而我们要分析现代派的形式问题,就必须从形式创新入手。我们知道王蒙的意识流对于撕裂政治帷幕具有重要意义。《布礼》《蝴蝶》都是以意识流的形式描写个人不受时空限制的意识活动。时代精神总是表现为一种正式的命令,可是,当这种命令开始在个体的意识上发生偏移,个体还是否能融入这种命令中呢?这就是王蒙意识流的意义,在表现个人意识跳跃时将时代精神抛在脑后。这样,个体观看不同事物时的意识跳跃和幻想,就使僵化的时代精神很难禁锢个人,个人也通过意识的跳跃从时代精神的统摄中逃逸。那么,《你别无选择》《无主题变奏》的形式创新又分别体现在哪些方面呢?这些形式又是如何影响人的表达的呢?

1985年是当代文学发展值得纪念的一年。这一年,《人民文学》第3期刊发了这样一篇文章——《你别无选择》,作者是一位文学领域的新人刘索拉。小说一经发出就引起了文学界和理论批评界的热议。赞扬者以其观念和手法上的大胆创新,认为这是"中国文坛自己的'现代

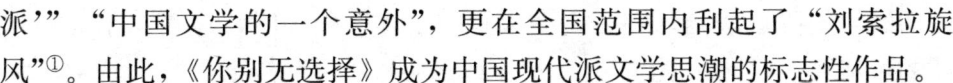

派'""中国文学的一个意外",更在全国范围内刮起了"刘索拉旋风"①。由此,《你别无选择》成为中国现代派文学思潮的标志性作品。

刘索拉自己认为自己不会写作,就是凭着一股音乐感觉。那么,这种音乐性的小说是如何消解"大写的主体",或表现个人的呢?

首先,这种音乐性写作在小说中表现在黑色幽默式形式的运用上。不同于卡夫卡式西方小说反省现代生活的奇技探索,刘索拉对形式的追求有自己关注的中心。在个人生存和音乐世界之间,她选择了对人和"命运"的关注,这本身就蕴含着对现实的评价。尽管这种叙述语言的"戏谑"格调沿袭了黑色幽默的传统结构,但语句之外却充满了某种主观性。它以疯癫、闹剧式的场面让人"头晕目眩",使青年从时代精神中抽离出来。如同《第二十二条军规》里那艘著名的军舰,《你别无选择》使用"功能圈"作为青年精神的象征。被广泛使用的 T—S—U "功能圈""能创作世界上最最伟大的作品",既被青年顶礼膜拜,又成为他们痛苦的象征。在概念和规则之外,"功能圈"象征着摧残青年精神的"怪异"力量。稍加体味,便知这种力量就是此前"伤痕文学""反思文学"中所统摄的时代精神。伴随着这种时代精神的消解,在时代精神统摄下的"大写的主体"亦得到了消解,青年作为主体被表现出来。

其次,小说中这些音乐性写作被作者有意识地用于"大写的主体"的解构之中。青年主体身份的解构和建构过程就是在音乐性写作中完成的。刘索拉将象征着社会规则的"功能圈"悬置与隔断,贾教授对音乐未来的许诺,加上小个子的反复擦拭和强调,"功能圈"确实产生了一定的效果。但从马力的死开始,"功能圈"不断暴露出关联性的问题,森森和孟野以充满张力和力度的现代主义音乐作品冲撞了固守传统的贾教授。临近毕业,"功能圈"已经蒙尘,几近掉落,也使得拒绝时代精神的个体无羁无绊。刘索拉的创作视角由外在的社会集体转向内在的个人自我,并在这一过程中挖掘人的内心世界。在个人与时代、激进与传统、反叛与压制的冲突之间,隐藏的是个体心理和行为的反叛,它排斥

---

① 从文学的阅读效果来看,刘索拉的《你别无选择》刊登以后的确取得了令人震惊的反响,在全国范围内的青年群体中引起轰动和共鸣,并获得全国中篇小说奖,被香港地区的媒体称为"刘索拉旋风"。当然,除了艺术形式和故事本身的反叛,也有作家对青年人内在心理活动的真实描摹。

一切既定的陈规法则,在否定"大写的主体"的同时,也否定了大写理性的可能性。

通过对"大写的主体"以及其所承载时代精神的批判,刘索拉在人文精神的视野中完成了主体的构建。

同一年,《人民文学》还刊发了徐星的《无主题变奏》①,该小说同样具有很大的影响力,被批评家称为中国"现代派"文学的代表作。《无主题变奏》当中有着相似的"形式"框架。对作者徐星来说,校园被作为构造文学背景的坐标,在这个坐标中,"我"坚决不与教育妥协。"我"无法习惯学校体制刻板的教条,教育因此成为被反叛的对象。这一方面与20世纪80年代中期国家对意识形态把控的逐渐放松有关;另一方面,此时社会也开始有意识地从各个方面塑造多元感性的个体。主体的经验不同,对社会的感受也就各异。在单一的"大写的主体"逐渐消失的过程中,徐星不仅在形式创新的姿态上转向对"大写的主体"的消解,而且在实际消解的过程中又逐渐把焦点移至多元的个体逻辑,即从人的主体出发,试图为人文精神寻求新的落脚点。

由此,现代派写作开辟出生命个体生存、心理、交往、话语等多个领地,以个人主体置换了"大写的主体"。最终,在个人与时代精神分离的语境中,使人的价值再度从文学的社会功能返回自身,从而创造了"文化大革命"后人文精神的文学发展经验。

二、人的价值在现代派文学中的重新评估

如我们前面讨论过的,"文化大革命"禁锢人性,以对政治话语的追认否认个人的价值和意义。"伤痕文学""反思文学""朦胧诗"等则试图在时代的转折、在个人与时代的结合中重新确认人的价值和尊严。而随着时代的转变和文学创作方法的变化,现代派文学对人的价值和尊严的关注较之前发生了变化。

为了准确描述人的价值的生成方式,我们不妨将现代派文学和之前的文学思潮区分开来。"伤痕文学""反思文学"是把人的价值规定为个

---

① 徐星:《无主题变奏》,载于《人民文学》,1985年第7期。

第三章　现代人本主义思想震荡下人文精神话语的转型

人与时代、社会的统一，将人的价值的广度和深度放置在政治话语批判之中。在小说中，人的价值大都体现为不同的政治抉择，个体的生存完全服从于时代政治观念。文学主要发挥的是政治批判功能，包括时代作为人的价值的存在依据，文学表达的基本形式等都源于政治批判的需要。20世纪80年代中期的现代派文学却并不关注时代精神，也不想在对时代精神的关注中确认人的价值。它以对个人本身、个人自我抉择的关注体现人的自由和价值实现。因此，个人的生存境遇成为现代派作家的主要关注点。在很大程度上，现代派文学中人的价值因素就包含在人的日常生活和人的性格、心理等内容中，这样就与"伤痕文学""反思文学"等拉开了距离，承载时代精神的"政治的人"转换成了个人与时代精神分离的"主体的人"。沿着这一区分，那么，人的生存和发展首先就是一个价值问题，这个问题也成为我们思考文学发展中人文精神应该首先解决的理论前提。从以上可见，人的价值生成实际上包含两个过程：一是人的价值以实践的方式在人与社会融合统一的基础上找到建构的理论根据，二是人的价值以对人生存境遇本身的关注践行着自由解放的人文向度。

纵观现代派文学的发展史，可以发现，这种对个人生存境遇的关注有一个历史进程，或者说在现代派文学这里，人的价值有一个历史转换过程。现代派文学对这一过程的表述主要呈现为三个层级：

以王蒙为代表的现代派是第一层，他们以现代派的形式冲破政治的迷雾，但仍然受到"文化大革命"的影响。在20世纪80年代，王蒙写下了很多涉及人的生存境遇的作品，如《蝴蝶》《布礼》《春之声》《夜的眼》《杂色》等，都是以个体生存为中心，表现了交叉历史时期中自我的认同和建构。从叙述的角度来说，王蒙常常为他所讲述的故事设定前后对比的基本结构，这一方面是选择个体生存现实图景的结果，另一方面也试图呈现出个人与时代分离的二元对立。这种对立有力地揭示了不同境遇下人的价值对立模式。《蝴蝶》中的张思远一方面经历了"文化大革命"中被打成"黑帮""三反分子"的"底层"命运；另一方面，"文化大革命"后官至市委书记、副部长，前后身份差距迅速拉大，体现出个体不同境遇下生存状态的不平等。而张思远的生存和发展问题从根本上说就是人的价值问题。王蒙对人的价值的评估，以人的价值的实现问题作为归宿。作为知识分子兼高级干部的张思远,在"文化大革命"中个人的价值遭遇了前所未有的贬损,呈现出一种无法言说的无力感;"文化大革命"后,他的个人价值重新获得认同,新的主体得以建构。因此,个体的生存境遇就成了检验如何更好更全面地体现人的价值的文学焦点。这里有两点值得注意:一是王蒙在对"宏大叙事"的挑衅中预设了一个前提,即人的价值的意义不是自足的,它必须通过文学的设定才能形成意义;二是在他所表现的群众、干部、知识分子中,他指出了人的价值特征,即没人能够在意识形态话语之外获得稳定的身份认同,这或许就是张思远们不可选择的生存境遇。应该说,王蒙对人的价值的重塑还不仅仅限于虚无主义和相对主义,到了《布礼》,个人价值在个人与时代分离的二元对立中继续涌现。钟亦成在中华人民共和国成立前是地下党,他十五岁入党,是响当当的少年共产党员,中华人民共和国成立后却成为"反党反社会主义的资产阶级右派分子",被批判和压制,成为革命的对象。毋庸讳言,钟亦成是价值的存在物,他的身份危机是王蒙主要的关注对象,也是钟亦成要摆脱的自我价值定位。钟亦成的个人价值归根结底是在生存境遇转换的过程中实现的。"文化大革命"之后的"新时期",钟亦成"冷静地接受了平反昭雪、恢复党籍的书面结论",从深陷政治漩涡的"被改造者"成为恢复政治身份的普通人,他当下的价值取向亦不再是对政治理想的辩白,而是建构新的自我价值的精神自救。

刘索拉代表的严格意义上的现代派处于这一进程中的第二层。当然,更重要的是,他们不再关注"文化大革命"和政治。与王蒙的作品《蝴蝶》《布礼》中20世纪50年代成长起来的革命者的个体生存抗争之路不同,刘索拉笔下人的价值评估主要发生在青年身上。青年人面对现代化社会产生的奋斗与追求的荒诞、苦闷被突出地表现出来,而人的价值评估则主要在对自我找寻与回归的境遇中展现。刘索拉采用了反传统的叙事策略,描写了音乐学院里一群玩世不恭、行为怪诞的年轻人的自我生存道路。20世纪80年代的刘索拉关注青年人的生存境遇,尽管这种关注存在着认识上的局限性,但与刘索拉有着一样经历的同时代的人,却以对"文化大革命"、政治的彻底疏离,加强了这种价值重塑的力量。

第三章 现代人本主义思想震荡下人文精神话语的转型

从某种意义上来说,李鸣可以看作青年生存境遇问题的象征。他"有才能,有气质,富于乐感",但他"已经不止一次想过退学这件事了"。李鸣的退学并不是智力、物质、家庭、感情的不健全,而是时代的变革、个体生存境遇发生的重大变化,所隐喻的是个体价值在特殊境遇下的重新评估,是李鸣自我抗争与自我试探的内心世界的反映。比起李鸣,董客"这人很讲究,尽管脚臭味经常在教室里散发""他一张嘴就让人后悔来找他",戴齐"人长得修长苍白,作品中流露出肖邦的气质""两眼闪烁着病态的光芒",马力以图书管理员式的循规蹈矩登记书号。这三位青年分别代表着时代变革进程中青年生存境遇的三种变化。董客开辟了追求成功的一种人生方向,他能将"各种风格作品在全院到处排练",再在全部乐队的大抒情里发挥自己的浪漫。董客的崛起代表的正是权利资本与个人利益共谋下的人的生存模式。他对"获奖"的追求预示了此类人的生存道路选择。与董客的获奖谋划不同,"钢琴王子"戴齐纯粹是出于对音乐的精神向往,为了优美的乐句,他钻进琴房,在演奏会的当晚,大家还在忙活着乐队演奏的时候,他却爬上教学楼的顶层。拒绝平庸给了他一种追寻理想的精神内核。当然,戴齐的生存境遇并不简单地等同于对理想的认识与镜式的反映,他的特点是带有抽象特征的人的价值的前后统一性。从个体化生存的角度而言,戴齐们的生存境遇是向上的奋斗精神的一个重要思想来源。马力作为从农村走进城市的大学生,他以执着于收藏图书和"功能圈"的方式逃离土地。他一直在认定的人生框架内探寻意义,试图与"功能圈"那样的规则统一,却如无调性的音乐般被窑洞砸死,也就说他在精神上并没有接受时代精神的规训。而这也恰恰成为佐证他个人价值的必要条件,因为他在对自己生存境遇的关注上提供了一种重新认识人的价值的角度。

通过上面的分析,我们看到,刘索拉的现代叙事在为文本自身结构服务的同时,将新一代年轻人的生活状态和精神面貌作为人价值重塑的试验场。李鸣们与时代背离的生存模式方向,或许正预示着人的价值的重新核定。

同样的青年问题也出现在徐星的小说《无主题变奏》中。小说主角是一群个人意识与时代分裂的年轻人,大学的成长经历和生存境遇使他们不断陷入对人生和对人的价值的思考之中。从类型来说,徐星所塑造的青年形象大概可以分为三类：

第一类，"我"和老G所代表的叛逆与偏激。"我"不满于社会状况，可以一眼就看穿电影制造的幻象和好与坏简单的二元指认，那种"文艺界古典主义大复兴"的时代假象。"我"不愿被以往的革命叙事所询唤，更不愿得到"伪政权"拥有的资源，也不愿献出更多的自我。所以，"我"放弃了大学、爱人、朋友以及所有可能回到传统的机会，以没有任何一种主题统领的"无主题变奏"记录着对人的价值的反思的深度和力度。

第二类，老Q一类代表的传统。老Q喜欢德彪西曲目般"艰深的音乐"，"拉的是意大利名家提琴"，执着于"所谓的事业"，她以个人的生存和发展间接回应时代。老Q的个人价值就体现在对时代和传统"正确合理"的价值选择之中。她用精英阶层的价值观念和行为指导规范着男友，并在此基础上试图建立符合社会时代精神的人的价值体系。老Q曾这样对"我"说："你的生活态度是向下的。"那么，也就是说老Q是将人的个体价值依附或建立于群体价值之上，说到底，这仍然是个体对自我生存境遇的一种关注，是一个靠群体观念推动的、以时代名义运作的自我价值的实现过程。

第三类，"伪政权""现在时"一类代表反叛与传统的夹层。外号"伪政权"的青年出身显赫，是社会权利资源的拥有者，"爷爷曾留着辫子留学德国"，父辈握有权力资本，他能轻易获取其他人望尘莫及的物质资源，却因为"附庸流氓"的粗俗无法轻松地获得"我"在精神上的指认。"现在时"的人格充满暧昧的矛盾，一方面他在满篇箴言和哲理的英文诗歌中高扬自我，另一方面展现出借此赢得关注和对女性献殷勤的恶俗。在"伪政权"和"现在时"身上，我们明显感受到这一类人面对现实的无力。当他们试图向自我缴械投降时，又无法割舍现实带给他们的五光十色的利益。

从上面的三种类型可以看出，徐星对青年形象价值的理解作了对比处理，对人的生存境遇的强调，实质上是人的价值观念转换的重要的一部分，它成了人的价值标准合理性证明的基础，甚至将之上升到文学本体的高度，由此彰显人的价值在整个人的生存境遇中的重要地位。经过徐星的筛选，《无主题变奏》在社会秩序面前成为青年自我的扩张和表现，由此产生了一种有利的客观效果，那就是在表现人的主体性的同时，让我们窥见 20 世纪 80 年代个体与时代所遭逢的碰撞危机。它通过强化主体对自我生存境遇的关注意识，化解了时代话语的现实困境。

除却上述以表现个体生存境遇的姿态建构人的价值的现代派文学，现代派小说还有另外一种姿态，就是马原所代表的先锋派所属的第三层级，即以先锋实验的形式建构起个体与时代的分离关系。马原的《冈底斯的诱惑》是其中最具代表性的作品。当然，先锋派纯粹的形式试验归属异类，他们将这一历史进程推进到使单纯的形式狂欢成为其存在的重要指向，因此，他们几乎并不关注人文精神。

那么，这种人的价值重塑的意义又在哪里呢？

总体而言，现代派文学对人的生存境遇的关注形成了一套完整的人的价值重塑的意义表述。其意义主要体现在以下三个方面：

第一是人的主体的确立。现代派以前的文学可以说是从社会学的角度反思时代，人就不可避免地承载时代精神。现代派以来，对人的不同生存境遇的讨论开始注意人的主体地位。主体的内涵也不再是个人与时代相结合的政治意志，而是强调个人内心的真实，正因为立足于此，人的主体地位才得以真正确立。

第二在于恢复了文学的本来面目。"人"是 20 世纪 80 年代文学关注的主要问题，在某种意义上说，人和时代是文学现实主义的两维。"伤痕文学""反思文学"就包括这两个部分，因而总是以一种"文以载道"的形式投射于政治上，使文学成为一种表达政治批判的工具。到了现代派文学，我们会发现文学在原有的表现框架之外呈现出多元的面向。改革开放和西方现代主义文学思潮的涌入，文学创作的主题、题材和形式创新都将对人的重新审视结合起来，构成了新历史语境下人的价值重塑倾向，并与之前的文学思潮相互碰撞。1985 年《你别无选择》的发表，就以揭竿而起的狂放使文学回归自身，它以对政治话语的疏离和拆解走向了自我，走向了人内心世界的人文精神话语探索。不可否认，受到主流意识形态的影响，现代派文学之前的文学创作在一定程度上呈现出工具性的特征，但是，从现代派文学开始，作家对此进行了有益的改进和补充，将政治话语一步步弱化，将个人的地位一步步强化，开始从本质论上考虑文学的可能性和限度，确立了文学发展的基本方向。

第三是对人文精神的强调。现代派文学在小说中发现个人的价值和普遍的人性,这种重塑不是为了社会效果,而是人文精神内涵扩张和表现的要求。重塑个人价值、表现自我的过程在客观上强调了人文精神在文学意义生产中的作用,对此后文学中人文精神的发展和延伸起到了理论上的催化作用。

总之,伴随着现代派文学的发展和逐渐走向成熟,人的价值被重新塑造,这既与文学自身的发展密切相关,又与人文精神有着不可分割的联系,人文精神更是被放置到了不确定与确定相"抵牾"的进程中来考察。

三、现代派文学与不确定生存状态中的确定性

如果说,所有的文学实践都是一场精神实验,那么,现代派文学同样携带了人的精神诉求和对人文精神走向的探寻与思考。

"不确定性"是源自西方的一个概念。20 世纪 30 年代,波兰学者英伽登在《对文学艺术作品的认识》中提出文学文本能给读者留有许多的"不确定性",从而模糊作者的主观意向。到了伊瑟尔,他针对英伽登的"不确定性",认为"文学文本具有否定现实的功能,它们或是批判传统,或是针砭时弊"[①],建立了阅读现象学的读者反应理论。克里斯·波尔蒂克在《牛津文学术语词典》中对"不确定性"进行了界定。与接受美学"文本召唤结构中的不确定性"和后现代主义文学"放逐一切深度的确定性"的革命理论不同,本书所借用的"不确定"一方面是指进入改革开放之初社会转型阶段历史语境的不确定特征,另一方面是指这种不确定的特征在文学创作中的复杂现象。因此,它是指现代派作家发动的一场指向人的内在价值确定性的书写"革命"。之所以称它为"革命",是因为它表明了在人的生存状态这一层面上,不确定性最终指向了个人完全回归自身的可能。文学中的人文精神也由于与人的生存选

---

① 赵一凡:《从胡塞尔到德里达——西方文论讲稿》,北京:生活·读书·新知三联书店,2007年版,第208页。

择相结合而呈现出新的特点。

从王蒙到刘索拉、徐星,不确定性贯穿了整个现代派文学的书写。很显然,不确定的生存状态是个体焦虑的主要原因。换句话说,不确定的生存状态集中体现在人的内在心理上。就文学作品中不同人的不同境遇而言,不确定性有两个方向:一是社会现实的不确定性,二是内心世界的不确定性。前者无法给出个体生存的稳定方向,人生经验的模糊性也无法生成有效的意义。后者因为存在不同的理解层面,无法利用确定的心理指示系统建立认知世界,因此会导致心理上的困惑迷茫。就其导致的内心现实的不确定性而言,一方面在于人们要重新思考人的意识与客观世界的关系,另一方面在于断裂的现实使个体获得了自我价值的宣泄。应该说,这些不确定性是导致个人回归自身的一个重要原因。正是因为不能从确定的现实和认知问题出发,才导致了个人回归自身的一个牢固的生发点。因为当人不能与时代相结合时,或者说,这种时代与个人的断裂就使个人完全回归到对自身的关注。在这种情形下,现代派文学作品塑造的人的境遇和选择,就和之前文学创作中的个人选择完全不同了。

王蒙的小说《布礼》感慨于命运的无常,又坚守着人的内在价值,追求内心的信仰正日益成为钟亦成的一种确定性的个人选择。王蒙这样描写钟亦成的命运,他首先介绍了钟亦成所面对的不确定的生存环境的客观存在性,从历史的角度介绍了这种环境的特殊性(钟亦成正处于中华人民共和国成立前到"文化大革命"结束这一漫长而又复杂的环境里)。这二十多年里,他曾经是P城省立第一高中的学生、一个支部的支部书记;他曾经因为一首诗被划为右派分子而被清洗,也因老魏和凌雪的坚持申诉被摘掉帽子,重新解决了他的党员身份问题。大量的不确定性构成了钟亦成的人生基调。现实的不确定性也从各个方面影响着他的生存选择,他一直想把自己与所经历的时代联系在一起,然而生存状态不确定的困难又使他必须跟那个时代脱离,以把握自我的精神本质,即自我的生存价值和情感。在钟亦成与现实的不确定所构成的紧张关系中,他通过灰影"爱情,青春,自由,除了属于我自己的,我什么都不相信"的话语逻辑反抗了生存状态的不确定,重新建立朝向自我的价值体认方式。《布礼》内在价值的确定性对现实的不确定性的批判反思,在双重意义上对个体的选择产生了影响,一方面是表达生存状态的不确定和人的挫败经验,它与政治话语对抗;另一方面是人对现实的挫败体验以文学的确定方式进行情感的慰藉。在这个意义上,现代派文学中的不确定生存状态在确定性的价值中就扮演了重要的角色。很明显,王蒙是从生存选择形成的角度来强调确定性之于不确定现实的重要地位的。

《你别无选择》处在断裂与转型的"新时期"。小说中运用了夸张的手法说明了这种现实的不确定性,即人与现实的"敏感性"。李鸣、戴齐、董客、马力、石白这些生性散漫、自由的个体面对整个社会情绪的发酵而作出的各种生活选择,正是个体对确定的人生意义的追求,也可以看作提升人文精神内涵的文学之路。李鸣对教育体制的批判质疑、董客对获奖问题的多角度审视,以及戴齐寻求的主体性,刘索拉所呈现的现实的不确定性恰恰是为了说明青年们如何认识现实,如何更全面地理解现实,更重要的是去除时代对个体的影响、压制和破坏,建立一种新的主体自我的秩序。

小说一开始就写了李鸣想退学的事件。他决定告别大学,选择一种社会"他者"的生活方式。也就是说,面对不确定的现实,李鸣选择了退守,对传统教育价值的批判成为他发展自己内在价值的重要途径。孟野充满音乐狂想却被又女友折磨不堪,他的生存选择出现了种种畸形状态,不得已以退学作为对现实的回应。董客以正面的坚持固守着内在的价值,这是他面对世俗奖项时做出的最具挑战性的回应。森森一边狂砸键盘一边大喊着"妈的力度"。无法弹好最基本"八度"的石白却可以对文艺理论进行持续不断的话语考察。"小个子"在马力死后开始不停地擦拭教室上方令人精神压抑的"功能圈"。生存状态的这种不确定性,对处于社会转型中的李鸣们来说,更多了一份现实与个体精神之间的挣扎和忧虑。《你别无选择》在彼此缠绕的放弃与选择、不确定与确定、保守与开放的二元结构中,开启了人的内在价值的反映。在时代与个体的断裂之间,它重新缝合了个人生存的价值和情感。这样,就使不确定的人的生存状态有了确定性的整体理解。刘索拉从价值维度解析了青年原本不确定性现实表象之下的确定性价值选择,即李鸣们由原先的不确定性生存状态转变为确定性的内在价值的种种反差,所有不确定的现实均是在确定的价值边界下进行确认的。

第三章　现代人本主义思想震荡下人文精神话语的转型

对《无主题变奏》而言，不确定与确定性是统一在一起的，人的内在价值作为普遍的确定性是和人的精神诉求紧密相关的。"我"对生活本质的认识是基于确定性的假设，因为"我的价值在大学里怎么也体现不出来"，而在真实的现实条件下存在着大量的不确定因素，比如与老Q情感的不确定性，"名人"嘲弄下"我"的写作事业的不确定性："在哪工作啊？""在××饭店。""师傅，我请了几个外国人，您能不能照顾一下？"社会期待的不确定性："对！我今天早晨从安定医院跳墙出来的，医生追了我七百里地……"这些不确定性使得"我"基于确定性的假具有了成功的潜在可能性（与陈旧荒唐的教育制度的分手和女友失败的精英收编）。"我"清醒地坚持着自我的自由，坚守着自己的生活方式。由此可见，"我"在自我获悉的不确定生存状态的情况下，仍然对既定的价值标准和现实观念持本能的怀疑和反感。从这个意义上讲，"我"以确定性维护了自我权利和思想独立，思考着自我存在的意义。因此，不确定生存状态中的确定性问题是一个有关主体论和价值论的根本问题，也是人文精神的特质之一。这里，"确定性"的基本判断就遭遇了"谁的确定性"与"如何确定"的问题。一方面，个人与时代之间的互动关系所呈现的复杂性导致不确定性分布于人生的各个阶段；另一方面，社会生活方式、价值观念趋向于多样化的存在，"唯一"失去了内在指向性的霸权地位，在政治框架基础上的群体利益之下，开始形成了不同的个体自主多元的价值取向。

从不确定的生存状态入手，确定人的内在价值和个体人生的价值取向是现代派文学所要解决的核心问题。

那么，这种确定性的意义就体现在两个层面：

一是在个人与时代日渐分离的趋势中重新建立对人本身的选择态度，二是在社会转型时期人的精神荒漠中寻找重新进行精神对话的可能。

总之，在作为内在价值的确定性中，现代派文学找到了还击不确定生存状态的方式。它从现实的诸多不确定性中去选择自我认定的可能，从而打破时代对个体的限制，并在这种现实的不确定性中寻求确定的精神价值。这就使现代派文学中的人文精神不仅成为个体挣脱时代的生存努力，也成为在不确定的现实中把握个体生存的意义。它为人文精神的重塑和知识分子自我定位的转变建立了文本的现实基础。

第三节 "主体性"与人文精神话语定位的转变

西方现代派的目的基本上是反思文明和异化，而中国现代派文学创作最基本的目的则是建立一种自我意识和人文精神，从而以形式实现对主体的解构（之前的主体主要指向的是"大写的主体"）。它的价值也在人文精神重塑与知识分子自我定位的转变过程中得到了一定程度的实现。因此，中国的现代派文学体现了一种转变，并且将这种转变内在于主体的出现和人的转变的诉求之中。

一、文学主体性与人文精神话语的关联

文学理论是文学发展的重要组成部分。在现代派文学当中，来自德国哲学的"主体性"哲学思想被凸显和高扬，那么，文学主体性与人文精神话语有何关系？

以人为纽带，20世纪80年代中期的"主体性"论争全面论述了文学中的人道主义、人性问题，并使这些问题进一步系统和深入。文学主体性和现代派文学之间在类比意义上具有共同的话语指向，并且在这一时期共同进行着对"大写的主体"的消解。

那么，"主体性"是如何参与现代派文学人文精神话语定位的"建构"中的？又是以怎样的方式融合到现代派文学的历史格局中的呢？

在总体基调上，文学主体性理论是"文学是人学"思想的延续和深化，它整合了人文精神的思想资源。

首先，是对人学问题的接续和深化。

文学主体性讨论涉及人道主义、人性等问题，并对这些问题作了进一步的系统化，将人的价值、尊严上升到"作为一个完整的人占有自己全面的本质"[①]。作为一种话语立场和知识分子的反思思想，20世纪80

---

① 《马克思恩格斯全集》（42卷），北京：人民出版社，1979年版。

年代主体性讨论的一个重要原因是对现代社会发展的理论回应,它是以现代性的方式来回应社会的精神症候。极"左"年代阶级斗争的扩大化导致了人的异化,人的主体性消失,成为阶级斗争的工具和符号。文学主体性讨论将"文学是人学"的理论命题引向深入,表明人不仅仅是存在的客体,还应该发挥人的主体价值,恢复人的主体地位,将人作为文学的目的。

其次,是对时代主体的解构。

主体性讨论的重心是人的实践主体和精神主体。在这些讨论的背后还隐含着一个重要的偏向,就是将之前的时代主体进行解构,在人文精神的话语层面推进文学发展的现代化历程。因此,从这个意义上来说,主体性的讨论也是对现代性的思想补充。

现代派文学同样是通过对"主体的解构"而形成的。更重要的是,它的"解构"只有在"形式"的建构中才得以更充分地凸显。从另外的角度说,如果现代派文学可以理解为一种人文精神话语类型,那么它只有在与文学批评话语的联系和整合中才能获得更丰富的言说意蕴与话语空间。把"主体性讨论"与现代派文学共同放入这样一种历史视野中加以考量,首先就意味着承认了两者"建构"的交互关系;而现代派文学强调的是人自身的价值和自我意识对人文精神的重塑。在说明这一定位的变化时,则是开放性地接纳了来自文学批评的加入,即使这种"加入"以"讨论"的姿态出现了文学批评的"主体性"风向,但其显然带来了某种转变。"1980年代中后期的'文学主体性讨论'……被视为'文化大革命'后'返回文学自身'的重要转折和界标。"[①] 随着政治话语统摄力的逐渐衰落和个人与时代的分离,文学就从政治话语的批判回到了文学自身,"逐渐构造出了'纯文学'谱系"[②]。而文学发展中的人文精神有两个本位,就文学作为一种艺术活动来说,它坚持文学本位。

"这一理论纵向地跨越了四十年的断裂,而与五十年代初期的文学理论见出继承和发展关系。"如钱谷融提出了"文学是人学";巴人指出

---

① 陈思和:《序言》《中国新文学大系 1976——2000·文学理论卷一》,上海:上海文艺出版社,2009年版,第32页。
② 陈思和:《序言》《中国新文学大系 1976——2000·文学理论卷一》,上海:上海文艺出版社,2009年版,第32页。

文学"应当有更多的人情味";胡风提出"主观战斗精神","文学主体性理论的最首要特征和意义,便是高扬了人道主义"。[①] 刘再复认为作家主体性的实现是和使命意识连接在一起的,"作家的心灵必须与历史时代的脉搏相通",而"使命意识必然表现为深广的忧患意识",即"以人民之忧为忧的人道精神"[②] 来实现。这样,文学主体性讨论返回文学自身的转变就过渡到了人文精神,与将人作为主体的本位联系在了一起。追溯主体性讨论的历程,即还原了文学从政治批判到文学自身再到人作为主体的转轨历程。如果说现代派文学中人文精神关于人的范畴缘于主体性的理论,那么,它们所提出的人的主体性问题,则是基于社会中具体存在的人的生存现实角度。因此,这些理论论争从根本上转变了人文精神的话语定位。或者我们可以这样认为,在这场论争中,经过学者的共同努力,建立起了人文精神直面人生、直面人的价值的普遍认同,从而使这一问题得到了学理层面的建构和反思。

它最终说明,主体性并非西方文化思潮的专利,在中国文学发展的过程中,早就已经见诸现代派文学对人性经验的描写。如果说冲突迭起的理论都可视之为实践的先驱,那么,与此同时的现代派文学就具有了相对有效的阅读价值。大多数现代派作家并没有直接提到主体性问题,但都对人的主体性持肯定的态度。也就是说,主体性在现代派文学中获得了一种普遍认知,使得文学理论批评文本中文学的主体性论争真正产生,其意义和价值也逐渐得到认可。其间,对人的主体性和自身价值的不断彰显,也将人文精神的话语定位从关注时代转向关注人自身,关注人的生存境遇。总之,主体性论争与现代派文学话语不断参与融合,更为重要的是,在这种参与的背后还隐藏着知识分子的话语运行机制。在屏蔽了时代和个人在政治意义上的话语之后,它与整个时代的历史方向、文学作品的价值情怀、批评立场构成了内在的关联,使人文精神最终在现代派文学和知识分子话语定位的两相合谋之中,铺陈出迷人的人文景观。

[①] 宋耀良:《本体论批评与主体性理论的互补效应》,载于《作家天地》,1987年第4期。
[②] 刘再复:《论文学的主体性》,载于《文学评论》,1986年第1期。

二、知识分子自我定位的转变

自我定位问题从来就不是一个简单的指涉自我的身份事件，也不只是一个关于政治的霸权，身份和权利始终彼此纠缠。自五四以来的新文学，知识分子的自我意识就是整个文学发展的基本推动力量，文学创作中也折射出知识分子自我角色定位转变的精神历程。同样，知识分子也是现代派文学发展进程中无法回避的重要角色，他们的自我话语定位为现代派文学思潮的接续和出场做好了理论上的准备。

那么，如何在既有的文学情景中进行身份识别？如何在文学与人文精神一体化的格局中进行自我定位的表述？

当知识分子作为表述者进入文学和作为批评者阐释文学时，都存在着自我的定位，他们以建构的视野看待个体身份和自我身份的双重性。毫无疑问，我们在这里要讨论的是，在现代派文学中知识分子所显露的重要性。一方面，他们要解构旧有的时代精神在个人价值中的主导作用；另一方面，他们又肩负着建构新的个人价值的重要任务。或者说，知识分子的解构和建构任务是共谋的。一方面，在创作中他们隐晦地以知识分子的立场去思考人的价值和人文精神，在客观上展现文学书写对普遍的革命经验的反抗；另一方面，在批评中他们坚守知识分子的反思传统，用批评文本产生的主体性理论话语来解读文学文本中的个体情绪。

我们可以从三个方面发现和证明知识分子定位转变的合理性及有效性。

第一，时代是知识分子定位转变的背景。时代转变和其他的背景都没有什么关系，实际上就是我们上面所论述的"潘晓问题"。20世纪80年代，伴随着改革开放，整个社会环境更为宽松自由。一方面是个人与时代整合的一体化叙述正在失去话语的操纵功能；另一方面是现代的价值理念不再被政治革命实践屏蔽，开放自由的时代情绪使知识分子更加关注个体的精神生活。对时代转型后的知识分子而言，精神生活成为他们的中心价值。在这样的背景下，来自知识界的个性自由话语与时代形成了一股合力，将国家意识形态主导的政治话语扫入历史，知识分子的价值观日益构成现代主义反思的重要维度，基于个人的自由和自觉，知识分子开启了定位转变的现代进程。

个人与时代、人的主体性价值与人文精神都成为知识分子精神生活关注的主要内容。在诸多的联系和比较中，知识分子找到了抑或说建立了自己的时代坐标，确立了自我的角色定位。从总体上说，时代构成了知识分子自我定位转变的背景。

第二，知识分子借助文学创作实现自我定位。

文学创作中人文精神的转变折射出知识分子自我角色定位的转变。从文学艺术上讲，现代派文学与以往的文学作品不同。一般来说，它们所表现和承载的不再是某种时代精神，而是个人的命运。个人的情感和心理体验具有举足轻重的意义。自我人格和个人追求通通被纳入与时代精神分离的描述。因而，这一时期的人文精神与之前的"伤痕文学""反思文学"有着比较明显的差异。如果说"伤痕文学"中的人文精神主要通过个人与时代的结合来展现的话，那么，现代派文学中的人文精神则充当着主体建造者的身份。

作家自身的写作中都保留着一份知识分子的责任感。在社会转型时期的20世纪80年代，写作不仅是满足思想迷茫的读者的阅读期待，更是对人的精神诉求的勇敢担当。他们以现代派的写作形式讨论各种"人生问题"，建构与确认了知识分子的自我认同。他们也试图从文学创作中获得从时代向个人转换的方式。老一辈的作家王蒙在《蝴蝶》《布礼》中试图以抗拒个体被普遍革命化的言说，找到未曾消失的个体经验，在文学中寻找和确立自己作为知识分子的自我定位。青年一代的刘索拉、徐星，他们和之前的作家不仅是年龄有差异，理想和价值观也存在差异。刘索拉在《你别无选择》中以个体的内在价值直面社会转型期青年群体的精神困顿问题。"留着大鸟窝式长发""动荡不安混沌不堪的怪物"森森，为了探索属于自己的现代派作曲技法废寝忘食，终于在国际作曲比赛中获奖。森森以自己的意志选择了"别样"的人生，他扛在肩头的不再是时代精神的使命感，而是在青年成长主题中建构人的价值——寻找自我、实现自我的自由解放——这是自我独立后个人的价值被肯定的丰盈和弹性。徐星在《无主题变奏》中则试图解读"我"不再依赖体制教育实现个体价值功能的反叛，建立了知识分子自然选择的合理性。刘索拉、徐星通过他们的小说反映了这一时代的变化——青年人相较于老一辈的不同选择。他们小说中主人公的选择其实在某种程度上预示了这一批现代派作家的选择。重新回到作家自身，时代的崇高感已不再复现。

第三，在文学批评的反思功能中获得自我身份的建构。

知识分子不仅以文学创作的方式建构着自我身份，而且他们本身也在对人的主体进行批判、反思。早在1980年12月，陈焜在中国外国文学学会第一届年会上的发言《讨论现代派要解放思想，从实际出发》[①]中就指出了知识分子作为"主体"的自我发现和作为人的自我发现。

《你别无选择》发表以后，文学批评界迅速做出了回应，1985年4月1日《人民日报》刊登了署名肖柯的一篇作品简介，是目前为止最早的公开发表的关于《你别无选择》的评论。《人民日报》以官方的权威性，提出对青年处理"小我与大我""个人与集体"的从属关系和推进国家体制改革、思想解放运动的角色期待，确立了一段时间内文学批评的基调。此外还有北京师范大学学生《谈〈你别无选择〉》[②]、曾镇南《让世界知道他们——读刘索拉的〈你别无选择〉》[③]、赵玫《别迷失了你自己——我所见到的刘索拉》[④]、李劼[⑤]《是临摹，也是开拓——〈你别无选择〉和〈小鲍庄〉之我见》[⑥]、毛崇杰《八十年代审美意识的变异》[⑦]、陆跃文《〈你别无选择〉与"黑色幽默"》[⑧]、卢敦基《刘索拉〈你别无选择〉的美学意义》[⑨]、李国涛《对现代派小说技巧的成功"选

[①] 陈焜：《讨论现代派要解放思想，从实际出发》，选自《西方现代派文学研究》，北京：北京大学出版社，1981年版。

[②] 北京师范大学学生：《谈〈你别无选择〉》，载于《人民文学》，1985年第6期。

[③] 曾镇南：《让世界知道他们——读刘索拉的〈你别无选择〉》，载于《读书》，1985年第6期。

[④] 赵玫：《别迷失了你自己——我所见到的刘索拉》，载于《文学自由谈》，1985年第1期。

[⑤] 李劼，被视作新潮批评家的重要代表，仅1986年1月，他就发表了两篇关于《你别无选择》的评论文章，除了《是临摹，也是开拓——〈你别无选择〉和〈小鲍庄〉之我见》，还有发表于《文学评论》的《刘索拉小说论》，他以对刘索拉创作的系统评述，概括了《你别无选择》"寻找自我"的主题意义。

[⑥] 李劼：《是临摹，也是开拓——〈你别无选择〉和〈小鲍庄〉之我见》，载于《当代作家评论》，1986年第1期。

[⑦] 毛崇杰：《八十年代审美意识的变异》，载于《文艺理论与批评》，1986年第2期。

[⑧] 陆跃文：《〈你别无选择〉与"黑色幽默"》，载于《当代作家评论》，1986年第3期。

[⑨] 卢敦基：《刘索拉〈你别无选择〉的美学意义》，载于《当代作家评论》，1986年第3期。

择"——读〈你别无选择〉》①、陈思和与复旦大学中文系 82 级学生的讨论记录《刘索拉：夏天的骚动——复旦大学中文系 82 级》②，等等，这些研究文章主要倾向于《你别无选择》所使用的意识流、存在主义、"垮掉的一代""黑色幽默"的叙事手法及知识分子象征、对抗的现代性。

  1988 年前后"现代派"真伪问题的大讨论也是验证知识分子自我定位话语逻辑的一次重要事件。如 1987 年《文论报》刊登了陈冲的文章《现代意识和文学的摩登化》，从中西经济发展差异的角度出发，指责《你别无选择》和《无主题变奏》对西方现代意识概念和理念的横移。陈冲认为《你别无选择》中青年个体的"痛苦"在实际生活中并没有对应物。黄子平在《关于"伪现代派"及其批评》③中主张以本土的民族特色建构现代派的真正内核。张首映的《"伪现代派"与"西体中用"驳论》④指出了创作与批评的错位，认为只有从中西古今的圈套中走出来，才能高扬知识分子自我的理想。李洁非在《"伪"的含义及现实》⑤中从现代派概念的角度来强调现代派之于人的主体性的重要地位，认为称之为矫情的伪现代派的东西并不是真正意义上的现代派。许子东在《现代主义与中国新时期文学》⑥中同样指出玩世不恭的荒谬或"黑色幽默"式的嘲弄，在刘索拉和徐星的表达里顶多算是缺乏理想的"多余人"的迷惘愤慨，而不具有解救人类危机的真正的现代性。

  综观这些已有的文学理论批评，不难发现有如下问题：

  第一，知识分子在 20 世纪 80 年代对现代派文学的接受，在小说刚刚发表之后，主要是以官方话语为主导的批评，文学依然是隐性的时代话语逻辑。

  第二，从 1986 年开始，文学批评家普遍以小说"寻找自我"的主

---

  ① 李国涛：《对现代派小说技巧的成功"选择"——读〈你别无选择〉》，载于《小说评论》，1986 年第 1 期。
  ② 刘旭东：《刘索拉：夏天的骚动——复旦大学中文系 82 级》，载于《文学自由谈》，1987 年第 2 期。
  ③ 黄子平：《关于"伪现代派"及其批评》，载于《北京文学》，1988 年第 2 期。
  ④ 张首映：《"伪现代派"与"西体中用"驳论》，载于《北京文学》，1988 年第 6 期。
  ⑤ 李洁非：《"伪"的含义及现实》，载于《百家》，1988 年第 5 期。
  ⑥ 许子东：《现代主义与中国新时期文学》，载于《文学评论》，1989 年第 4 期。

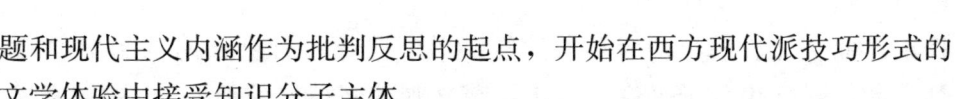

题和现代主义内涵作为批判反思的起点,开始在西方现代派技巧形式的文学体验中接受知识分子主体。

第三,相比前两个时期理论的爬梳,需要指出的是,1988年年初,以"伪现代派"的论争为契机,文学批评以包含人的解放的话语方式重新定位知识分子,也就是说,知识分子自我定位转变的进程,在保证人文精神连续性的前提下慢慢向主体性靠拢。

值得注意的是,这几个时期的意见都肯定了知识分子的追求,肯定了知识分子在抛弃旧我并建构新我的过程中获得的人的内在价值。

综上所述,现代派文学中的知识分子立场在人文精神转变这一点上是适时的,在对人的主体性的认识和把握上是敏锐的。

首先,参照知识分子历史传统的知识谱系,五四时期和20世纪80年代初期的知识分子都持负重时代的角色立场。对那一时期的知识分子而言,他们本身受到政治话语的深重影响,有着传统知识分子的入世精神,时代精神经常成为他们身份定位的使命与规约。对他们来说,自我定位常常处于一种对时代的理性建构和个人经验的非理性的割裂状态,从而未能建立一种脱离政治维度的人的价值观念体系。而对现代派文学的知识分子而言,他们本身已与"文化大革命"、政治隔绝,时代精神不再是他们自身的知识来源,也非处世立命的道德规约,尤其是刘索拉、徐星一辈的作家,他们成长的时代是反极权的解放与发展,他们的自我定位针对的是真正的人的价值传统,通过对"自我"意识的指认来和个体的生存状况对接。因此,现代派文学和文学批评开始展示一种强烈的知识分子自我的价值诉求,这种自我的价值诉求否定了人与时代空泛直白的绑缚关系,使人、人的价值、人的本质有了具体的所指。如果说前一时期的知识分子面对的是政治语话对人的笼罩的话,那么,现代派文学针对的则是以抛弃政治的人的自我意识为旨归。

其次,根据时代情绪背后的社会学事实,现代派文学和文学批评有知识分子坚守的一面。在《你别无选择》寻找自我成长的故事中,董客在旧原则的挤压下自费排练、花钱独占乐队排练的焦虑之源,森森积极追求国际比赛资格的个人解放之路,李鸣消极地急于摆脱人生的种种规矩,他们都敏锐地察觉到改革开放路径下功利主义的倾向。他们认识到现实的本质却无力逃脱,因此,荒诞、虚无、焦虑作为一种社会情绪被提出，而文化思潮与社会转型的复杂关联是这种社会情绪的历史原因。基于此，对知识分子来说，对传统节义观的坚持促使他们以关注人、关注人的价值为使命，时代精神或是政治话语当然首先是被限定在文学的范围之外的。由此，他们给自我身份设定了一个位置，以这种定位为出发点，必然给文学划定了先集体再个人最后触及个人精神价值的秩序。这一点体现了人文精神人的本位观念和文学的本位观念，表明了知识分子对自我定位的坚持。或者换一种明确的表达，就知识分子的自我定位而言，围绕着"人"作为观念层面上的认识，它实质上是对知识分子话语力量的一种坚守。

总之，知识分子在知识谱系的还原和社会学事实的关注方面，减弱了时代对个人的直接影响力，在时代和政治的重负之外强调个人性，强调文学中的人文精神与人的价值。

第四章　日常生活书写中人文精神话语的延伸

在文学发展变迁的过程中，人文精神的意义不断丰富。"我们以为伤痕文艺、反思文艺、改革文艺以及寻根文艺并没有抓住艺术本体，即人类本体，因而是一种无根的文艺。我们同样以为我们的理论是无根的理论，因为它只是试图以作品为中心而指导接受者欣赏，指导艺术家创造。而不是为了把我们推向生存，直接体验生存。它也没有抓住人类本体。也许这都过于苛刻。但是难道我们不需要来一次彻底的转向吗？"[①] 20世纪80年代末，"新写实主义"[②] 作为引起普遍关注的文学思潮[③]，的确掀起了一次彻底的文学转向。如果把人文精神看成充满延展性的话语场域，那么，在延展的层面上，新写实主义不仅成为80年代文学创作在价值观念上的重要转向，也在日常生活书写中以人的直接的生存体验将"人文精神"和"生存意识"做了对接，接续和延伸了文学发展中的人文精神话语。

---

① 彭富春：《文艺本体与人类本体》，载于《当代文艺思潮》，1987年第1期。
② 1988年10月，《文学评论》《钟山》杂志在江苏无锡太湖边的工人疗养院联合举行了"现实主义与先锋派"研讨会。会上，评论家王干提出了"后现实主义"这一概念。其后不久，《钟山》策划"新写实小说大联展"专栏，正式提出"新写实主义"。
③ 这一时期，评论界命名的争议包括王干口中的"后现实主义"（王干《近期小说的后现实主义倾向》，载于《北京文学》，1989年第6期），杨春时的"新现实主义"（杨春时《论新现实主义》，载于《文艺评论》，1986年第6期），张韧、吴方提出的"新写实小说"，丁帆、徐兆淮的"新写实主义小说"，还包括诸如"现代现实主义""新小说派"等，尽管对语词的称谓争论不一，但无疑都指向了"新"和这种"新"所代表的开拓性的文学观念。舍弃无边的外延，人们注意到，它不同于"伤痕文学"或"反思文学"，也不同于现代派创作和文化寻根，它以对个体生存意识的关注这样清晰而集中的内涵走上文坛，并形成了一股在近四十年来的文学发展中持续时间最长的创作潮流。方方的《风景》（《当代作家》，1987年第5期）、池莉的《烦恼人生》（《上海文学》，1987年第8期）、《不谈爱情》，刘恒的《伏羲伏羲》（《北京文学》，1988年第3期）、刘震云的《一地鸡毛》，余华的《现实一种》（《北京文学》，1988年第1期）等都成为这股文学思潮中的代表作。

第一节 生存意识与日常生活

物质与文学从来都不是一种对应同构,两者往往以一种不平衡甚至相反的状态存在。

20世纪80年代中期以后,经济体制改革掀起了市场经济的大潮,在社会转轨的过程中,社会观念也发生了重要变化。深刻的价值变革足以打破长久以来的理性价值准则。随着社会价值观开始出现冲突与分化,大众成为消费主体,随之而来的是知识分子精英意识的消解和审美趣味的分化。这一时期,文学亦开始出现分裂和变化,在社会中以生存意识为标志的日常生活书写开始萌动。人文精神的内涵再一次得到改变和更新,从而为人文精神话语体系开辟了新的延伸空间。

一、文学聚焦向日常生活的转变

传统人本主义的核心是人的复归,古今中外的文学都在思考人、讲人的问题。现代社会的发展更是追求人的发展。中国社会在20世纪80年代末期的变化带来了文学关于人的价值观念的转变。这一时期,小说逐渐摆脱了"伤痕文学""反思文学"阶段政治规范的框架,在题材上远离了现实的政治问题,人生存的命运和处境开始进入文学的表现场域。因此,一部分作家很快将文学的焦点转向了日常生活。文学在写法上力图透过日常生活的表层掘出人性的纵深,将小说的意义建立在生存的基础之上,也由此带来了文学焦点的转移。与之前"先锋文学"的反叛和"寻根文学"对文化状态的描写所承担的一种家国责任、知识分子情怀的文学创作完全不同,这一阶段的文学创作转移到了对日常生活的注意上,相继出现了方方的《风景》(1987),池莉的《烦恼人生》(1987),刘恒的《伏羲伏羲》(1988)、《狗日的粮食》,刘震云的《一地鸡毛》(1991)等作品。

总体来说,造成这种文学焦点转移的有社会因素、地域因素和创作者本身的生活环境的变化。文学社会环境的转变,一方面揭示了长久以来文学艺术与生活的互动关系;另一方面展现了当代文学发展中文学是人学的延续过程。伴随着新写实小说的萌动,个体与时代的精神特征不再吻合。因此,新写实小说呈现出与20世纪80年代的"伤痕文学""反思文学""寻根文学"截然不同的姿态。这主要体现在两个方面:一是选择的主题不再是"伤痕文学"的"伤痕",也不再是"寻根文学"的"寻根",它关注的焦点集中指向了日常生活;二是在这种焦点选择的背后,将日常生活指向了人的问题,更指向了文学理论的高度。

那么,什么是日常生活?我们不妨看一下学理层面日常生活的含义。

笼统而言,日常生活意味着日复一日的琐碎、庸常,落后甚或无意义。

也许理论界对其概念的清理和诠释最能集中体现其中隐含的生存意识内涵。

"日常生活",作为英语术语的中译名,西方的哲学家和理论家对其早已有不同的阐述。黑格尔提出,诗化日常生活的精神能够被人的生活方式所消解。哈贝马斯则试图以交往理性拒绝对日常生活世界的异化,构建日常生活的和谐。赫勒在《日常生活》的开篇就有一段有关日常生活的定义法则,讨论了日常生活的建构性,她认为"个人的再生产总是具体个人的再生产,即在特定社会中占据特定地位的具体人的在生产"[1]。

同赫勒的界定不同,列斐伏尔将现代意义上的日常生活概念界定为某种承担性,无论是对个体还是对社会组织,他们所表现的是一个有别于理性的所在。吴宁认为列斐伏尔对日常生活进行批判的目的"不在于一般地抛弃迄今为止的日常生活"[2],而是在两者关系的思考中确立生命存在本身的意义。

有鉴于日常生活讨论的西学资源,我们可以从以下两个方面体认日常生活的特质。

首先,从理论形态上来说,日常生活不是抽象化的概念,它由一个

---

[1] [匈]阿格妮丝·赫勒:《日常生活》,衣俊卿译,重庆:重庆出版社,1990年版,第3页。
[2] 吴宁:《日常生活批判——列斐伏尔哲学思想研究》,北京:人民出版社,2007年版,第181页。

又一个的事件构成,成为社会事件和个人事件的广阔聚集地。人首先是日常生活里的人,是事件中的人。人是存活于事件当中的,人的社会关系、社会性都是通过实践展开的,它们成长在日常生活的土壤中,社会关系的本质依存于事件当中。事件构成了历史,而"文本实践是内在于历史的,它居住在历史中"①。所以,人一年一年地过日子,在延续着我们自身的历史,一个国家、一个民族也是如此。从这个意义上来说,日常生活具有积极重大的意义,它琐碎杂乱,但意义丰富、鲜活,具有深刻的社会内涵。

其次,从文本形态来讲,艺术家奥登伯格说:"我认为艺术是那种包括每天拉屎之类的琐事。"② 艺术或者文学是无法脱胎于生活的物质性的。创作和写作都是历史性的行为,日常生活书写对摆脱概念意义上的文学表述具有重要的意义,可以说它还原了日常生活中人与人之间真实具体的社会关系。它使文学表达带有深刻的审美价值,契合了人内在的精神需求。新写实小说把日常生活当作文学表现的场域,将日常生活的单薄、局限纳入普通人的生存关系,以人与人之间的人性连接表现人生存本身的意义。新写实小说的价值就在于拓展了文学的写作疆域,开始关注"一地鸡毛"式的日常生活的不同内容,以平常经验和物质诉求表达着人生的焦虑。陈骏涛的见解是可参照的,他说新写实小说"不再停留在对生活的所谓'本质'的再现,而着意于对生活的原生形态的表现"③。

因此,在这个意义上,日常生活带有两面性:一方面它琐碎、平庸,因而是消极杂乱和颓废的;另一方面它又蕴含着人的诗意存在,是人性存在的必要的、必需的场所,是积极的,用以还原人本真的生命现象。日常所表征的其实是个体在摒弃了政治、历史、文化的概念以后,对人的生存境遇的处理,仍然有一种内在的深层的人的坚持。因此,日常生活是人生存必不可少的一个部分,是人作为此在存在的具体的实践

---

① [英]弗朗西斯·马尔赫恩:《当代马克思主义文学批评》,刘象愚等译,北京:北京大学出版社,2002年版,第22页。

② 转引自马尚:《生存互联:欧美当代行为艺术》,沈阳:辽宁画报出版社,2002年版,第81页。

③ 陈骏涛:《写实小说:从传统到现代的转化》,载于《钟山》,1990年第1期。

生存领域，同时日常生活庞大、凌乱、流动、平庸，无法摆脱。在新写实小说的视野中，"日常生活"虽然面临着许多困境，但它截取了生活的横断面，确立了描述个体生存意识的视角，从根本上牵涉了人文精神的文化选择。

二、日常生活叙写下"生存意识"的回归

"有时候，词义的含混和内涵的过于宽泛都会妨碍对具体现象的深入探讨。"① "个体" "生存意识"是两个复杂的概念，在进一步讨论之前，我们首先要对"个体"和"生存意识"的概念进行界定。

个体是指"意识着自身的个别性的人"②。海德格尔强调了之于人类生存本体的个体的重要性。他提出的"此在"，意即此时此地的存在，就是人的具体的现实的存在。根据海德格尔的理解，人是日常生活的，是大众的，所以人就在日常生活中本真地存在着，因此人是日常中历史性的存在。海德格尔的理论揭示了人作为"独特性的个体"③ 存在的根本。他对"存在"的阐释要点以人是被动的、不自由的挑战了康德的主体性，即人的生存具有有限性，对人的解释也有客观的限制——人受社会文化、权力的限制。但他将个体提升到人的生存本体的高度。所以，"个体"不但指包括在一定社会关系中的拥有一定的社会地位、能力和作用的个人，还包括生存中的个人，而这些都隐含在日常生活之中，通过日常生活这个载体去明确人的价值，将人看成独立的存在。

马克思、海德格尔的理论对个体的高度肯定是相对应的，突出了"个体"的意义。凡是有人存在的地方，就有"个体"这样一个概念，它是人存在的基本形态。而所有有关个体的理论，都涉及一个起源的隐喻。个体人数众多，它不是一个概念化的、符号化的人，而是起源于劳动、生产等日常生活实践当中的一种历史的具体的存在。作为一个个体，首先也是最重要的就是源于日常生活的生存。人的本质就在于日常生活中的生命存在。在新写实小说的文化语境中，"个体"不言而喻已

---

① 陈思和：《自然主义与生存意识》，载于《钟山》，1990 年第 4 期。
② Nietzsche. KSA6 *Ecce Homo*，S. 313.
③ ［德］弗洛姆：《为自己的人》，北京：生活·读书·新知三联书店，1988 年版，第 55 页。

经成为重要的文化关键词,其之所以如此重要,在于它更多地体现为一种对人的个体性和生存意识的张扬。

那么,什么是生存意识呢?

生存意识的出现是人类历史的进步,重视独立、自由和个体生命,使人成为有生命的个体存在。

生存意识作为一种文化范畴集聚着个人的个体性,是个人对自身之外的客观世界的个体主观映象。所以,生存意识构成了一种自我在意识层面的感性显现。它在人的生命活动中确证的是人与物的差异性和非同质性。因此,生存意识以个体为出发点,主张人是有生命的个人存在,体现了个体的价值。

从人文精神的角度来看,生存意识是赤裸裸的生存意志,是人追求自身生存和发展的自由意识。这种对自由的绝对敏感显示了在社会情境之下,个体对生存的要求和对自我生命的尊重和张扬。

那么,"生存意识"在文学中有何体现呢?

文学的生存意识是指在文学中所体现出来的属于个人的特征。

马尔赫恩在《当代马克思主义文学批评》这本著作中,对"什么是文学"这个问题进行了考察,提出了一种颠覆性的观点:"这个历史唯物主义概念并不是指与'内容'相对立的形式,而是指一种意识形态构形。"① 这里就指出了文学是意识形态形式,而作为观念形态的文学应是人类社会生活反映的产物。学者、作家应该在文学的场域有一种对国家意识形态的沟通。当然,这并不是说文学中就没有"生存意识",更不是说文学缺乏"生存意识"表现的传统。简单地指认文学中的国家意识形态是无意义的,因为文学的根源不在"意识",而是"存在",在日常生活中无法漠视人的"存在"。生存意识的形成不仅是人类历史的发展过程,更是在这一过程中"这种精神朝向自我意识的演进逐渐显露的过程,它被标记为一种系统的趋向于越来越高级的运动"②。

如果说,文学效果是审美的文学效果,前提在于正确地选择文学审

---

① [英]弗朗西斯·马尔赫恩:《当代马克思主义文学批评》,北京:北京大学出版社,2002年版,第42页。

② [英]丹尼·卡瓦拉罗:《文化理论关键词》,张卫东等译,南京:江苏人民出版社,2006年版,第79页。

美的表现对象，那么从支离破碎的日常生活中抽取最普通的人物，体现最简单本真的人的生存维度，显然能最有效地进行"生存意识"的建构。

生存意识的形成既有文化的因缘，也是一种重要的表意实践。在文学史的语境中，文学作为人生命活动的表现形式，或者说作为人的一种生命存在方式，是一种个体化的实践过程。文学服务于人，人存在于日常生活之中，因此，文学的个体化实践通过日常生活表现出来。文学是对人的自主性的体现，生存意识成为表达的根本。当然，在这样的语境里，有必要对生存意识的重要特征——"人的生命、自由"加以有效的全新审视，实现对文学表现的深入的研究与探讨。

就文学发展的进程来看，文学一直有对生存意识的诉求，只不过这种诉求经常被掩盖在集体诉求之下。对生存意识的忽视、遮蔽与20世纪70年代以前的政治化、革命化路线有关。因此，文学中的"人"往往被抽象为某一社会活动的功能或是某一抽象的政治理念。从人学的角度来看，文学中的人文精神、一个时代的人文精神往往通过经典人物来体现，而现代意义上的"个人"绝非时代的"个人"，而是一种个体经过自我身份确认的日常生活中的小人物。在这个意义上，作为感性、具体的生存意识的觉醒，就使表现人的观念发生了根本性的变化。福柯在《知识考古学》中提出对西方铸造的经典进行解构，就关涉个体与家国之间的一种关系，关涉一系列的与具体的责任、义务、政治等有关的问题。比格尔在《先锋派理论》中也坦承"正是由于艺术放弃了所有对现实的直接干预，它适合于恢复人的完整性"[①]，也就是文学艺术是实现生存意识的一个可靠的方式，会健全人性的根基、维度。那么，生存意识的获得就更多地存在于日常生活中的普通人身上。

早在1962年邵荃麟就提出了"写中间人物"的口号，这种中间人物是相对于当时文坛一直塑造的典型人物、高大全式的英雄人物而言的，成为对当时政治文学的一种反拨。他提倡作家应该表现大多数普通人的生存曲折变化，今天来看，就是作家从熟悉的日常生活中挖掘熟悉的小人物的悲欢离合。文学要求作家关注处于大多数中间状态的普通

---

① ［德］比格尔：《先锋派理论》，高建平译，北京：商务印书馆，2005年版，第116页。

人，真实地描摹他们的现实生活，正视这些属于社会大多数的人的生存、精神状况。处于中间状态的大多数人体现了社会整体的精神状态，体现了社会的矛盾。因此，生存意识是文学对个体的一种意义建构。

文学作品面向日常生活实际上就是面向了人的生存。人的生存境况和生存体验、人的自由只有回到日常生活里才能得到真正的体现。文学作为正视人的生命存在本身的表现活动之一，首先要关注作为生命的个体，以及围绕这个个体所受的环境制约与无法超越的社会现实，即我们所谈到的生存困境。换句话说，文学要表现在人与环境的对峙中所体现的个人体验、主体自由、生命状态等属于其个人性的特征。日常生活中的普通人是处于精英和无奈夹缝之间的中间人，是人数众多的大众，不是一个概念化的、符号化的人，而是一种历史的具体的存在。那么，对个体的表达就不是一种抽象化、概念化，而应该是在具体的生活中对每一个鲜活生命的把握。

在这个意义上，文学的核心任务就是展示生命本身的意义，强调个体的在场性，在个体与环境的张力之间捕捉小人物的生命脉搏。

新写实小说以对个体生存状态的叙写，标出了对个体和生存意识的极大尊重。自此以来，生存意识的意义被不断扩展。它们以市井的眼光看待万物，描写柴米油盐，叙述吃喝拉撒，更重要的是，在这种鸡零狗碎的描述中，极力使自我的审美标准跟上日常生活的步调，以文学特有的方式表现个体的诉求。池莉《烦恼人生》里的日常生活、刘恒《狗日的粮食》里的日常饮食、《伏羲伏羲》中的生殖欲望，这些都是无法摆脱的人的生存本相。这样，新写实小说的创作就在个人沟通的基础上建立了一种普遍性的审美体验——通过对日常生活中个人生存状态的书写——展现一种人的维度的意义建构和反思。这种关注使"生存意识"在文学发展中逐渐浮现，并成为人文精神话语在这一时期的核心力量。

第二节　新写实创作与生存意识的浮现

一、生存困境缠绕下个体生命的张扬

人类的生命活动是包括生育繁衍在内的一种动态的无数个体生命律动的历史过程,并且这种生命活动有一定的生物学因素。因此,生殖成为人生存的根基和前提。马克思在《巴黎手稿》中就提出因为人有意识,因此人与动物生命活动的差异就在于人的生命活动经过外在的对象化的过程,进而实现个体精神的自由。这种个体生命短暂而恣意的张扬就构成了人的生命精神。也就是说,人的生存不仅有吃穿住行,在基本的生存以外,还应该有对生存自身意义的追求。

在此情形下,刘恒的《伏羲伏羲》就有了一个特别的位置,它试图以冷静的姿态解剖"生存意识"这个难题。

故事是从民国时期洪水峪小地主杨金山娶亲开始的。从这个日子开始,杨天青和王菊豆就在生存的困境里展开了一段个体生命力的释放。

那么,到底该如何对《伏羲伏羲》的生命力进行解释呢?我们接下来作进一步的说明。

首先推动杨天青和菊豆生命力张扬的是人类原初的快乐本能。

生殖是人的生命本能,当生殖成为生命的颂歌,具有人类文化心理的快乐就得以产生。那么,这种快乐就既有生物属性又有社会属性,成为人生的第一要务。快乐原则也是尼采生命哲学的重要命题,他说:"生命意志甘心牺牲最高的和无尽的生存类型——我称其为狄奥尼索斯的,我认为,这就是通向悲剧诗人真理的桥梁。不是为了摆脱和同情,不是为了用激烈发泄来摆脱危险的冲动——这是亚里士多德的误解。——;而为了越过恐惧和同情,成为生成本身的永恒欢乐——这种欢乐本身也就包含着对毁灭的欢乐……"[①] 尼采这种追求快乐的哲学实

---

① Nietzsche. KSA6 *Ecce Homo*, S. 312.

际上就是一种探寻人的生命本源规定意义上的思想实验。休谟也谈到"人类心灵的主要动力或推动原则就是快乐或痛苦"[①]。循着尼采和休谟的思路,如果个体生存的世界受到制约,那么寻求新的个体生存根据的努力就应该转向生命自身。这种源于自然的快乐事实上强化了人的生命本能。这是杨天青和菊豆难以挣脱的,甚至是无力挣脱的。因此,在追求快乐的过程中,伦理原则遭遇挑战,其间又夹杂了痛苦、仇恨和自责。

洪水峪的光棍青年杨天青,就他的生命活动来说,壮实的躯体是实,内在的精神是虚,只有虚实合一,才能构成作为人的生命的完整和统一。但在儒家伦理文化的教化下,他只能保持着被压抑的性意识,身体的健壮完整嘲讽着生命意识的残缺。叔叔杨金山的填房媳妇菊豆是另一个健康的生命,她的出现自始至终都围绕着生殖,因为杨金山的不育,其向往的、健康的、张扬的生命在现实中找不到出路,但是本能又想寻求一条出路,于是故事中的菊豆只能默默地抵抗杨金山的虐待倾向。健康而又不能的遗憾与感伤,反过来强化了人的原始生命力——人的最本能的反应和欲求。面对人原欲的内在生命冲动和中国传统文化伦理所产生的激烈冲突,杨天青的价值判断是既为父又为兄的,而且在他身上潜藏着一种能量,这种能量就源自个体内在生命的持久积聚。它维持了杨天青的个体生存,也支撑了与菊豆爱情的情感因素,并内化在日常生活这个对象化领域。

因此,地主杨金山对菊豆的折磨就成为两个人关系发生转变的关键。对杨金山虐待的厌恶和对性快乐的渴望,使杨天青和菊豆个体生命的张扬走到了一个新的层面,杨天青和菊豆之间便产生了惺惺相惜般的感情。

青春本能的热血使年轻的婶子与年青的天青联系在一起,而生殖始终是转化的核心。在这个意义上,对生理因素的强调就发展成一种倾向,即杨天青与菊豆期待已久的肉体欢乐是生命力得到张扬和解放的极其充沛的表露。或者说,杨金山、杨天青以及女人王菊豆之间的关系是围绕"性"展开的,而性是和人的生命活动紧密联系在一起的,它以一

---

① [英]大卫·休谟:《人性论》,关文运译,北京:商务印书馆,1997年版,第531页。

种未知的生殖奥秘支配着杨天青和菊豆的行为。这种对人的原始冲动的关注就隐含着人内在的生命精神。

杨天青最原始的本能冲动将他引向了快乐的巅峰。杨天青与菊豆的爱情不停地向前推进，并以两人翻山越岭的幽会加以感性的显现。

从本能的快乐原则上，生命意识是《伏羲伏羲》的基本命题。它从人的生物本能出发来考察个体的生命意识。对性的快乐的追求使杨天青和菊豆以生存本能的欲望去满足自我，抵制伦理的谴责。

其次，《伏羲伏羲》推动生命力张扬的是在个体生存意义上来论述的"自我"。

一个概念的提出，在学理层面应有明确的界定。在一般理论和观念中，"生命"往往跟"生存"等语词联系在一起理解。这里需要注意的是，我们在文本阐释中所使用的"生命"与人们所习惯使用的"生存"并非同义词。这里要对所谓"生存"和"生命"的概念作出明确的区分。"生存"是一个外在的规定，即具有边界性，生存的意义需要外在的因素来肯定。"生命"是个体本源意义上的存在，它就是存在自身，因此生命是一种无外界规定的存在，具有本源性，并不向外寻求意义。正是在自身规定这个意义上，"生命"与"生存"区分开来。从这种区分出发，生存困境可以束缚人的生命，个体只有不服从于外在规定性的要求，才能实现生命自我的自由。

如果说《伏羲伏羲》有一定内在体系的话，那么这一体系的核心就是"生命"，并且是在个体生存意义上来论述的"自我"。因此，杨天青和菊豆并不是外在于个体生存意义上的存在，而是其内在生命的自我。它强调了个体之于生存的意义和生命的张力。

杨天青和菊豆相爱后洪水峪的溪水奔流欢腾，然而溪流很快就把杨天青和菊豆卷到生存的现实之中。无法指认的妻子，不能识别的儿子，生存的困境就像是对杨天青的一种嘲弄。生活的艰难和无法摆脱的价值规范作为外在的生存困境和杨天青内在自我的痛苦扭结在一起。杨天青掉进了这难解的痛苦之中，最后栽倒在水缸里自尽，以赤条条的死完成了个体内在自我的一次彻底放纵。但在洪水峪，杨天青是一条汉子，是菊豆含混不清的话语中"我那苦命的汉子"。在自我本能欲望的引导下，杨天青陷入了尴尬的生存圈套，以自我的终结实现了对自我的超越。结尾杨天青虽然慨然自尽，但始终围绕着生殖展开的生命意识在孩子们的身上得到了延续，去除了社会意义的人类本能，获得了最饱满的渲染和释放。这样的处理就使人的生理因素的审美观照得到了文学上的一种艺术转化。

1986年，在《伏羲伏羲》之前，还有一部作品也在创作中留下了生存意识的痕迹，那就是莫言的《红高粱》。富有意味的是，《伏羲伏羲》和《红高粱》在许多局部技巧上是不同的。如果说《伏羲伏羲》是刘恒对人的生存本能的探索，那么《红高粱》则是莫言对人的生存意识的一次彻底宣泄。相较于《伏羲伏羲》，《红高粱》中的生命原初形态的信息是以无意识欲望的宣泄为倾向的。但无论怎样，两者都以不同的方式指向了同一个主题，即对生存意识的表达。

我们不妨把《红高粱》看作关于人的无意识欲望的话语，即它是如何以人的深层无意识欲望唤起人的生存意识的。这个转换不仅彰显了与"生存意识"有关的魅力，而且还以人的无意识欲望的呈现张扬了个体生命。它以视觉、触觉的多重感官体味加深了人类心灵深层的生命体验。

那么，《红高粱》中的无意识欲望所涉及的层面，即对个体生命的表现，又是如何进行的呢？

从这里的分析中，我们可以注意到"无意识欲望"一词的两层意思：第一，在具体的支配活动环节，无意识欲望比作为支配者的个体具有更为强大的动力；第二，无意识欲望与政治无意识并不是一种简单的从属关系，当个体被其相应的政治无意识规定时，这种支配活动便与生命原欲发生较量，意味着无意识欲望才是个体活动的本源。

首先，我们来看小说无意识欲望的具象化——原始的旺盛的生命力。

无意识结构中有爱、顺从、恶、自我保护、理想的向往等，这些元素在具体可感的社会生活中呈现出巨大的张力，人首先必须满足吃、喝、睡等与人的生存直接相关的基本欲求，这种内心无意识的欲望就成为个体发展的根本动力，它们一旦在现实中被调动，就成为品评生存意识的尺度。

《红高粱》一开始就追溯了礼法与生命法则双重交错下主体的态度

与精神。戴凤莲和余占鳌的生命状态,爱与恨、纯真与粗野的自然生命体现了一种在场又隐蔽的强大的生命力。事实上,本能、冲动和欲望充斥的无意识是由人的存在介入生存意识的。

从理论上阐释,无意识是无目的的、个体觉察不到的内化于个体之中的意识,包含了人生存所需要的欲望和生命力的冲动,是始终在场的隐蔽的缺场。无意识不受社会规范、道德秩序的规约,是非理性的、潜存在内的,一旦外界引发了内化的无意识,这种不自觉的、不由自主的、对对象模糊不清的反应就会被调动成为清晰的认识。用弗洛伊德的心理分析学来看,无意识对传统意识的解构是将内在的原欲作为人生存的依据。弗洛伊德精神分析理论的核心概念就是无意识,从人最初的本能欲望即最重要的性本能介入无意识领域的分析。他的理论假设认为,人一切活动的最终动因来自无意识隐藏的力比多能量。这样的论点虽然一方面造成了泛性论的潜在危险,另一方面也为解释人性无意识欲望的外界认知开辟了一条光明之路。虽然弗洛伊德所强调的力比多是认为人的性欲受到压抑,但原始欲望的无意识却不一定都是性欲,它们是人生存的本能。弗洛伊德揭示了理性层面人的存活、压抑,但其中还有情感表达等诸多因素,含有不同的指意实践过程。这样,人类生存的根本问题就成为人类的无意识欲望。弗洛伊德、荣格、拉康等心理学家对人的无意识心理的分析,认识到人性的本能和无意识欲望的心理状态。人的真实的需求和无意识欲望在日常生活里得以实现,是一种感性的生命活动的呈现。

红高粱的野地、墨水河边伏击日军车队、"我爷爷"和"我奶奶"膨胀的情欲、高密东北乡的泥土气息,无不代表着一种生命的意识欲望。生命意识正是通过人的无意识欲望的特征展示出来的。"我奶奶"的生命意识就是一种无意识欲望的体现,它以一种为自己而活的态度审视人的生存意识。为了替父亲换取一头骡子,"我奶奶"嫁给了麻风病人单扁郎。单家开着烧酒锅,以廉价高粱为原料酿造优质白酒,方圆百里都有名。东北乡地势低洼,往往秋水泛滥,高粱高秆防涝,被广泛种植,年年丰产。单家利用廉价原料酿酒谋利,富甲一方。"我奶奶"能嫁给单扁郎,是我曾外祖父的荣耀。当时,多少人家都渴望着和单家攀亲,尽管风传单扁郎早就染上了麻风病。单廷秀是个干干巴巴的小老头,脑后翘着一支干枯的小辫子。他家里金钱满柜,却穿着破衣烂袄,腰里常常扎着一条草绳。

在出嫁途中,"我爷爷"——那个英武剽悍的轿夫,在一片野性饱胀的高粱地里,解救了被蒙面大盗劫夺的"我奶奶"。新婚第三天,"我奶奶"在回娘家的途中再次被"蒙面大盗"劫进高粱地。充满期待的"我奶奶"就这样在象征着自由自在的生命力的高粱地里完成了生命原初的冲动,使压抑的精神和情感欲望得到某种程度的宣泄和补偿,获得了精神的满足。"我奶奶"与"我爷爷"充满自然原始生命力的"高粱地野合",弥漫着野性的生机勃勃的生命欲望,膨胀的情欲透出了一种人的原始本真的自在与洒脱。这是人的无意识欲望最痛快淋漓的一次宣泄。接着"我爷爷"和"我奶奶"又将这种生命强力的自由发泄一起转向了抗日战争。血红的高粱地里洒满了"我爷爷""我奶奶"们、罗汉大叔、方六、"刘吹手"们的鲜血,他们以无意识的欲望张扬了原始的生命强力。

其实人性就存在于我们的日常生活之中,人性的存在是具体可感的,是不能割裂和社会、历史的联系的。莫言的小说具象化了弗洛伊德的无意识理论,将无意识和社会现实在人性的根基上有效地连接起来。《红高粱》对生存意识的再次指认,将无意识和人本身在具体联系上进行了处理,反映了人的深刻的心理变化,挖掘了人类原初主义的无意识欲望的生存空间。《红高粱》的贡献就在于将弗洛伊德开辟的理论上的猜想、设定作为具体的文化设定,帮我们构造了具象化了的理论模型。它把个人灵魂、个人身体的力比多与那个最终为逻辑上先在的、传统上被称作"神秘解释"的层面区别开来。在这个层面上,生存意识也依据人的生命而得到重写。

其次就是无意识欲望的功能——对政治无意识的抵抗和回避。

无意识有两种:一种是从本能角度讲的无意识的欲望,即人对生存意识的向往;另一种是政治无意识,就是官方意识形态力量控制的文化霸权,即强调无意识的社会内容。詹姆逊提出"政治无意识"的观点,指明无意识一方面具有消极的意味,是对人的压抑和权力的控制;另一方面也具有积极的意义,即给人类带来理想和希望的乌托邦幻象。文学是无意识的表达,是释放被压抑的无意识欲望。事实上,欲望和现实是有差距的,这种此消彼长的张力扩张导致无意识的欲望不满足于现实的幻想和愿望,力图冲破压抑,既不违反社会道德的秩序,又能获得欲望的满足。因此,无意识欲望的功能就是冲破政治无意识,淡化人的社会属性,释放个体生存的无意识欲望,最终发展成为对生存意识的表现。在无意识当中,体验具有当下性。人的这种生命体验时刻影响着个体的生命。《红高粱》的小说文本自然就成了表达人们内心无意识欲望的有效形式。

《红高粱》的开头就营造了代表政治无意识过程的外部事件:

余司令拍了一下父亲的头,说:"走,干儿。"

这清楚地表明抗日战争作为外部事件的在场。《红高粱》又似乎有意将人的原始无意识欲望的要求同外部的政治环境对立。在特定的情境之下,政治运动在人的原始欲望面前具有无力感,对生命个体而言,主体生存本身才是最强的生存意志。《红高粱》利用抗日战争作为题材进行创作,表述的并非战争本身,而是通过战争来展现无意识欲望的功能。政治意识形态本身不是宣传口号,而是已经渗透到日常生活,成为人们的无意识。抗日战争导致人的生存空间不断被挤压,造成人的生存空间的狭窄。但人的生存需求欲望强烈,而这种欲望很多是无意识的,要求打破权力的专制。因为人的内心都潜存着这种无意识的欲望结构,那么一旦外力打通了人心中隐藏的情感,就调动了深层的无意识欲望。

在《红高粱》这部小说里,它的意义在于残酷的现实,例如日军对村子劳力的占用是政府行为,好像是霸权,但实际在人的内心当中并没有建立起来这种霸权。日本侵略者残暴地蹂躏了高粱地,并活剐了抗日斗士罗汉大叔。对生命自由的渴望,引发了"我奶奶"和"我爷爷"内心仇恨的火焰,他们决心复仇,于是出现高粱地里以高粱酒打鬼子豪气冲天的战争场面。"我奶奶""我爷爷"们的反抗正是在外在压抑状态下人的内在生命力的外化。他们在为国家战斗的时候,个体的生命力量得到了抒发。

在场与不在场的关系中,重要的不是在场而是不在场,是隐藏的东西,这种不在场的隐藏的东西就是无意识欲望,是无意识的力量。《红高粱》的贡献就是挖掘了人潜藏的无意识欲望,这也揭示了无意识所具有的两面性。无论弗洛伊德的理论假说是否得到科学家的认同，无意识欲望都是无所不在、具有普遍性的。人并不是抽象的存在，作为历史的具体存在的人，在现实中，正是通过人性的连接结成一定的社会生产关系。无意识欲望可以突破时空界限，展现无意识的辽远。因此，指导人的存在和人性存在的一个不可忽视的重要层面就是无意识欲望。《红高粱》在这种无意识欲望的结构当中，支配着人们被压抑和隐藏的欲望、激情和行动。这样说来，"我爷爷"和"我奶奶"们进行的就不是单纯的理性的思考，他们的行为是由生命本能和无意识的欲望机制激发的。

面对"我爷爷"和"我奶奶"的爱情，《红高粱》也以自然和自由的精神展现了人的无意识欲望对制度法则的抵抗。打破传统封建礼教的束缚和禁锢，这本身就是生命与社会的决斗，是无意识欲望与政治无意识的斗争。

也就是说无意识的欲望既可以扩大人之为人的生命意识，还可以推动社会向前发展。正是源于无意识欲望富有活力的展现，那种生命内部的奥秘才清晰地游动于文本之间。

把无意识欲望投射到对象上面，就打破了人和对象的界限，主体被这种投射到对象上的自身的无意识欲望控制，甚至在刹那之间不能清晰地认识自我。小说描写的对日军侵略和压制的反抗是政治无意识的情境，引发的是人们对当下的困境的关注和解决，这样无意识欲望就有了很强的实践性。按照符号学家格雷马斯的"符号矩阵"理论，在一个结构内部包括两个矛盾项。"我爷爷"和"我奶奶"的生命力是与日本侵略者尖锐对立的，两者之间存在一种相互排斥的关系。这一结构表明：人生存的本体意义在无意识欲望之中。这一活动是对抗性的，在"我爷爷"和"我奶奶"生命力的深层，已经内在地包含了一种反政治无意识的潜能。只有潜藏的无意识欲望得到宣泄，人才能获得真正的自由。因此我们可以说，《红高粱》在其结构深层对生命的张扬是通过以无意识欲望对抗政治无意识来实现的。这说明无意识欲望具有强烈的反政治性，它就存在于日常生活里人的无意识之中。

人类本能的无意识欲望实际上就凝结在日常生活里，通过无意识欲望将人与人连接起来，建立社会普遍认同的道德规范，维系社会和谐的发展。这种无意识欲望直接和日常生活联系在一起，以一种感性的形式呈现。个体的生命意识是人类的内在精神，已经沉淀在人类无意识的欲望中，因此这种人的生命根基就带有全人类意义上的普遍性。我们说，文学是意识形态，但不仅仅只是表达意识形态的内容。在很多情况下，文学是一种精神，更确切地说是一种人文精神，植根于人类潜在的无意识欲望的生存意识之中。

从上面的分析可以见出，我们主要把《红高粱》视为一个无意识欲望的结构去分析，目的是通过无意识欲望的呈现，在生存困境中建构个体生命张扬的空间，这当然也构成了人对内在生命精神的追寻。

二、"个体"：符号与意义指涉的断裂

从符号学的角度考察，符号与意义指涉是个复杂的问题。这个问题至少关涉三个方面：一是符号"能指和所指"之间的对应关系，二是符号与意义指涉的时间维度，三是造成指涉断裂的意义差别。其中的复杂性需要在学理意义上加以阐释和说明。

首先，符号产生意义，同时与意义互相构成。符号的出现本身就点明了意义的获义意向性。

其次，意义的构成要有时间维度，当时间不复存在，意义的内涵解释项就成为没有意义的活动，也就是说，不同时间所产生的符号意义就是一个变化项。此时，意义呈现为另一种可能性，即与新的时间同构。

最后，朝向新的意义的符号无限衍义，意义与意义之间的巨大差别就造成了指涉的断裂。

这三个方面都是符号与意义指涉无法回避的问题。个体作为存在的符号也必然产生和追求意义。但是，个体存在时间的差异，某些时间在场，某些时间不在场，意义就在此差异与悖论的过程中发生，由此产生了符号与意义指涉的断裂。

个体符号存在意义，而对意义的考察又具有时间性，不同的时代，个体的符号意义完全不同。"在何种意义上使用，'个体'或'个人'都是'主体'——'他者'这种二元对立的现代性范畴中的一个概念，——无论是'民族国家'与'个人'的对立、'阶级'与'个人'的对立、

'党'与'个人'的对立或者'集体'与'个人'的对立,莫不如此。"①

在此意见下,参考这样的理解,我们以符号学的模式来思考新写实小说,似乎可以寻找对生存意识更为有力的阐释效力。

新写实小说以普通人的生存为基础,将日常生活中的庸常和无意义带入文学,个体的符号已经大大逾越了个体自身存在的现实意义。这样就产生了个体理论符号与现实意义的分离,由此消解了个体意义指向的固有合理性。

对个体生存意识的符号描绘,在一些作家笔下或可一见。这里列举几部表现个体符号与意义指涉断裂的文学作品。在表现生存意识方面,最有代表性的是池莉的《不谈爱情》、莫言的《红高粱》和刘恒的《伏羲伏羲》《狗日的粮食》。

池莉的《不谈爱情》以对"大写的我"的一种拒绝,聚焦日常现实,讲述一群小人物的生存境况、生存的无奈与失望。

小说中,吉玲出生于汉口一个地道的小市民家庭,尽管她保持着远离"小市民"阶层的"素雅"之感,这在一定程度上还掩盖了她的"小市民"特征。除了自身被标注的"小市民"特征之外,她的母亲,生存于花街的那个"老来变胖的邋遢女人",也标注着吉玲一家的小市民生存本相。《不谈爱情》并非以传统的被掺杂政治功利目的世界观去解释吉玲的世界,也没有刻意渲染吉玲和庄建各自所属的社会阶层的不同,而是真实地展示了花楼街女子的生活,即未被政治解释过的人的生活的本来面貌。

吉玲怀孕和庄建非的出国在婚姻的一潭死水中掀起了小小的波澜。吉玲的母亲如"母鸡护雏"般的姿态与女婿的知识分子家庭周旋。她圆滑、泼辣、毫不示弱地保护女儿,在波澜之后,使女儿恢复了婚姻生活的平静。小说深切地关注小市民的日常生活,即普通人的个人经历,在人的生物性本能之下,它并不指向人对时代的责任,而是尽可能地抹杀或淡化不同社会阶层文化背景上的差异和冲突。因此,吉玲等人的个体价值得到高度重视,个人成为文学的合适主体。小说以一种全新的意义

---

① 李扬:《50—70年代中国文学经典再解读》,济南:山东教育出版社,2003年版,第191页。

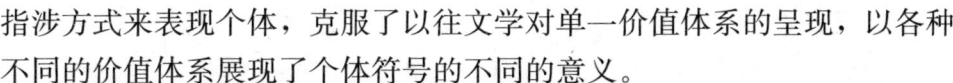

指涉方式来表现个体，克服了以往文学对单一价值体系的呈现，以各种不同的价值体系展现了个体符号的不同的意义。

既然个体身份与社会相关联，那么，这种身份就被染上社会色彩，具有社会性。但问题并非这样简单，吉玲、吉玲的母亲、庄建非等是个体符号的发出者，即向某个方向抛出一个携带意义指涉的符号。符号表意向婚姻生活的日常性延伸，反过来则以辩护的姿态来明晰个体符号意义的有效性。但是能指不可能被抛出，抛出的只是其中一个所指。因此代替意义出现的另一个所指就指向了婚姻这样可感知的意义实体，至少它集合了个体的生命表征。那么，这种日常的描述就掩盖了或者说是阻止了读者对于婚姻社会依存性的认识评价，也正是这样一个文学的落脚点，使小说在文学的主轴里面不带有强烈的意识形态色彩。文学终究可以穿越时间、空间回到文学的纯粹，回到人自身，也就是人性的维度上来。

这里需要特别说明的是，再次捡用《红高粱》《伏羲伏羲》作为文本细读的样本，是冒着会失之偏颇，又或者会抹杀上下文区别的风险，但本书再次提出一定是因为其具有特指的含义，亦能从中挖掘更新的东西。

莫言的《红高粱》是以高密东北乡的抗日战争为背景的，但小说却把大的历史事件熔铸在小山村的日常生活里，在日常生活的细节里展开。主人公余占鳌是一个成长的英雄，《红高粱》执着地把他定义为一个血脉偾张的男人，一个男人在大的历史事件面前生存意识的展现与复杂交织。这表明个体符号的政治意义失效之后，个体生存意识的合法性建构顺利展开。当中对抗日战争过程的描写，对侵华战争的非正义性和历史脉络的梳理，都是把眼光放在高密这个地域的发展，放在日常生活中小人物的命运上来。这样，抗日战争的复杂性、必然性、偶然性、残酷性及各种政治力量的参与，解放的快感统统置于日常这样一个庸常的框架内，表现了人对社会历史的真实体认。在这一过程中，符号与意义即能指与所指的变化过程是向个体内在的生命意识游移，显露出解构的锋芒。

这种解构的张力在《红高粱》中成为转向生存意识的明显路标。

"我爷爷"这个抗日斗士以豪情壮志的"酒誓"带领一群壮士打鬼

子,歼灭日本兵。然而,小说的所指却发生了根本性的转折,"我爷爷"和"我奶奶"的高粱地野合则暗示了这样一个转折的带有根本性的前提——人的原始生命力的迸发。经由抗日战争而成的背景强调单一、确定的时代政治意识,而两颗蔑视人间法则的不羁心灵的欲望燃烧则导引出一个发现自我、追求自我的意义结构,它反转过来,在生存意识的体现上抽离出个体符号特有的意义。

不仅"我爷爷"如此,"我奶奶"戴凤莲的个体生存意识也是通过生命自然性的核检,构成了符号能指与所指意义新的等价关系。她十六岁被迫嫁给麻风病人单扁郎,到后来遇见余占鳌,并联合余占鳌杀掉了单扁郎。她为了自我的命运进行抗争,使生存意识得到了前所未有的张扬和体现。应该说,"我奶奶"戴凤莲的婚姻是社会性的,因为单家酒坊具有一定的价值,个体生存意识却和戴凤莲的个人认识有关。因此,她的个体符号最初是带有社会和个人两种指向的。在符号化的过程中,戴凤莲从追求自己的爱情和自由的个人感受开始,在符号与个体生存意识之间建立了一种必然的联系,从而保证了个体符号的被意义化,最终转变成有关生命本身的文化符码。

"我爷爷"和"我奶奶"的个人生活如此,小说的价值取向这时已经发生转变,它呈现出日常性与革命主题的分离。它表明在革命的政治生活中,个体生存意识存在的可能和个体生存日常性之中所包含的合理性,促成了个体在日常生存层面上的意义化,因此就构成了对政治意义的抵制。

能指与所指的指涉是一种动态的生成过程,因此不是确定的,其意义也不是固定的、唯一的。这样一种动态的过程带来的便是意义的"漂移"。对生命的重视是《红高粱》的一个特点,因为个体的生命与生存意识有着不可分的关联。"我奶奶"不顾传统封建礼教,敢于和匪首"我爷爷"生活在一起,对自由不屈的生命的张扬作了出色的注解。我们发现,所指的符码实际上是以隐秘的路径进入文本的,这些所指将个体与个体生命的自由联系起来,因而构成了一个无限的意义结构体。从"我爷爷""我奶奶"到罗汉大爷,这一个个能指均指向了个体生命力飞扬的意义海洋。意义是一种不断生产和转换的过程,在时代的背后,闪现着个体生存本身的意义。个体生存保证了个体符号能指的意义方向。

第四章 日常生活书写中人文精神话语的延伸

在这一点上，莫言与刘恒的路径是一样的。

《伏羲伏羲》中日常性对革命性的瓦解主要包括对时间的叙述。时间消解了日常性与革命性之间的意义阐释连接。从这个意义上来说，《伏羲伏羲》描述重大历史事件发生在洪水峪的情形是成功的。有意淡化的社会背景就使得其中人的本能被凸显。这样，故事发生的年代就看似与故事无关了：

"日本人踏实了？"

"踏实了！"

"真走了不成？"

"滚他娘的蛋啦！"

"……哪个来？"①

在这里，我们触及一个有趣的现象。对个体符号意义指向新与旧的对照，也就是说杨金山之"新"是将政治意识剔除在生存之外的，并不包含社会政治意识的具体形态；菊豆之"旧"完全是一种时代指向的修辞性表达，"想烙几张饼"这种社会意识往往是先验性的。因而，个体符号的社会意识就成为空洞的存在。与之相反，《伏羲伏羲》在描述个体生存意识时，其展示的生命形态却是各式各样的。小说对生存意识的呼唤就拆解了此前个人与时代对应的二元结构，个体符号产生了新的意义，表现为时代对个人价值的定义遭到抵抗，而个人对自由的诉求得到暴露。

与此形成对应的是，紧接着时间进入了"文化大革命"。"文化大革命"作为一股潜流，使表现政治指向的个体符号，无论是作为道具的大字报，还是批斗的场景，都显示出实际意义的匮乏。

批判菊豆的大字报被安排在署名为二傻子田锅的人身上，一个可信性极其模糊的人物。这里，个体符号与时代指涉的意义构成就呈现出一种矛盾和虚弱。小说表现菊豆和杨天青内在生命的冲动，实则已经规避了时代的政治意识，并虚化了"文化大革命"的名称，削减了有关历史经验里的政治意义记忆。事实上，文学与环境应该是一种流动的动态的

---

① 刘恒：《伏羲伏羲》，载于《小说月报 30 年 1985—1989》，天津：百花文艺出版社，2010 年版，第 283 页。

关系，文学审美意识形态的特殊性也并不能等同或者还原意识形态的一般性。如果说小说是对时代背景和历史变迁的有意回避，那么，它的目的在于强化个体生存本身的意义。在"文化大革命"这一历史事件之下，《伏羲伏羲》恰恰写的是日常生活叙事和普通人菊豆、杨天青的遭遇。"用来产生意义的东西在产生意义时必须包含莫名其妙的模式和错综复杂的矛盾，因为这就是做出富有人性和令人满意的解释的条件。"①关注大历史下的世俗生活和世俗生活里平凡的小人物，《伏羲伏羲》发展了生存意识的概念，确立了具有个体形式符号的小我意义诠释。个体的概念在辩证过程中由一极走向另外一极，即由大我走向小我，它在时间上也由社会历史的外部向人的内部运动。因而，个体的符号所强调的就是人本身的意义生产机制。这样，个体就抵抗了历史意识，并在这种抵抗过程中被召回到自我的生命过程中来，呈现人的生命本色，基于个体符号意义获得了有效性。因此，这些人物不再是过去的"伤痕文学""反思文学"中的大我类型，而是小我的符号代码，这种颇有意义的转码（一种代码被转换成另一种代码，或者说是一种意义的转换）过程就解构了意识形态，结构了自我。这样个体就从意识形态的框架中解放出来，显示了生存意识的超强活力。这样一来，《伏羲伏羲》就把个体符号"能指""所指"公式的指涉顺序颠倒过来，形成动态的由社会历史价值向个人生命体验的游移，从而显露出其解构的思想锋芒。

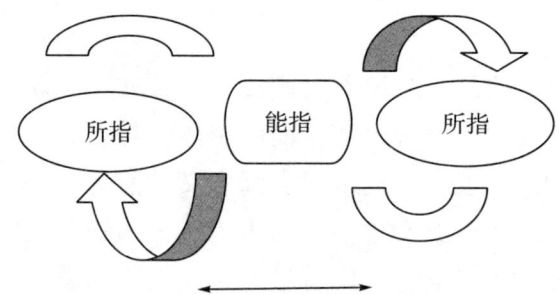

图 4—1　能指与所指指向断裂分析图

---

① ［英］弗兰克·克默德：《结尾的意义》，刘建华译，沈阳：辽宁教育出版社，2000年版，第154页。

我们不妨借助图示（图 4-1）来清晰地说明二者的断裂过程。在横线的上方，是符号所指向的不同的所指意义，左边指向的是个人对社会历史文化价值的皈依和追寻，右边是个人面对生存环境的生命体验，这也是确立人的基础的最重要的个人价值，横线显示的则是所指转换的时间轴线。我们看到，这一图示在原来圈定的能指、所指固定的结构之外增加了时间轴线，它断开了能指和所指的固有连接，就使得能指与所指之间的指涉开始随着时间的转换而松动，不再是二元对立固定不变的依存，而是变得不再稳定，两者之间的固定意义也受到了阻拦。在能指之下所指不断地迁移；同时，在不同的语境下，能指与所指之间相互作用的上下纵箭头都表明它们是独立的循环，是约定俗成的存在。在《伏羲伏羲》当中，"杨天青"和"菊豆"作为个体的能指符号，不断漂浮和移动，他们不单单是对所指男人和女人的刻写，相反，两者以对时间轴线的叛离做出对意义的抵抗。本来的所指政治意识已经不在此处，而意义由断裂产生。当然，在《伏羲伏羲》当中，个体的能指符号也并非一直处于无休止的移动和漂浮的状态。在一个时间的缝合点，这种意义一旦生成，就成为一种稳定的指涉关系。

经过这样的一番改造，《伏羲伏羲》所建立的个体符号与意义的指涉已经完全不同于此前的文学思潮。它所建立的个体符号公式明显带有"生存意识"至上的色彩。它所强调的"生存意识"至上实乃恢复了人的生命本色。

个体符号与意义的断裂，在日常性意义的表现方面也呈现出同样的情形。刘恒的短篇小说《狗日的粮食》明显有这样两条线索，其一是 20 世纪 60 年代中国饥荒之年的时代线索，其二是农民杨天宽和农妇瘿袋曹杏花关于"粮食"的线索。在时代线索里，作者叙写了"文化大革命"时农村的生活形态，具有时代背景的买妻。但"饥饿"始终处于故事的表层，因此背景事实上处于被虚化的状态。而农民杨天宽和农妇瘿袋曹杏花关于"粮食"的线索则是农民生存的大道理。小说无法把时代政治意义与非政治上的意义等量齐观，也就是说，小说并没有从非政治的有关粮食的日常生活中推导出个体所承载的政治意义。因而，这两条线索之间存在的关系被淡化，甚至呈现一种分裂或断裂的状态，这就构成了一种解构关系。循着这种解构的提示，我们看到，一边似乎是时代政治的终极所指，一边是个体符号的表征。说作者是有意规避时代的政治意义不免牵强，但问题在于作者对杨天宽和瘿袋有关粮食的日常生活处理呈现了与时代意义指向相反的意义倾向，导致小说属意于日常性意义的体现而不是政治意义。在杨天宽一家漫长而又单调的生活里，粮食是一个重要的日常性生存资料，用粮食取名的一群儿女却始终伴随着成长过程中的饥饿。因此，瘿袋与杨天宽关于粮食的讨论也属于日常话题。我们看到，小说对于外在时代空间的意义阐释是一个不断消失的过程，但能指与所指的指向处于不断变化的状态。很明显，人的意义价值不是静态的，而是动态的变化过程。换句话说，个体符号依照个体符号的价值体系在时空中转化，这样，能指与所指之间那个稳固的结构就变得十分可疑。既然是动态过程而非静态过程，那么能指与所指之间的指涉便不再存在，粮食成为两者之间的指涉所携带的"副产品"。

从整篇小说所叙述的有关粮食的重要性中，可以看到它引入了一种与政治意识形态全然无关的问题，是站在日常性意义的立场上来看待社会现实，这就暴露出原有的所指指向受到限制的趋向。从换粮到缺粮，再到护粮和失粮，都有生存意识的具体表述，其间包含了个体符号所指意义的转移。比如就外在的形象而言，曹杏花不过是一个挂着丑陋瘿袋的农妇，但她意味着个体被纳入了杨天宽的价值体系，标示了粮食在杨天宽的世界中的独特位置。事实上，在《狗日的粮食》的开篇，瘿袋就是杨天宽用"二百斤谷子换来的"，粮食几乎存在于杨天宽和瘿袋生活的任何阶段，但反过来，瘿袋手中的粮食又似乎成为一种时代的嘲弄。因而，符号与意义指涉的断裂性表现得更为突出。"曹杏花因它而来又为它而走了，却是深爱它们的。"在20世纪60年代全国饥荒的环境下，粮食是时代的匮乏物，人们能获得的仅限于树皮、野菜和驴粪。在瘿袋看来，活着是她唯一的目的，所以这样的东西恰好是她所急于求取的，她不得不到处去扒吃粮食。

在解构的敲击之下，时代意识成为意义的碎片。而因粮食而起的人的生存及人对粮食的渴望成为意义的根源。很明显，解构打破了此前能指与所指意义的永恒，无限消解了这一点。

从瘿袋富有象征意味的丑陋瘤子，到瘿袋旺盛的生育能力，再到其泼辣地为全家挣口粮，这些都与她的生命紧密相连。瘿袋将争取粮食的过程绵延下去，她以不顾一切的行为维持着一家人的生活，使时代的政治意识变得毫无意义。《狗日的粮食》中瘿袋对粮食的吝啬和守护，再一次意味着人走向生存本身的重要意义。对人而言，粮食的价值无可估量，它促成了瘿袋与杨天宽的婚姻，也同样因为它的缺失造成人与人的阴阳相隔。对粮食的认识始终伴随着个体与时代意义逻辑的断裂。这种断裂其实早在瘿袋嫁给杨天宽时就已经出现，在有购粮证的年代到来的时候，她因为弄丢购粮证而遭受了毁灭性的打击，临终时对粮食的咒骂则是小说所作出的解构式的判断。

  瘿袋的生存意义正是通过粮食这一日常性产品而获得肯定的，并赋予个体符号新的意义。

  我们看到，文本所指涉的情形点明了符号与意义指涉断裂的核心，显示了个体生存意识与社会政治意识的截然不同。一切个体都有意义，它代表了并表现着它之外的指向，也就是说，它是一个符号。作为符号的个体一方面在某种程度上与现实、社会、集体保持着特殊的联系，具有社会属性；另一方面作为超现实的内在的生命观念而出现。这两个方面不可避免地会发生冲突和碰撞。文学是意识形态的构形，一方面这种意识形态是民族国家意志的体现，这已经内化在知识分子和作家的思想中；另一方面还包括个体生命的意识思想和人的独特的生命意识。"伤痕文学""反思文学"的艺术形象强调外在现实和时代背景，因而个体符号具有一种意义结构的恒定，即符号与意义约定俗成的指向性。这时，个体符号意义的产生有赖于意识形态的需要。在文学的进一步发展中，个体符号一方面在一定程度上保持着与政治现实的特殊联系，另一方面以人的内在生命欲求来替代现实政治生活中的框架。个体符号原有的意义指向开始松动，正是在这种结构和解构的对话性中形成了个体符号新的意义指向。这不仅使个体符号获得了新的阐释力量，而且成为人文精神话语体系中的重要组成部分。从某种意义上说，因为时间维度发生了重要的变化，新写实小说的个体符号指向的不是时代和政治意义，而是倒向了"平庸"的日常，指向了人自身。

第三节　生存意识对人文精神话语的消解与重构

任何理论的基础都来自社会生活和文学实践。新写实文学思潮在中国近四十年来文学发展中的意义是重大的，它不仅预示着文学创作方式的当代变化，而且就此形成人文精神话语的新内容。如果说新写实小说的关键一环是将日常生活中的生存意识纳入人文精神话语体系，那么，接下去的问题就是，"日常生活如何能在人道的、民主的和社会主义的方向上得以改变？"[①] 即它是如何处置了传统人文精神话语，并把这种历史体验、生活体验纳入理论问题，由文学实践得出文学话语。

一、传统人文精神话语在日常生活中的消解

经历了文学的诸多流变与浪潮，一些因素开始淡出，一些因素不断增长。人文精神话语发生了转型，负载时代政治意识的人文精神被消解，作为生命本体的生存意识开始浮现。它以一种我们希求的展示普通人生存状况、生存境遇的复归出现在文学发展的进程之中。

如果将人文精神放在20世纪中国文学的整体进程中去考察，就会发现文学与意识形态存在着某种一致或对立。

1942年，毛泽东在《在延安文艺座谈会上的讲话》中提出了文学要关注现实人生，要深入人的现实生活，以对人民群众情感的投入，给广大读者群众以真实的文学面貌。毛泽东强调的这个现实的社会生活就是要把人赖以生存的日常生活作为表现的对象，而日常生活的承担者就是广大的占人口大多数的普通老百姓。但因为作家和理论家当时错误地理解了毛泽东的人学观或是产生了认识上的偏差，渐渐地强调文艺为政治服务，服从政治思想斗争，使文学的审美观、人性观渗透着国家意识形态的色彩，文学成为政治的工具。日常生活本身的"意义"诉求受到政治话语的压制，文学逐渐偏离了最初的人学主张。在20世纪50年代

---

① ［匈］阿格妮丝·赫勒：《日常生活》，衣俊卿译，重庆：重庆出版社，1990年版，第3页。

到 70 年代，文学过于强调政治性而遮蔽了人性作为个体的表达，国家主义高昂，文学成为政治的、阶级的工具。到了"文化大革命"时期，日常生活是和国家意识形态结合在一起的。大家似乎都看到了文学之于政治的价值，文学因此沦为意识形态的工具，承载了太多的政治教化功能，成为概念化和模式化的表述。20 世纪 70 年代末期虽然有对人的文学的短暂回归，但人性的描写也重在表现悲剧，缺乏生活的原生形态。这使得五四传统的人学前提不可避免地拘囿于文学与政治的二元对立，而政治意识形态的干预又进一步加固了文学这一思维定式。在意识形态化的文学中，日常生活缺乏价值，因为日常生活要承载被意识形态赋予了意义和内容的历史。80 年代，"伤痕文学""反思文学"以批判现实的特征回避了对生命本身意义的探寻，直至后来出现的"寻根文学"，都是将人建构在历史总体叙述的框架之内，人从属于时代意识和历史意识。"寻根文学"作家摆脱了五四运动以来对政治教化功用的解说，回到中国的文化传统，写他们的体验，力图回到现实的在场性。在这一时期的文学中，人获得了意义，但这一意义并不是来自人的生存本身，而是借助于日常生活展开对"文化大革命"极"左"路线的反思和批判。

1985 年以后，从"伤痕文学""反思文学"等现实主义创作思潮中蜕变而来的新写实小说开创了人文精神新的特征。"与文化寻根意识相比较，作者的寻求旨向由外在世界转向了人体内部，即所谓'根在自身'；与现代战斗意识相比较，它不再为失去精神支柱以后的自我感到战栗和拼命奋斗，只是在确认生命自身的脆弱与无助以后，在认同了世界的荒谬与非理性以后，一心一意地把自我封闭起来，在有限的空间里加以保护，于是繁衍后代就成了它最基本的，也是最重要的行为。"① 应该说，它的出现是为了表现"纯态事实"②，扩大了人文精神的外延，将人从狭隘的意识形态中解放出来。文学创作以空前的解构情绪表达了人文精神的顽强存在，个体的生存意识以日常平庸的姿态出现。趋向原始低级的个体生存意识渐渐觉醒，独立性增强。换句话说，随着生存意识的觉醒，文学开始挣脱意识形态的束缚，所承载的家国情怀开始被彻

---

① 陈思和：《自然主义与生存意识》，载于《钟山》，1990 年第 4 期。
② 所谓"纯态事实"，是陈思和先生在《自然主义与生存意识》一文中提出的，指未经过政治道德意义符号化了的事实，也是指未经过作家主观上爱爱憎憎的情绪过滤的事实。

底消解。这样,新写实文学就与此前的人文倾向产生背离,站到了新的人的认识的基点。这时,人文精神在经历文学与政治的扭结之后,不再承担时代主题,它开始从日常生活走向为自我而存在的人的生存主题。日常的物质生活、情感慰藉、交往情趣就成了个体的生命意义所在。这种为自我而起的个体存在就包括回到人自身的人文精神特质。从这个时候开始,新写实文学和之前的人文精神已经基本上不一样了,开始关注个体的感受,生存意识占据主体,对时代精神的消解与对小人物琐碎庸常时刻的描绘并行不悖。如果说这是对此前文学创作理念的一种反拨,那么,新写实小说使个体获得了相对独立的意义。对生存意识的奋力追求就成为阻挡意识形态侵入的防御机制。这种生物学意义和感性层面上的人的生存意义,就为文学发展提供了一种新的人文精神建构的可能性。

如果解构是一种权利,那么建构就是另一种权利。经历了文学与政治的解体,新写实小说借助日常生活来解构传统"人文精神"话语,事实上也成为另类人文精神建构的切口。我们不能不说它不是一般意义上的人文精神了。

由此,新写实小说将"伤痕文学""反思文学"的政治批判及"寻根文学"创作中的家国观念简化为"日常生活",以至走向对传统人文精神话语的消解。

那么,这里就出现了一个问题,促成传统人文精神在新写实小说文本中消解的动因是什么?

承接上文,传统人文精神因为种种原因被消解。

首先是文化的规训。

文学文本最终是叙述一个事件,这个事件就是日常生活。我们经常说在心为志,发言为声,言为心声,个人的心志不是个体的而是文化的,它表明特定文化对人在特定事件中的规定。从活动关系上去分析问题,生活在社会当中有许多感受、体会,这样的实践体现了当下人生存的体验和向往,就是一种话语实践、艺术生产实践。话语实践本身的文学话语是一种社会话语,如果把文学的场域当作社会文化场域,把它放在广阔的社会文化关系中加以分析、解释,就是人文精神话语形式演变的结果。

第四章　日常生活书写中人文精神话语的延伸

文学来源于日常生活，将世俗的日常生活引入文学，不仅是因为新写实小说重视日常生活的价值取向，拒绝成为政治道德的依附物，也因为"为生存"的文化精神的分化与演变。方方的《风景》，那个自然生态中的生存王国，那种都市里贫民家庭的没落、粗鄙，人在当代社会里生存的艰辛、痛苦、无奈，无不体现着文化现状的既定性。苏童的《妻妾成群》、叶兆言的"夜泊秦淮"系列、方方的《桃花灿烂》、杨争光的《老旦是一棵树》、张炜的《九月寓言》都写人的生存斗争，写民间的日常生活和世俗的价值观念，它们都标示了社会文化精神所具有的价值取向。

其次是知识分子的文化操作。

从知识分子的角度看，在环境转变的情况下，新写实小说所折射的知识分子的自我定位相较于前也有所转变。知识分子话语的这种改变既是一种态度，也是一种行为模式。

一是创作心态，对家国情怀的解构，并从各种政治观念和主义之中舒展开来。

当个体被召唤为主体，"通过主体范畴的功能，全部意识形态都招呼或质询作为具体主体的具体个体"[①]。比如知识分子、学者这个概念都是意识形态的概念、命名，社会大众、男女也被赋予了更多的意识形态含义，每一个身份都是主体对个人的召唤，阶级、人民、政党、宗教等都作为主体召唤个人。意识形态不光是宣传，而是把个人认同为意识形态主体，成为社会当中的一个身份。可以说，新写实文学思潮之前的小说基本上是意识形态化的，作家将意识形态作为创作的逻辑体系。现代派的意识流小说企图通过意识的流动来还原生活的感性空间，但在这一过程中，知识分子仍然带着强烈的时代体验。"寻根文学"中，知识分子是以典型的儒家文化的入世精神深入到民族文化心理的建构之中的。与之不同的是，新写实小说第一次将这种家国情怀放在了文学之外，它"使叙事文学作品过度膨胀的社会功能向审美复合经验的感性化传达回缩"[②]，这样，意识形态的预设和把握就在很大程度上被抽空了。

---

① [英]塞尔登：《文学批评理论：从柏拉图到现在》，刘象愚等译，北京：北京大学出版社，2000年版，第468页。

② 张业松：《新写实：回到文学自身》，载于《上海文学》，1993年第7期。

新写实小说注重对日常生活本身的描述，作家在叙述时封闭了价值作为意义所产生的通道，抑或说将绑缚在价值之上的意义进行消解和肢解。意义深度沉湎于日常的平庸琐碎，以此强调普通人生活体验的"庸常"指向。这样，知识分子的主体意识被收敛，读者被置于台前，可以自由择取生活里的爱恨悲欢，在这个意义上说，读者只有通过阅读才能捡取生活中存在的价值。在刘震云的《单位》《故乡天下黄花》《一地鸡毛》等作品中，知识分子没有主观意志的评判和思考，而仅仅是将他所属大众的生存法则公之于众。庸常的生活剥去了作家作为知识分子的自我优越感，或者这是知识分子自我意识的一次意义的解构。通过这种自我解构，文学回到了人自身，回到了个体生存意识的维度，回到文学的本质上来。因此，这种现象的一个共同特点就是在当代的文学创作中自觉地对日常生活中的人性进行发掘与表达。他们自觉地在创作中关注日常生活中普通人的生命状态和情感，追寻人的生存意识，挖掘人性，从中折射出深厚的人文精神。

二是创作技法上作者和叙述主体分开，在一定程度上掩盖了作家的情感与价值判断的倾向性，因此庸众和生活流开始进入文学。

新写实小说的灵魂就在于作家以冷静、客观的叙事构成"情感的零度"[①]。新写实小说知识分子创作技法的改变主要包括对小说叙述的节制。作家作为创作主体与叙事者身份脱离，新写实作家去除主观的叙事效果是相较于之前知识分子对政治话语的理性批判[②]而言的。显然，新写实小说转向了新的叙述空间，知识分子通过把自己隐藏在民众中间，以"讲述老百姓自己的故事"为立场来认知世界的真相，躲避理性的束缚和制约，由此折射出知识分子自我定位的转变。

王干在评价新写实文学时谈到，尽管将其命名为"后现实主义"，然而借助于现象学理论，也就是说，知识分子的创作技法相较于之前的文学已经发生了重要的改变。例如方方的《风景》就是请了另外一位叙事者——出生十天便夭折的亡灵来展开文本叙述的。池莉的《生活秀》则不动声色地编织着吉庆街的来双扬为了生存的辛酸、挣扎。对知识分

---

① 王干：《80、90年代之间的"新写实"》，载于《文艺争鸣》，2015年第6期。
② 这种理性一方面是知识分子长期以来济世救国的启蒙立场，另一方面也表明其只有依赖对政治的关注与阐释的激情才能获得话语权。

子话语的自我限制实际上也是对阅读关系的重新调整。作家和读者是平等的对话关系，在被淡化、模糊和消解的意义之外，强化了读者的主体性。根据伽达默尔的接受美学理论，知识分子对自我情绪的规避、冷峻客观的叙述给文本创造了许多"空白"和"未定点"，让读者去填补。日常生活的感性经验流入作家的文学话语之中，这样的话语更容易为读者所接受，因为这就是他们的生活，就是他们的生存现实。在这一过程中，就突出了文本之内和文本之外的生存意识，并在两者的交流互动中强化了这一认识。

因此，我们从知识分子话语定位的转变中即可窥见作家叙述姿态和情感倾向的变化，其中，以生存意识为核心的人文精神亦随之凸显和产生。

二、虚无的"庸常"与个体生存的承担

谈到庸常，我们必须首先谈一下和它对应的词汇"深度"。

在深度之外，日常生活之内，庸常的意义似乎十分可疑，这种意义的丧失成为一种阐释链条上的困惑。曹文轩在《二十世纪末中国文学现象研究》一文中提出："'深度'存在于一切。庸常之中自然也有'深度'。'深度'不厌庸常。"① 那么这样看来，庸常并未消解传统意义上的深度的意义和表现方式，而其真正的意指是一种对意义的颠覆。

如若对此作进一步的讨论，还需要从理论上厘清庸常的概念。

庸常是一种现实的常态，是一种生存状态和行为方式。个体生存问题作为庸常指向的基本问题，本身包含这样几个层次：首先，有一个所谓的庸常的对象领域；其次，这样的对象领域有一个基本问题；最后，个体生存就是这一基本问题。

在中国传统思想领域，庸常是关乎人的价值和意义的大问题。以老庄为代表的道家思想，最大的特色恰恰在于其日常生活中道的超然性。老子在《道德经》中提出的"道法自然""无为而无不为""为而不争"，就是在虚无的庸常中消解着一种儒家的入世精神。庄子也说"天地与我

---

① 曹文轩：《二十世纪末中国文学现象研究》，北京：作家出版社，2003年版，第136页。

四十年来中国文学发展中的人文精神流变

并生,而万物与我为一",即把生活方式作为人的价值目标。庸常不仅是人类生存的基本状态,更是人的生存意识的起点和终点。日常生活的庸常趋向意味着向人生的本体复归。生存意识并不是抽象的,而是具体的、活生生的,它不是一个简单的形而上学的问题。由于日常以如此烦琐、平庸的姿态摆荡在个体之间,对它的写作似乎也将个体指向了一种虚无,在这里就有着个体生存的承担。"艺术创造和艺术效果的秘密将见于对神秘互渗状态的回归,即回归到那个经验的层面上,在那个层面上生活的是人,而不是个人,在那里,单个人的喜怒哀乐并不重要,重要的是人类生存。"[1]

因此,庸常就成为人类生存的根本问题。庸常的意义就在于,在文化语境中,它承载了一种生命自身意义的担当。日常生活的庸常是人应对生活困境的一个缩影,只有在柴米油盐般琐碎的生存环境中,肉体的、物质的生活才是生存意识凸显的出口。

但问题恰好就在这里,新写实小说关注日常生活的具体、平庸,它是如何对抗这种平庸,呈现日常生活特色的呢?它们描写普通人的生活,展示日常生活原生状态的图景,又是如何突破平面化和无深度的感觉的呢?

20世纪80年代,新写实小说逐渐开始表达对日常生活的回归,与同时期先锋文学表现日常生活的颓废不同,新写实文学更多地在日常生活中记录个体心灵的颤动。这就在生活的庸常中涵盖了对个体生命自身的哲思。对深度和意义的解构,本身就体现了意义和深度。具体主要有如下两个方面:

一是以日常生活的庸常叙述来抵制或否定宏大的政治表述。

新写实小说很少关涉社会大事件,或者说人在客观世界的价值取向并不是它的表达重点,甚至也基本忽略了小说的叙事背景,往往将重大的社会变革凝缩在琐细的日常生活小事中,肯定了一直以来被遮蔽的日常生活的意义和价值。这时候的日常生活以琐碎去除了宏大,以平庸解构了精英,以生存方式本身消解生存之上的时代和文化印记。

---

[1] [英]塞尔登:《文学批评理论:从柏拉图到现在》,刘象愚等译,北京:北京大学出版社,2000年版,第227页。

例如池莉的《烦恼人生》《冷也好热也好活着就好》等小说中，就是试图以庸常的形式表现生活，并把这种庸常的形式化为解构的力量。《小城之恋》中对社会背景的淡化、消解，使男欢女爱的故事被还原为庸常的日常生活行为。可以认为，这种庸常观念的背后是对某种长期以来文学创作理念的解构。换言之，这种形式的力量不是凭空产生的，它与人文精神的变迁密不可分。

在令人窒息的政治框架的氛围中，人是无法生存的，生活的底色也无法呈现。小说往往被赋予过多的外在意义。一旦意识形态的铁栅被消除，在庸常生活底层所呈现的关乎人的生理本能的生命意义就会浮现出来。因此，新写实小说通过采用旁观的叙事话语，还原日常生活的本来面目和家长里短的真实经验，来实现对个人生存或者说对个人意义的展现。在对政治表述进行抵制或否定的叙述中，实现了对意识形态的消解。这样就在消解意识形态隐喻的同时，把人在面对困境时无法超越的悲剧性因素表现出来，引发关于生命、关于生存、关于个体本身价值的思考。

从文学的角度来说，庸常类同于一种意识的召唤，将文学从狭小的意识形态中解放出来，扩大了生存意识的外延，因而放弃了形而上层面的探索。在这种召唤中，人的原初的生命体验被唤醒。新写实小说以一种庸常置换了我们以往的文学经验，即在宏大政治表述的抵制或否定中，展开一种反类型的书写。

二是对庸常生活中个体的生存承担。

为了突出个体的生存意识，新写实小说去除了生存外壳上的时代和政治痕迹，从而形成了以庸常表现文本潜藏的个体生命本身的叙述方式。把日常生活中最熟悉的人和事进行文学提炼加工，表现人的生存状态和方式，形成了新写实小说的写作风格，所以读者在那里看到的是日常无尽的琐碎与平庸。

日常生活的庸常是人生存的真实面相，它确确实实地存在着，甚至对以生存意识为核心的人文精神产生了悠远而细微的影响。对日常生活的消极表述无意义、无深度，看似粗浅的表面化的描写不仅逼真地再现了人生存的本真状态，其价值和意义更在于获得了人文精神意义上的长久的生命力。这样庸常就具有了意义，而文学则是这种意义的承担。在

日常时间的缓慢流动当中，新写实小说以庸常的情绪表现普通人的生存困境，以自己的创作捍卫了日常生活的尊严，对个体生命的关注，对个体存在的张扬，使这种庸常的表达显出意义和深度。庸常成为生命本身的重要标志，例如《烦恼人生》对小人物印家厚庸常生存状态的认同与真实的展示，其间既没有政治的比附，也没有作家的主观情绪，它以再现日常生活的庸常性来对个体的生存进行承担，揭示了人在庸常琐事不间断的循环和重复中销蚀殆尽的生存真理。在平凡琐碎的生活当中，人在价值层面的观念也有了很大的转变。为住房和儿童教育琐事而烦恼生活的印家厚，为人生的意义已经被生活的重压消解，热情和青春彻底滑向庸常。外在理想的消失却使我们看到了人自身的生存本相，也是文学对个体生存现状的容忍、承担与认同。这既是印家厚们的生存现状，也包含着个体对生活无所求的现实态度。既然理想在现实生活中毫无价值，那么，这种无价值本身就成为一种价值——对个体生存的反思。

第五章　商业浪潮冲击下人文精神话语的考察

文学进入 20 世纪 90 年代，消费主义的文化特征浮出水面。随着商业化的逐渐涨潮，文学一方面呈现出强有力的文化消费主义倾向，表现出精神的无序和文化的恐慌；另一方面则以"向内转"的方式，寻求与商业浪潮保持距离的抵抗。与此同时，人文知识分子重新强调人文精神的主张也逐渐登场，并在"人文精神大讨论"这一事件之后，出现了一种更具超越性的文化理性主义价值取向。

第一节　"人文精神大讨论"的发生

商业浪潮对传统人文精神的影响导致 20 世纪 90 年代"人文精神大讨论"的发生。作为一个里程碑式的文化事件，其重要意义不仅在于这是一个文学界的宏大问题，更在于它是真正意义上的知识分子确立自身的一个事件。人文精神失落问题的提出，是知识分子与社会保持距离、塑造自我独立性、寻求批判社会的一个支点。

一、商业浪潮对文学的冲击

20 世纪 90 年代，随着市场经济体制的建立，文学的表达更为自由和舒展。这个历史阶段，商业浪潮对文学的冲击呈现出两个特征：

一方面展现出的是文学与商业的同谋关系。

在社会变革时期，文学观念也发生了天翻地覆的变化，文学原有的意义、价值、地位受到了不同程度的挑战。由媒体所驱动的大众文化开

始受市场的牵动，占据大众的生活，并逐渐形成与精英文化、国家文化三足鼎立的局面。伴随着消费主义，文学走向商品化。作家开始进入市场机制，通过书稿竞拍、签名售书和出版商的推介，站到了商业浪潮当中。同时读者对文学的期待也受到了出版商、媒体的外在引导。一时间文人下海和由暴力、色情组成的时尚读物成为20世纪90年代文学的构成部分。这样，文学与商业似乎构成了一种相互推动的互助关系，或者更准确地说，文学变成了一种商品生产，因此也具有了商品的生产和消费属性。

随着商业要素在文学中的滋生和普泛，商业与文学有机结合，文学被推向市场。赚钱与否和市场销路往往成为衡量文学作品的基本前提。这样的发展就抑制了文学的精神维度，造成了人文精神、道德理想的滑坡。物质的急剧膨胀导致文学在文化指向上的平庸化，人们似乎不再坚守理想和信仰。

"逃避崇高"成为一些作家的共同选择，因此出现了著名的"王朔现象"。

事件的原委是1992年北京大学召开的"后新时期文学"研讨会。会上，王蒙指出了文学界以王朔为代表的一种有意思的调侃文学的现象，即"王朔现象"，这一现象也被称为20世纪90年代中国文坛的标志性事件。作为中国社会转型的复杂表征，王朔利用市场以商人的眼光"投其所好"，成为市场领域第一个获得认可的"畅销书"作家，也最先引入了"版税"的概念。他以"纯情系列""顽主系列"小说取悦读者，进行商业化运作，使商业化占据其小说创作的主导。

如"顽主系列"中《橡皮人》《玩的就是心跳》呈现的黑色颓废的色调和玩世无谓的态度。王朔乐此不疲地以游戏、调侃的痞子口吻应和大众泄愤的快感，其背后消解的恰恰是人文精神。这意味着作家放弃了精英的角色，甘为商业景观的制作者，他开始解构理性，拒绝在文学中承载信仰、理想，认定文学创作不过是休闲、消费与娱乐的表征，使反英雄、反崇高的"顽主"成了90年代的一个标志性符号。

这个时期，"躲避崇高""自我放逐""拒绝承担""解构嘲讽"成为一种文化时髦。

另一方面，文学反抗商业化路线并与之对立。

第五章　商业浪潮冲击下人文精神话语的考察

商业浪潮的伟力在于将一切纳入自身的逻辑，通过交换价值的中介，覆盖事物的使用价值。商品形式使得一切（包括人自身和附属于人的情感、信仰等）都可以被商品化并进行交换。商业浪潮的伟力也波及了文学，无论是文学市场还是文学创作的主题，有冲击就有对形式的反抗。具有讽刺意味的是，绚丽的商业文化图景还滋生了相反的逻辑，即在商品逻辑决定文学之后，文学又开始以违反商业的逻辑解构商业增长的消费主义症状。追求个体情怀与人文精神趋向保持一致的文学抵抗情绪形成了20世纪90年代文学独特的经验。

商业的冲击使得文学以颠覆和反抗的力量展现出前所未有的活力。隐匿在20世纪90年代商业化之中的一部分知识分子已经从前述的合谋关系中跳脱出来，形成了新的批判力量。

以张炜、张承志为代表的作家在商品化大潮的席卷之下逐渐走向民间和大地。将知识分子略显沉重的理想话题跟民间、大地、自然结合在一起。比如在《心灵史》中，张承志抓住了民间宗教哲合忍耶，拒绝反理性和世俗主义文艺思潮的扩张、蔓延。张炜在《九月寓言》中自发的大地寻思，以人文精神为内驱动力实现了知识分子情怀的持续存在。以陈染、林白为代表的女性文学一方面完成了对商业景观的建构，反过来又利用这种景观实现了对商业逻辑的解构。卫慧的《上海宝贝》被商业围绕，然而并未被完全控制。

这些问题扭结在一起，就落到这样的疑问上来——在商业化凸显的语境当中，人文精神本身的作用又如何呢？这关系到人文精神凭什么能提出一种更为有效的策略以抵抗商业化的影响。

上述两个方面的力量在转换的过程中，人文精神的价值逐渐显露。这一时期对人文精神的确立实际上是纯化文学的一种手段。一方面，作家探讨文学与现实的关系问题就是想要通过对现实的疏离来确认文学崇高的精神指向。现实是商业化的、庸俗的、充满功利和目的性的筹划和算计，只有在文学中才能获得精神的自由和灵魂的圆满。或者我们可以这样理解，总有一些特定的领域是游离在市场经济之外的，比如宗教、信仰、身份等。这些领域外在于市场规律，它们的存在不是为了寻求利益的最大化，而是包含有关存在的话语建构问题，因此也成为抵制商品交换的支点。另一方面，要对文学自身进行区分，包括精英文学（纯文学）不断地与大众文学进行区分，才能显示自身的高傲姿态。大众文学是市场化的结果，是庸俗的迎合大众的文学。而精英文学拒绝市场化的伟力，是自由的写作和表达，体现了创作者的精神价值。在现代社会，物质财富的急剧增加、欲望的膨胀并不会提升人的理性精神，相反这种精神的危机和社会文化的病态正吞噬着人性的本真，面对这样的现状，关于人文精神问题的探讨也在不断地进行。

二、"人文精神大讨论"与知识分子自我价值的建构

20世纪90年代初，人文精神经历了一次重大的转向，之所以重大，就在于它是对一种危机的对抗，而这种危机本身又具有二重性，它不仅是一场理论的危机，更是知识分子自身价值失陷的危机。

正如历史所察觉到的，问题是从王朔现象开始的。王朔的走红，不可避免地造成了一些观念上的分歧和扭曲。比如，人的价值的认同问题、知识分子精英的立场问题。针对"王朔现象"，理论界出现了两种不同观念的讨论。

一种是以王蒙为代表，以宽容和赞赏为工具，提醒20世纪90年代无法否认的经验事实。

1993年1月，王蒙在《读书》第1期上发表了他的观念性文章《躲避崇高》，在文章中，他高度评价了王朔的小说，并肯定了王朔躲避崇高的价值。

王蒙以绝对化的言辞支持王朔，并为其商业化身份认同的建立起到了很大的作用。这种对非意识形态日常生活意义的赞美是王蒙躲避崇高理论体系的一部分。其后，基于前面提到的王朔痞子式的调侃用法，王蒙在长篇小说《踌躇的季节》中，用同样的笔调描写了钱文赋闲时的日常生活。"久违了，我亲爱的朋友。是什么样的庸俗龌龊的事务缠住了你！"[①]

很明显，王蒙以王朔敢论敢侃的腔调激发了市场经济条件下人们精神的导引问题。

[①] 王蒙：《踌躇的季节》，北京：人民文学出版社，2003年版。

另一种是以王晓明为代表，以质疑与批判思考现实的形式，为避免人文精神状态的暂时中止，试图将它从商业运转的危机中解放出来。

这种不认可的观点暗示了王朔们的这类文学是逃避生存重负，只图一时轻松与快意的媚俗文学。

在他们看来，王朔作为讨论问题的例证，代表着20世纪90年代的精神危机。在精神危机的这种进程外，学者还发现了令人担忧的共存的空间。这种担忧是有现实基础的，从他们的整个思想体系来看，批判的首要目的是人文精神的构建。他们认为，王朔的文学创作采用的游戏、调侃，这一事实确切地忘记了知识分子的存在——强调基本的批判意识——特别是人文精神这个概念本身。

"躲避崇高"和"追求崇高"这两种相互对立的趋势，以及两者之间截然相反的态度，实际上折射出商业浪潮影响下知识分子在价值取向上的分歧。正是这种分歧掀起了20世纪90年代标志性的文学和文化"事件"——"人文精神大讨论"。随着时间的推移，讨论的范围和主题逐渐扩大，涉及思想、文学、文化甚至哲学领域，并逐渐向理论界和文化界反转。

综观整个讨论过程，不管争论的核心问题人文精神是否得到明确的界定，真正的问题在于，在对这一命题的理解过程中，折射出知识分子对自我价值的注意，即知识分子如何从消费主义的话语系统中摆脱出来，在世俗化、商业化、媚俗化的年代寻求一种独立的思想途径，如何进行自我价值的建构。

因此，这种分歧的背后折射的是知识分子自我价值的建构。换句话说，这是知识分子面临当代困境如何建立文化认同的问题。它所提供的共时性表明这种建构可能有两个层面：

一是从专业层面建立知识分子的批判向度。

五四以来启蒙、救亡的任务都是由知识分子承担的，因此作为知识分子职能的延续，当代文化的批判立场也应该由知识分子来承担。而在这一过程中，即便是缺乏大众的认同，知识分子也可以在商品经济社会中建立自身的价值体系，以知识的形成与增长保持批判的张力。传统意义上的知识分子处于社会的中心地位，是知识和权利的生产者，在知识场域中占据统治地位，即我们所称的立法者和权威。但是由于20世纪

90年代商品资本的注入所导致的不平衡关系，文化资本受到了金融资本的制约和把控，知识分子自动或被动地处于社会的边缘。那么，知识分子要发挥批判的功能，就必须摆脱自身之外的经济的浸染和政治的束缚，以求得自身的独立性。因此，知识分子的批判作用就成为其重新建构身份的一种切实的要求。这是一种行动，也是一种知识分子向内的扭转。

二是从社会层面重塑知识分子的价值规范。

这与知识分子履行的批判使命具有同构的性质，即在各自的专业知识之外，以抵抗的姿态为社会传播正义和真理，这是知识分子共同的社会责任。知识分子的抵抗和斗争是在商品经济的场域中进行的，因为"重要的是知识分子在一个公共领域特别是媒体、报纸杂志里面所扮演的角色"[①]。这导向了陈思和所谓的广场意识："中国现代知识分子身上本来就保留了旧式士大夫的忧患意识和以天下为己任的传统，他们离开庙堂以后少就自觉地在庙堂外搭建起一个'民间庙堂'。"[②]

如陈思和先生所作的"广场意识"的标记，那么知识分子价值规范的着眼点就不是知识分子本身，而是他们所处的特定场域——如何在这一场域中界定和构造知识分子。这种价值取向不是指向知识分子的内在本质，而是指向具体的社会历史现实。因而，知识分子越反抗商品经济的逻辑，就越加证明其价值重建或再造的意义。从这种角度看，人文精神的提出就激发了他们渴望重建社会的文化秩序、政治秩序、经济秩序的思考。

围绕着知识分子价值规范重塑的问题，知识分子对人文精神与社会相容性与否的讨论，就直接验证了知识分子作为社会道义承担者的话语效果。

[①] 李欧梵、季进：《再谈知识分子与人文精神》，载于《江苏大学学报》（社会科学版），2004年第1期。

[②] 陈思和：《我往何处去——新文化传统与当代知识分子的文化认同》，载于《文艺理论研究》，1996年第3期。

第二节 知识分子自我叙写中的人文精神

20世纪90年代，席卷而来的市场经济大潮使知识分子的理想受到挫伤。面对巨大的社会历史变化，他们来不及做好精神准备，就随着时代话语转向知识分子自我叙写的精神状态。其中，有的转向了面向自我的个人情怀，以向自我靠近的方式淡化理想与现实的冲突；有的则默默与自我对话，从中汲取与时代对抗的武器，继续知识分子的启蒙理想。如张炜以知识分子的叙事模式，使主人公在民间生活中获得心灵的净化和升华；张承志以强烈的宗教式的理想主义，把民间作为心灵力量的场所。

一、抵抗中的解构——以知识分子自我经历为关注焦点的写作取向

20世纪90年代，中国承受了商业化催生的消费主义文化的变局：金钱拜物主义急剧扩张，理想空洞化，欲望在合法性的基础上无节制地生长，精神文化再生产被悬置。一个重要的文学现象是一部分作家以知识分子的自我经历作为询问和体察现实状况的切入视角，记录了这场畸形生长的变局。于是就有了朱文的《我爱美元》、韩东的《美元硬过人民币》《障碍》、鲁羊的《在北京奔跑》等一批反映中国商业化和欲望经验的作品。这类写作即所谓的个人化写作。如果把"个人化写作"作为一个指称性的概念，还不如说这是知识分子摇旗呐喊的一面旗帜。这类写作放弃了对政治力量的把捉，而是通过一定的个人情怀来寄托，从而淡化了个人理想与社会现实之间的尖锐冲突。

这里有必要对个人化写作作出学理上的解释。陈思和将个人化写作称为"无名状态下的个人写作立场"[①]；王光明表示个人化是"拒绝普遍意义的话语实践，疏离意识形态化的重大题材和时代的共同主题，更

[①] 陈思和：《中国当代文学史教程》，上海：复旦大学出版社，1999年版。

重视个体感受力和想象力"①。但这些定义主要针对个人化写作的某一方面，尚不能反映其创作倾向的全貌，其命名的合理性需要在文学语境的基础上进一步厘定。

在严格的主客意义划分上，个人化具有两重含义：一是从创作的主体来看，它是个人性的，而非政治的、文化的集体名义的代言，因此涵盖了作家的写作立场和姿态，是知识分子的价值观和关注问题方式的体现；二是从创作的对象来看，个人化写作指涉了个人的物质和灵魂生活，它可以去除覆盖在生活之上的表象，抵达心灵深处，暗含着回到自我的存在主义意识。

当然，这两个方面不是截然对立的，只是倾向上有所侧重。从这个标识出发，朱文的《我爱美元》、韩东的《美元硬过人民币》等展示了个人化叙事的意义和经验，其表达的方式各不相同。因此，讨论20世纪90年代知识分子的个人化写作，这两部作品不容忽视。

1995年，朱文的《我爱美元》由作家出版社出版。他似乎预料到理想必将经受时代的冷遇，以荒诞反讽的书写风格、独特的反抗姿态挑衅欲望和商业。

从小说的内容来看，无论是"我"带着父亲找乐子的过程，还是劝父亲解决性需求的荒诞，都以反讽承担了知识分子的批判职能。小说在反讽中构建了以"我"、父亲、弟弟为代表的三种对立的人群："我"的放荡、父亲的矛盾、弟弟的传统和保守。实际上，这三类人群就代表着20世纪90年代的社会现实。

《我爱美元》赤裸裸地暴露了"我"对于金钱和女人的欲望，"我就是这样一个病人，无可救药，想治好我病的人，都可以来试试"。潜伏在"我"身上的是掺杂着欲望、野心、放荡的病态的价值系统。"我"一方面公然表示对金钱的赞美和期望。因为身上的钱不够，在与妓女讨价还价时，希冀着天降美元。这正是20世纪90年代市场经济下人在物质欲望压迫下的精神状态。另一方面，"我"对性的需求也直言不讳。在街上和在大学校园里寻找弟弟的过程，"性"一直是"我"和父亲谈

---

① 王光明：《在非诗的时代展开诗歌：论90年代的中国诗歌》，载于《中国社会科学》，2002年第2期。

论的核心话题。带领父亲消费时,"我"将性理解为:"从商场里买来的也是货真价实的,它放在我们的菜篮里,同其他菜一样,我们不要对它有更多的想法。就像吃肉那样,你张开嘴把性也吃下去吧,只要别噎着。"① 在"我"看来,性是一种消费主义的生活方式,因为其中掺杂了20世纪90年代肆意横行的消费性规则。

因此,在《我爱美元》中,朱文将"金钱"和"性"作为表达个人欲望的媒介,将其作为解构90年代病态的社会现实的切入点。在小说的性爱叙事中,性爱距离纯粹的本体化非常遥远,对女性的欲望祛除了爱情的色彩。对女人病态的性描述就导致性爱本身的异化。在陪父亲到学校找弟弟的过程中,"我"一直在为父子俩找乐子而四处奔波,也竭力劝导父亲,甚至在与父亲去舞厅找妓女因价格太高作罢后,做出准备让自己的情妇陪父亲睡觉的荒唐举措,展现了"我"在金钱、性欲诱惑下的道德沦丧和精神缺陷。

一切与尊敬、崇拜、威严、慈爱、情谊有关的伦理关系在赤裸无聊的性欲游戏中荡然无存,价值颠倒,一切都变得荒唐可笑。而从"我"的情况来说,"我"认为和"我"的生活相比,"我想弟弟的生活是出了问题了"——他与朋友合租一间房,并且无法玩弄女人。放荡不是"我"的精神缺陷,反倒是弟弟的精神缺陷,这就让故事充满了反讽式的荒诞。如果说时代对理想构成了"偏见",朱文在《我爱美元》中以反讽的手法破除了这种时代的"偏见",指向的还是精神的枯萎和贫穷。

朱文在小说中借人物"我"之口,以真实的方式记录了有关欲望的疼痛和欢愉。这种看似文字的暴力形成了斗争性的姿态,足以摧毁一切附着在现实之上的假理想和伪道德。这样,在试图寻找理想与现实冲突的词语时,我们大概就可以推出"反讽"一词了。在朱文的小说中,反讽已经成为一种知识分子反抗的语义系统,他通过使用一种极度崇尚金钱、与理想看似格格不入的意义结构,以欲望宣泄淹没理想。小说的意义诉求就落在了"承继着批判现实主义文学的未竟之业"②,他以自足的话语空间淡化了理想与现实的冲突,通过欲望去解构理想的追求。

---

① 朱文:《我爱美元》,北京:作家出版社,1995年版,第392页。
② 郜元宝、郑兴勋:《说几位作家,谈几个问题》,载于《当代作家评论》,2003年第1期。

陈晓明诠释了文学和现实的分野。狂热的欲望增长成为20世纪90年代的主要征象之一，在这样的背景下，作为知识分子的朱文对欲望的关注就显示了非凡的意义。他实现的是从一种人文精神失落、哀叹、失望到追踪意义退隐轨迹的叙述转型，以对社会记录式的反抗和拒绝进行意义和理想的解构。因此，朱文被郜元宝称为"个人化写作"作家当中攻击力最强的一个。

作者的创作时间往往会提供理解文本的某种路径。依据小说文本的时间提示，韩东小说呈现出与20世纪90年代社会现实的"互文关系"。通过这种"互文关系"，我们可以看出《我爱美元》和《美元硬过人民币》之间的相似性。韩东的头衔带有"诗人小说家"的偏正结构，这说明一个问题，他延续了《有关大雁塔》的"断裂"行动。如果说反讽是知识分子朱文用来检视现实的一件"法器"，韩东则是以"虚无"剔除了知识分子在现实中承担的责任和意义。他感兴趣的对象同样是知识分子的"现实"和"理想"问题。

成功是一个隐秘的话题。韩东区分了两种成功的真理。一是大写的成功。它构成普遍承认的正向价值，即精神界面朝向符合伦理、道德的生产过程。二是小写的成功。它指向物质建构的一个操作范畴。在市场化和消费主义高涨的20世纪90年代，人们被反复告知趋利和享乐是"成功"的主要义项。在通行的世俗利益原则层面，金钱往往能使人获得感官和身体的满足。在个体层面，美元代表着阔绰和放逐的欲望。因此，成功、欲望、身体、金钱（美元抑或人民币）事实上是绑缚在一起的，在某种程度上可以实现等价交换。

小说中，杭小华之所以成为嫖客，是因为理想的失落。大学一毕业他就结了婚，妻子是擅长跳舞的大学校花。在毕业之后的一次大学校庆活动中，一家三口携手前往，杭小华本以为会赢来往日同学的羡慕，然而事实并非如此。他们非但没有成为令人羡慕的对象，杭小华还发现世俗生活正向价值取向的"成功"被嘲讽。物质/精神，成功/非成功之间就出现了悖论式的快速转换。没有精神的身体，犹如去除了"他律"的枷锁，开始放浪。因此，当杭小华注意到自己不再是同学聚焦的中心而备受冷落的时候，基于"成功"的引诱，他选择"反抗"，或者说杭小华的反抗是消极的，他试图以性爱消费参与成功的发生机制。

第五章　商业浪潮冲击下人文精神话语的考察

校庆之后，在校时很少有人愿意理睬的成寅成了杭小华的朋友，他并没有嫖娼却不断地吹嘘自己的风流韵事；他生活落魄、经济拮据却被杭小华视为一个特立独行的英雄。这就让故事带上了可笑和滑稽的味道。

在谎言与遮蔽中，成寅所编织的观念就构成了对杭小华知识分子趣味的消解。成寅所言及的"成功"义项成为杭小华竭力追求的理想和神话。其后，在与成寅的交往中，杭小华不断透露出对花花世界的向往，并两次试图采取行动。他与成寅一道到 N 市的大街上寻花问柳。为了满足杭小华的欲望，成寅用多年来给境外刊物投稿得来的一百美元稿费支付了两人的嫖资，更是作为杭小华用人民币为其购买裤子的报答。这也传达出一个信号，美元为"成功"的操作提供了内容。文末"千金难买朋友情，美元硬过人民币"更是充满了荒诞意味，也可以将其看作窥视小说内蕴的一个切口。在杭小华的心中，只有代表着财富及财富力量的美元被使用，才是真正为自己挣回了面子，坚硬如铁的成功优越感便会凸显。这样，杭小华的嫖娼就从"体面"的精神生活下坠到物质堕落的取向，消解了正向成功的状态，而走向成功的另一极。

整部小说的调子看似是灰暗的，它折射出知识分子精神价值取向的焦虑与迷茫。在"遍地都是小姐，金钱交易已成家常便饭"的时代，杭小华意识到反抗是没有前途的，甚至是难以抵挡的。小说以近乎无聊的叙述方式嘲弄了荒诞的时代病。以 N 市的嫖娼事件为标志，韩东通过欲望解构了对意义的追求。《美元硬过人民币》在表达自我的迷失、理想和价值丢失的同时，也显示出虚伪和浮华成为整个社会的弊病。在杭小华负载着对妻子的些许内疚继续原来的生活的时候，人的虚伪和戴着假面的美德被戏谑，使小说具有了浓厚的解构色彩。

如果说韩东直面了现实的惨淡，还不如说他呈现了现实的本真状态。在精神和信仰失语的时代，他道出了知识分子的生存本相。他以去蔽对抗遮蔽，用"虚无"的大旗解构了知识分子承担的历史意义和附着在知识分子身上的政治理想。困惑与虚无相互撕扯的精神困境让知识分子目眩神迷，为了表现这种目眩神迷，韩东站在了与之对等的位置，将知识分子作为被观察和被描述的对象，窥视他们在欲海时代的无力感，任欲望汹涌澎湃。因此，这种解构本身何尝不是一种对堕落的文化心态的抵抗？从指向虚无到指向价值，其间的意义不容置疑。

格非说，文体"通常是作家与他所面对的现实之间关系的一个隐喻或象征"①。面对20世纪90年代对身体欲望和财富力量的迷狂，朱文、韩东的"私人化写作"成就了人文精神的一种写作路向。

二、抵抗中的建构——自我展示下知识分子情怀的持续存在

张炜由双重的文学"抵抗性"进入知识分子情怀的持存，成了知识分子自我叙写的第二个向度——以自我的展示，汲取与时代对抗的武器，继续精英知识分子的启蒙理想。张炜对无序的现代工业文明的批评是极为有力的，同时也对20世纪90年代市场经济体制时期的"信仰危机、价值失落、道德滑坡"现象构成了挑战。其小说《九月寓言》以乡村、野地为支点贯穿了一种人文理想。小说从两个方面对20世纪90年代的物质化倾向和衰落的道德理想进行了抵抗。

首先，《九月寓言》是一个传说中和现实中的小村的故事。小村的衰落暗含了现代工业文明无序化的后果。故事是从村里的姑娘肥和青年挺芳重返小村遗址的回忆开始的。肥背叛了小村遗留下来的本村姑娘不外嫁，只能嫁给本村人的祖训，与煤矿上的青年挺芳私奔。她似乎成了小村故事的唯一见证人——燃烧的荒草、游荡的鼹鼠、废弃的碾盘。最后，无节制地煤炭开采导致了小村毁灭性的结局——煤矿塌方，小村在工业开发的炮声中崩溃、瓦解，一切也消失殆尽。

就其本质而言，小村的历史本身就说明了现代文明的两面性。

为了说明这一点，小说将"廷鲅"的隐喻作为一个出发点，以求一个完善、标准的批评模式。这个名字本身就包含了一段关于奔跑和停吧的过往故事。这个叫"廷鲅"的海边小村，从20世纪50年代到70年代几乎与世隔绝。这个时候的小村基本上是处于自在状态下的民间社会。被称为"廷鲅"的小村人的祖先，传说是剧毒、无人敢触碰的鱼。他们以无政府的隔绝状态保持了与社会的距离，或者说这是小村对现代

---

① 格非：《文体与意识形态》，载于《当代作家评论》，2001年第5期。

第五章 商业浪潮冲击下人文精神话语的考察

社会的一种拒绝关系。在20世纪90年代的市场经济体制下，现代化以横扫一切的威力冲击了历史传统所表现的"廷鲅"。"后来工区终于到小村里招收采掘工人了，年轻人既满怀喜悦又惴惴不安。"象征工业文明的煤矿开采作为小村现代化发展的外部事件出现，它把村里的年轻人抛进了现代性的漩涡。被矿区工业侵蚀的"廷鲅"村人开始面临艰难的精神选择。为了吃到黑面肉馅饼赶鹦被矿区的人诱骗失身，小豆因为到矿区热水池洗澡被打，龙眼、憨人等去矿区做了工人，欢业杀人，三兰子被大脚肥肩虐杀，肥和欢业以不同的方式逃离小村。矿区给"廷鲅"村带来的变故抽离了小村人生命中"廷鲅"的心劲，冷却了奔跑和忆苦的激情。在赶鹦迷茫的精神自问中，他们从奔跑中停了下来。"廷鲅"的坚持被撬动，生命和精神从奔跑的运转中逐渐萎缩。面对废墟，肥发出"没爹没娘的孩儿啊，我往哪里走？"这一缠绵而悠长的诘问。

从肥的记忆开始，张炜看到了小村遭受工业文明破坏后所具有的普遍性，抑或批判的独立性。他以知识分子的视角表达了对现代化的疑虑和对现代性工业的抗拒，试图开启关于理想问题的精神启迪。

如果把肥的逃离看作小村现代文明的另一个出发点，那么可以说这为小村建立了一种新的生活范式。工程师的儿子挺芳把肥带出了村庄。事实上，这一出逃的背后隐藏了现代文明自身存在的复杂性。它看似给予肥新生的选择和机会，实则存在着一种排他性，即宣告"奔跑"激情模式的不再确立。在对小村的描写中，鳌子是小村现代化发展的内在的原始动力。因此，金祥不远千里背鳌子回来是小村自身追寻现代文明的内部事件。他让老婆庆余摊煎饼，改变了小村的饮食方式，地瓜变成了黑煎饼。在张炜看来，来自小村内部的现代化因素是正常的也是必然的。因此《九月寓言》并不是要宣告整个现代化文明的失效，而只是对其中的无序状态进行批判。对肥而言，挺芳给予了她现代文明的感受能力和判断力，确认了现代生活和乡村生活的区分，挺芳的召唤的反抗逻辑使肥最终跟随挺芳坐着象征现代性的汽车离开，成了村里的"负心嫚儿"。这种新的生活范式的提出就代表着旧的生活范式的毁灭。因此，《九月寓言》对工业现代性给予了预见性的判断，它彻底改变了小村的存在状态，并将"廷鲅"（对理想的"文化坚守"）从其生存的环境中连根拔起，使对其的质疑、拒斥成为理所当然。

小说的结尾以寓言化的方式停留在小村历史的终点。《九月寓言》包含了现代工业文明的两种本质：(1) 血腥和残暴灌注着乡村文化的空间，(2) 一种人自身存在的危机潜入理想的生存方式。这两种本质结合起来就暗示了现代工业文明在社会实践上的诸多问题。正是通过这两种本质的逻辑归纳，张炜建立了重寻精神文化价值元素的诉求，他拒绝轻率和无序的工业发展。当然，张炜提出的这种批判并不是针对工业本身，而是以工业为旗号激起物质诱惑对土地和对纯朴的理想情感的剥夺和侵占。工区向小村的扩张并非简单的对世界的推进和改变，它导致了小村的搬迁和塌陷。张炜以知识分子立场坚守的人文精神价值理想和对无序工业文明的排斥是互文性的，它们的相关性是建基于知识分子的精神性追求基础之上的。

其次，《九月寓言》还是一个发生在野地的故事。野地是与现代工业文明相对应的概念，野地的生命力就在于其所具有的原始勃发的抵抗性。

张炜对野地的界定充满了两个方面的相关性：一是对大地的敬畏所生发出的野地的生命力，二是野地是理想的承载。

在《九月寓言》中，张炜记述了美丽的长腿赶鹦、又白又胖的肥、眼皮上长小疤的美女香碗、少白头龙眼、金发欢业、独眼喜年、憨人、三兰子、争年等小村青年男女在苍茫夜色中无目的奔跑的过程。他们在广袤的大地无拘无束地奔跑、聚会、喧闹和欢腾，蓬勃的生命力正是他们自由精神确认的需要。日夜在野地里追踪肥的挺芳，穿越野地去背鏊子的金祥，在野地里流浪和野合的露筋和闪婆，执着寻求嫚儿而在野地里漂泊四十年的独眼义士，红小兵、老转儿、闪婆、金友、小豆、庆余、刘干挣、大脚肥肩、赖牙、牛杆、方起都是充满民间自由和生命欢腾的人物。他们在野地里奔跑奔腾，展现着生命的强健与坚韧。

当然，张炜还列举了一个类似于上面奔跑着释放野地上强大生命力的例子：那些因为瓜干烧胃，黑夜里纠缠和撕咬的男人和女人。

对这群奔跑者而言，"奔跑"本身并不重要，重要的是奔跑背后所蕴含的蓬勃顽强、不可抑制的生命力量。

生命意义上的奔跑相较于小村"廷鲅"（在现代工业文明当中停吧）的意义已经发生了重要的变化，尽管两者之间在小说结构上具有某种对称性。对于停吧和奔跑来说,"廷鲅"(停吧)总是被现代工业文明的附加物所包裹,但是,生命意义上的奔跑并不被任何功利性的事物附着,它以自由覆盖着人的生命本真状态和不向世俗妥协的精神境界。这群人奔跑的幸福、充实、自由与人类原初的生命状态联系起来,就建构了野地的本质。

一个主题的意义和价值并不在于它自身,而在于它所处的互文性关系。20世纪90年代正是轰轰烈烈的"人文精神失落"的时代,在这样的情况下,张炜在自己的作品中创造了一个不同于以往的现实与理想的互证关系。一方面,野地是精神完整的物质依托。"为了寻觅永久的依托,人们还是找到了站立的这片土地。"① "我爱野地,爱遥远的那条线。"② 小说中野地的意义不是某种现实的经验,或者是对经历的单纯欣赏,而是要寻找与这些蓬勃的生命力要素相关的现实对应物。张炜把野地作为时代的精神出路,从而使小说成为20世纪90年代一种互文性的文学感应。其中记述在贫瘠而困苦的大地上地瓜生长的一句话是"一经掘出,就像炭火一样在田野上燃烧",就是那种奔腾、自由、生命的强健,野地上生长的产物也包括人所蕴含的强大抵抗性。这种对现实的抵抗性在停吧的叙述中撤身出来之后,属于知识分子的一种精神的立场选择就具有了建设性意义,它决定了《九月寓言》"野地""奔跑"的主题与知识分子对抗商品化、坚守自我思想的某种契合。而另一方面,在后记《融入野地》中,张炜借"野地"对知识分子的文化姿态进行了合理的分析。这种合理的分析就是野地的对抗意义可以由一个特殊的阶层——知识分子来承担。他对知识分子文化选择的分析可以看作精英知识分子启蒙理想的延续。通过对知识分子现实品格的自觉发掘和扬弃,张炜用"野地"建构了一个知识分子精神理想的空间:"留下我来默祷,为了我的守护,和我认准了的那份神圣。"③ 和小说一起,以新的人文精神的实践性,表达了知识分子的精神立场和主体定位,即以精神抵抗现实的知识分子立场。

《九月寓言》中,野地并不是构造理想的唯一条件,野地与知识分

---

① 张炜:《九月寓言》,上海:上海文艺出版社,1993年版,第347页。
② 张炜:《九月寓言》,上海:上海文艺出版社,1993年版,第947页。
③ 张炜:《九月寓言》,上海:上海文艺出版社,1993年版,第533页。

子的承担相互独立又相互关联,每一个都能够起到构造人文理想的效果。因此,两者构成了人文理想的两个部分:物质上的承载者和精神上的承担者。这两个部分在对现实的抵抗中是可以相互转化的。野地是理想安顿的家园,而这种理想需要知识分子的坚守。"我曾经是一个职业写作者,但我一生的最高期望是:成为一个作家。"① 因此,张炜在《九月寓言》中展示了通过理性排斥和感性情愫寄托而确立知识分子自身的过程。

尽管小村和野地这两个范畴存在一定程度的重合,但张炜所试图建立的道德与人文理想的对应关系是成立的。这一点对20世纪90年代的文学来说是非常重要的。野地生生不息的文化精脉就蕴含了人文精神成长的可能性。《九月寓言》提供了一种生动的可能性,即将知识分子的价值和文学的价值取向诗意地依存于大地之上,使文本中无序的现代性与乡土表面的二元对立在人文精神层面实现深刻的统一。

张承志和张炜之间存在着相似的抵抗性,他一面以知识分子的担当奋笔疾书,一面"以笔为旗"表达着"诗人的愤怒"。对知识分子情怀与人文精神价值的探寻,张承志是在宗教和民族意识中汲取力量的,他的《心灵史》以宗教和信仰贯穿了知识分子的人文理想。

1991年,张承志完成了长篇小说《心灵史》的写作。在回应人们对《心灵史》的热议时,他将此纳入20世纪90年代信仰缺失的道德运思之中:现实价值的迷失与文学寻找精神故园的基础相同,前者是道德失范时代人的生存处境,后者是知识分子担负沉重的人文精神使命面对的心灵回归之旅。后者是通达前者救赎式诉求的途径,即从世俗的存在进入信仰的存在,抵达心灵本身。

从这里可以看到,张承志的抵抗方式同样受到了现实的启发。"在这样的天地里,信仰是唯一的出路。"② 当文学扎根于现实的土壤之时,宗教就丧失了独立地位,走向一种缝合式的存在。无怪乎研究者会发出这样的声音:"《心灵史》是张承志在中国人信仰危机越过临界点之后开始写作的一本关于人的信仰的书……《心灵史》是哲合忍耶民族的苦难

---

① 张炜:《九月寓言》,上海:上海文艺出版社,1993年版,第355页。
② 张承志:《心灵史》,广州:花城出版社,1991年版,第3页。

史和信仰的悲壮诗史……它不仅是张承志文学生命的绝对高峰，是张承志一生的光荣与梦想，而且是张承志心灵的最后归宿。"①

如果说张承志将 20 世纪 90 年代的现实缝合在民间的宗教情绪之中，那么解缝的方式，就应该从宗教的重新定义开始——对哲合忍耶意义的阐释。因此，我们从宗教本身入手，分离出其中的意义指向程序。这也是判定张承志知识分子抵抗情怀亟待解决的最大难题——对哲合忍耶的解释。

要理解张承志作此论断的深意，我们首先需要辨明他所言及的哲合忍耶的具体表现形式及其本质。从以下引文中我们可以尝试为这些问题找寻答案：

> 作为"束海达依主义"的哲合忍耶是宗教术语，因其强大的宗教背景，使其被覆盖上神秘的宗教外衣。在小说《心灵史》中，"哲合忍耶"也叫血脖子教，是大西北的回民教派。在阿拉伯语中，哲合忍耶有高声赞颂的意思。它诞生于乾隆年间，从十八世纪开始，清政府就将其视为异教。哲合忍耶惨遭历代官府的迫害，甚至灭绝式的镇压，历代七门导师和百姓惨烈殉教。小说分七章，以每一门派内部秘密钞本的体例形式写就。从一开始哲合忍耶就以死作为信仰，他们崇尚牺牲，渴望以"提着血衣甩手进天堂"的决绝方式接近"主"。在荒山秃岭、刀光血泪中，张承志标举出了哲合忍耶的七位人物——七代导师，他们以身处"无鱼的死海""顿亚"，表达对现实的毫无指望，以殉命将希望寄予来世和真主。在血腥的历史风雨中，他们除了生命以外似乎一无所有，只有第一代导师马明死后，他亲手织的毛衫，成为了哲合忍耶的信物。在这种背景下，信念就具有了超越原有宗教界限本身的形而上意义。它以一种生存意义上的精神，开始向更加普泛的理想转移。

由此可以看出，哲合忍耶呈现出宗教与理想的"天然"联系。张承志将哲合忍耶缝合在宗教、信仰的双重视域之下，这也是哲合忍耶从宗

---

① 萧夏林：《无援的思想——张承志〈心灵史〉》，北京：华艺出版社，1995 年版，第 1 页。

教逐渐走向理想的内在原因。

身为传教士式的小说叙述者，张承志是以知识分子的姿态示人的，他既是七个悲壮故事的"讲述者"，也是故事的评点、批判、议论和阐释人。他在文本中不断现身也不断地思考，就构成了对知识分子形象的塑造，或者说他是历史观念的质疑者。那么，哲合忍耶带给叙述者的就是反抗精神，这既是知识分子信仰的价值伦理，也走向了知识分子自我拯救的道路。

从张承志对哲合忍耶概念的界定中，可以明确理想和抵抗不可分离的关系，以此说明哲合忍耶的指向就颇有深意。

在《心灵史》的小说文本中，不是简单地呈现"贫困与信仰"的辩证法，而是危机与信仰的辩证法，因为有危机才转向对信仰的寻求。因此，在文中出现的价值判断上，宗教只是其意义指向的形式，指向的核心则是抗拒现实的理想。

这样，哲合忍耶就有了多重意蕴，它既是宗教信徒皈依的精神之路，又是身处世俗的知识分子寄托精神理想的场所。剥开笼罩在哲合忍耶之上的宗教意识，就展露了所谓理想的精神内核。

同时不能忽略的一点就是《心灵史》为20世纪90年代的思想提供了什么样的新元素。

介于宗教信仰和道德理想之间的《心灵史》并不一定能为那种极致的英雄主义提供真理，被宗教意识所遮蔽的属于"人"的要求得到了关注和回应。这也是具有高度宗教信仰的哲合忍耶所倡导的"人道、人性、人心"。

在穷乡僻壤、一贫如洗的回民区域，代代相传的用以生存的逻辑不是孔孟之道、官府告示和科学，那种心灵的追求才是真正的动力。孔孟之道和官府告示、科学的构成要素无法在哲合忍耶的形境中得到表征，它们的软弱不仅在于说明了文明存在的时代病症，而且引出了敢于反抗和殉命的造反精神问题。张承志整个价值立场的基础就根植于信仰和抵抗，因为信仰和抵抗的关系正是哲合忍耶概念的发源处。

张承志在边缘化的回族哲合忍耶群体中发现了这样一种反世俗的情况。他的表白无疑是对日益让人失望的知识界和不做抵抗的知识分子的有力批判，成为他在知识分子写作中肩负起一种"新知识分子"的使命。

事实是，这意味着它为20世纪90年代的思想提供了一种新的元素，将两者合二为一推向了人文精神的巅峰。这种新元素就是知识分子信仰的价值伦理。从某种程度而言，我们无法定义理想，因为在追问理想是什么时，任何具体的回答都会将它降格为近乎危机的语境。理想能够被追问、被思考的前提，在《心灵史》当中是知识分子对90年代信仰失落众声喧哗的震惊体验。在面对衡量知识分子质性重要标准的问题时，张承志的回应是"这部书是我文学的最高峰"①。

因此，理想、信仰作为知识分子抵抗力量的可能性开端，成为张承志《心灵史》最为基本的设定。哲合忍耶作为张承志的描述对象，呈现出天然的抗拒感。他们紧随个体的决断，正是知识分子在20世纪90年代商业化事件的激发下开始构筑价值立场的重要一步。

第三节 女性文学的人文精神确认

女性文学个人化的写作状态似乎与人文精神南辕北辙，实则是转向另一种在人的生存欲望和文化需求参照下建构新的人文精神内涵的可能性。根据她们思想指向上所呈现的差异，可以总结为两种写作路径：一是将女性身体作为个体关怀的基础，而这一可能性在女性文学中以对生存欲望的理解和同情得以确认；二是以"对抗"为特征的私人体验，在实践过程中走向主体化建构。这两种写作路径彼此映照，背后折射出人文精神的主体意识与价值立场。

一、身体：女性个体关怀的基础

20世纪90年代，异军突起的女性主义文学在解构了日常生活写作之后，把对现实的困惑转向努力与自我挣扎的对话。对个人的生存体验和欲望的放逐，使她们的作品不可避免地带有浓厚的身体情结，文学开

---

① 张承志：《心灵史》，广州：花城出版社，1991年版，第12页。

始走向与生存欲望合谋的道路。陈染的《私人生活》、林白的《一个人的战争》《说吧，房间》《守望空心岁月》、卫慧的《上海宝贝》、棉棉的《糖》等，以私人化的对个体内隐经验的诉说，表达了一种个体关怀与人性现实的错位。

可以从身体的视角考察这种个人化书写背后相异的人文精神。

在进入女性文学的文本世界之前，有必要提及当前学术界对身体的认知。

舒斯特曼（Richard Shusterman）首先提出了"身体美学"的概念，并将其作为对文化症候的一种理论表征。他强调了整体性与统一性，拒绝身体与人的精神相分离。也就是说，身体美学本质上并不只是关注身体本身，而是关注具体化在身体当中的精神。

从舒斯特曼对"身体"的论述可以看出一个人可以通过身体去塑造另外一个自我，再通过另外一个自我发展成为关怀和关注自我个体的一种行为方式，也只有自我的关怀和改善，才能有效改善自我与社会的关系功能。

基于这样的学理背景，我们来认识女性文学中的身体。

身体的切入使20世纪90年代的女性文学相较于此前的文学潮流发生了根本性的变化。这种变化就包括身体表述当中对女性身份的认同。从舒斯特曼的立场来看，身体是认知的主体。既然身体是生命存在的基础，那么，讨论人，也包括女人，也应该从身体出发。无论是在身体的认知立场上，还是在具体的文本操作上，她们的方式是让身体言说自身，或者说是用自我关怀的方式来建构人文精神。

这首先意味着要将对身体的体认和对自我的体认视为一个整体，并且要在这种体认中处理女性与男性、身体与欲望的一致性或不一致性。

对于欲望的产生，表面上看女性文学的身体往往是和欲望联系在一起的，但换一个角度来看，这种欲望不是简单的物质欲望，而是作为"人"的欲望。参照文学的人学建构，以卫慧和棉棉等女性文学的作品为例，在日益膨胀的消费社会，她们开始理解人的生存欲望和物质需求，以身体感受作为表达手段，感性地考察现代化经济模式下人的欲望追求的合理性；同时，在人类集体欲望诉求的背后，人又是渺小与无助的，欲望的膨胀带来的是女性对社会规范的不信任。显然这是一场有关欲望的悖论。因此部分女性作家保持了与当下生活的距离，社会批判力量明显减弱，她们回到个人的狭窄生活空间，转向自身的体验，重新思考人在现代化过程中自我存在的真正含义。女性文学对身体的书写恰好折射出借助身体所产生的自我关怀。

判断一部作品，首先要回到文本。从人文精神的角度，完全可以说卫慧《上海宝贝》的写作是以女性自身的身体作为感知基础的，将生存体验写入文本，进而在生存的维度上展开对女性的个体关怀。

首先，身体是作为意义的最为微观的现实。

卫慧的叙述中有一个焦点，那就是对身体的关注。天天性无能，马克则以雄壮的肉体诱惑了和天天同居的倪可。"五彩的肌肤在夜色中归于暗淡。他睡着了，在床上弯成Ｓ形，我从背后抱着他，昏昏沉沉。"①充满诱惑力的身体是倪可在上海这个都市当中征服外在世界最强有力的武器。它吸引了马克，也是和天天缠绵所借助的工具。

卫慧将身体突出到了极点，并采用了极具诱惑力的语言形式。但卫慧这样做的目的，并不是简单地使身体和思想分离开来，或者使文本关于身体的叙述脱离表述的意义，而是将身体作为透视个体的最为微观的现实。文本中大量出现的对身体的描述看似不传达什么"意义"，实则是关于身体的隐喻。

其次，身体折射了宏观市场经济的欲望化结果。

相对于文学环境的"通常性"，《上海宝贝》以炫目的身体表述表现出一种新奇性和反常性。如果使用既有的文学标准来衡量，其显然是不符合审美规范的，文学界的批评就是对其文本意义的消极接受。回到文本本身，卫慧追寻意义的方式与当代文学批评的主张不同。这种"激动人心"正是文本中身体折射结构的呈现。

20世纪90年代，大众文化的勃兴将中国卷入了"全球化"的格局，身体的解放更是社会转型时期深层次社会观念的解放所带来的结果，将长期以来中国社会对人的本能欲望的压抑自然地过渡到对人的欲望的追逐之中。追逐社会物质财富成为一代人的梦想，这不仅成为商品经济发展中都市发展的现代化话语，并最终成为欲望满足的动机和目

---

① 卫慧：《上海宝贝》，沈阳：春风文艺出版社，1999年版，第22页。

的，也是90年代社会转型时期价值观念的转化。以西方现代价值体系为核心的荣誉、财富，其内涵就是纵情的欲望和享乐主义。现代都市的物质欲望也刺激了年轻人的成长。天天的父母离异，他极力要摆脱的性无能正是在日益膨胀的社会消费面前被激起的强烈的作为"人"的欲望。一切都与追逐享乐的欲望有关。

然而，倪可、天天向内在的身体寻求欲望的满足，这也是他们所面临的欲望化的生存环境。面对这一难题，卫慧不是从思想的层面，而是从生活变化的层面提出欲望的问题。这如同学者是以知识分子的身份谈论欲望，而卫慧是以作家的身份来思考欲望，这是两条不同的路径。从一个角度看，经济体制所带来的负面效应使普通人的生存环境恶化。因此，他们的反叛和另类正是对20世纪90年代宏观社会现实的真实记录。

如果说欲望时常是"危险的"，那么卫慧以新的姿态挑战了时代的欲望话题，展示了身体与财富占有者伦理规范的对抗关系，是对致富阶层日常伦理极为严重的挑战和破坏。激情（身体）与反叛（意义）有着一种本质上的"耦合关系"，其中还原了欲望化语境中人与人之间的金钱关系的实质。

最后，身体是进入反思层面的渠道。

丹尼·卡瓦拉罗认为："不能把正在增长的对身体的兴趣都归之于是时尚，而应看成是在快速变动的社会经济情形之下，对身体的变化意义的一种认识。"[1]

要建立意义的场所就要基于两个延伸性的原则：反叛和声明。《上海宝贝》反叛利益分配的不平等，声明或主张一种真实的身体的观念。

在《现代都市社会的欲望文本》一文中，陈思和对人文精神给出了一种新的解释。按照陈思和先生的理解，在《上海宝贝》当中，身体是解放性的，这种解放性就与人文精神保持了某种一致。

身体成为卫慧欲望表述的独特视角，通过对身体形而下的观察，建立了形而上层面的意义。这部小说多少是有些令人费解的。卫慧寻找的

---

[1] ［英］丹尼·卡瓦拉罗：《文化理论关键词》，张卫东等译，南京：江苏人民出版社，2006年版，第95页。

第五章　商业浪潮冲击下人文精神话语的考察

是爱情，但小说中并没有多少我们熟知的爱情，而是与身体有关的性爱场面的描写。天天和马克的缠绵、女性的情欲，这些都是源于身体本能反应的一种生理现象，显然，作者并没有去表现思想中的爱情，而是在身体的解放中抵达对个体、自我的认识层面。

因此，在卫慧那里，不仅是身体，思想本身的出发点也是他者，他们只是解除个体与现实紧张关系的渠道。小说在此处的用意正是要反对一种被财富掩盖的个体精神焦虑。于是，卫慧放弃了对社会的考察，而是对自我本身进行了沉思，并将身体带入了人文精神形式的自我抚慰之中。

关于身体的文化现象，棉棉的小说《糖》是不可或缺的文本。

与卫慧的《上海宝贝》一样，棉棉也通过身体表现现代都市社会的欲望。这是我们能够发现的卫慧与棉棉的相同之处。在《糖》中，棉棉找到了"一种离身体最近的写作方法"[①]，随处可见这样的字眼：摇滚、卖淫、滥交、吸毒、同性恋、双性恋等，而这些也成为棉棉反抗社会秩序的思想资源。

欲望是共同的社会追求，但不能消除个体与现实对立的悖论。当棉棉坚持这一论点时，她就有了明确的叙述取舍。表面上看，她的写作和人文精神没有直接的关系，但是，以存在为条件，人就是具有统一性的构型，欲望的焦虑与人的存在的交叉点就说明它会和人文精神发生一种实质性的效应。人存在的基本轨道与情绪的进程基本平行，这样焦虑就具有了意义。因此，欲望在最终目的上是与人文精神相关的。

这样的阐释会令传统主义批评者感到一些不安，充斥小说主要场景的是赛宁和"我"所制造的麻烦：他们不约而同地拒绝了父母给自己安排的前途。从英国回来的男孩赛宁从学提琴转向弹吉他，在一个小镇上做"歌星"卖唱。"我"因为对蒙娜丽莎感到害怕，成为问题女孩混迹于酒吧。身体在场的景观式显现背后是赛宁们面临的生存环境。在20世纪90年代的消费文化语境中，人的欲望的解放是都市建设与发展过程中典型的文化现象，伴随而来的还有富裕阶层的精神空白与欲望泛滥。

[①] 棉棉：《糖》，珠海：珠海出版社，2009年版，第139页。

身体是人存在的永恒主体，这是大致不错的。人对世界把握不定的认知不一定依据实际的生活经验，而往往来自身体对世界的感应。当身体和欲望汇合，就把身体导向了朦胧的反抗意识，最终形成了具有反抗意义的身体话语实践。《糖》对成长的渴望和焦虑、对生理反应的放任，都在身体上得到了放肆的表达。在与赛宁度过短暂的幸福时光之后，"我"在莫名其妙的欲望驱迫下选择离开赛宁。而赛宁则像需要拯救的不良少年，继续他的自杀、吸毒、酗酒、滥交等令人悲痛欲绝的自裁行为。这也注定了"我"与赛宁的爱情必将带来不幸，欲望彻底改变了他们的存在状态。

"另类世界"与主流文化的对立推导出的是现实与人性的必然对立，这一幕展示了人性异化的普遍进程。棉棉的尖锐性就在于有力地展示了这种对立，并将其中被压抑的身体作为反抗的出发点。棉棉对身体的解读显然不是普通的欲望叙述，而是灌注了有关人自身的思考。身体不再必然与意识形态相关，而是与个体关怀紧紧结合在一起，即产生了人文精神上的魅力，构成了对自我的呈现。这种从具体的污秽的世界里抽绎人性的方式，能够被人文精神的阐释接受，还不只是一个方法论问题，而是一个价值论问题，即对破碎的生命的尊重。显然，"糖"代表着困惑、伤害和恐惧在身体中被转化和升华的结果，召唤着内在的生命意识。

在这个意义上，棉棉认为身体绝不是只关乎个体欲望和精神颓废的后现代主义，恰恰相反，对身体的审视可以按照生命本体的方向来提供一种媒介。

女性的神秘、尖叫和窃窃私语似乎是林白女性小说风格的识别标志。《说吧，房间》从一种存在论的定域，即存在主义所说的人的存在环境出发，指向个体关怀。女编辑老黑有着真实的现实背景：她是一个离了婚的单身母亲，又莫名其妙地被单位解聘，四处谋职无果而心灰意冷。面对女性生存被挤压的现实，林白通过空间的置换，即从人的外部空间进入狭小的心理空间，以来自身体外部的鼓励使人获得精神的抚慰。

林白在叙述中提到了身体的感受性。房间是空间，它经过人的体验才和人发生关系，而这种体验主要是由直观的身体产生的。房间首先表现为对外界的封闭性，它限定了人的活动，因此在这种封闭当中，身体和精神是同步延展的。在封闭的房间当中行动的效力和意义都是指向自我的。老黑对空间的感受首先是脱衣、开灯、饥饿、口渴等身体感受。其次，从这个角度来看，房间是一个内在的问题，既有人在空间活动中的物质性，又有人的身体感受带来的精神性。老黑以身体的感受不断地进行精神投射，强化了身体与精神的相通性。天黑和雨意这些自然现象本与精神无关，但小说以现实的身体感受融合主体，就导引了老黑的生存困境。因此，老黑的精神体验是从身体体验开始的，然后与精神相连。她对空间的感知是自我认识形成的基础。身体作为女性本源性的存在，通过"房间"的倾诉，就具有了自我抚慰的性质。正是这种身体与精神的统一的体验，林白才能在文本中以身体为基础建构起相应的对个体老黑的关怀。

在小说中，林白提到了身体所具有的精神救赎的宗教性，提到了身体与精神的关系。南红和老黑把手伸向空气，一个女人内心的恐惧和焦虑通过身体传递到了另一个女孩的身体，这种身体抚慰的思路正好和人文精神的思路相吻合，中间充满了人的主观特性。身体给予老黑的精神救赎，赋予的是以符号化超越无望的幻想。南红从自我的身体体验、她的性别记忆，或者更准确地说是女性的生存感受出发，看到了另一个女人自我意识受到的挤压，而其中身体所遭遇的创伤成为感官的媒介。通过两个女性身体体验的传递，就建立了个体身体与精神联系的纽带，因此说，这部小说对女性的个体生存现实有着相当大的关怀热情。林白的另一部作品《一个人的战争》，题目也具有对女性自我关怀的隐喻："一个人的战争意味着一个巴掌自己拍自己。"[①] 这一隐喻正是女性对生存的表达。多米关怀自己的唯一方式就是回到自己的身体。在对自己身体的抚摸中体会到作为人的存在，而不必在男性的价值体系中确认自我。或者说它抽象为一种"男性缺席"的状态，没有对照，看不到他者。这样来看，女性文学个体关怀的指向是内在的自我，是向内的。

陈染的《无处告别》也多次展露了身体，以女性的情绪表达了不同生命情境的遭遇和体验。主人公黛二同老黑一样，在物化的年代里，遭

---

① 林白：《一个人的战争》，南京：江苏文艺出版社，1997年版，第207页。

受了来自现实和心灵的双重挤压。生存环境的恶化便成为自我关怀发生的前提，而身体让她们的精神有了依靠。黛二经历了与母亲一次又一次的争吵，与缪一、麦三的姐妹关系也陷入泥潭。作为知识女性，虽然她一直坚守着自己的职业操守，却没有得到公正的评价。来自家庭和社会的一系列矛盾冲突造成了黛二生存境遇的孤独压抑之感。对黛二而言，找不到什么能超越痛苦的感性生存体验，她只能求助于身体进行个体的关怀。

抚摸这一行为不但解除了现实对黛二存在的抑制关系，还使她获得了接近生命本源的力量。乳房的绽开归还了她的欢乐、她的身份、她的资格，以及她被现实封锁的巨大的心灵领域。这种身体体验与精神对等的诉求，就使她以超自我的结构挣脱现实，在外部的身体与内部的精神之间得到一种平衡。黛二的身体表现在形而上的意义上保持了与个体精神的张力，在对身体感应的捕捉中与自我进行了有效的对话。

黛二对自己的审视正是一个感知自己、认识自己、关怀自己的过程。或者说，这是一种形而上的价值认同，她对自己身体美的认知是建立女性主体地位的价值之源。除了黛二自己的身体，小说中也描写了母亲的身体。母亲锲而不舍地跟踪和窥视，解构了男人缺席的场景中黛二现实的复杂状态。她不断地对母亲美丽的身体进行欣赏和抚摸，在这种身体的体验中感受母女的创伤和存在，探索身体与心灵、自我与社会的和谐。《无处告别》以身体记录了人的生存状态，并给予了超越性别本身的关心和尊重。

这种对身体的关怀正是人文精神探索人生存意义的精髓，也悄然沉淀于女性文学思想的深处。

二、以私人体验对抗商品逻辑的主体化建构

身体对女性文学的影响并不仅仅作用于文本上，因为对身体的界定往往并不具有一致性。

法兰克福学派是具有代表性的文化批判研究学派，其对身体总体意义的划分是将身体置于否定性的认识中，这样就直接决定了身体的从属状态。针对消费主义的蔓延，他们认为商品物质的欲望正以看似合理合

第五章　商业浪潮冲击下人文精神话语的考察

法的形式渗入人们的意识，而身体则成为这种欲望的载体。

身体成为商品消费符号的危险，这就将身体驱赶到一个被市场所统治和驱动的方向上。在这种普遍的批判语境内，波德里亚对身体的作用似乎有夸大之嫌。他的批判观点指向了理解消费主义特征的道路，也就是说，身体的发现和交换是人存在的基础条件。

那么，既然身体是日常生活实践的物质载体，是否女性文学对身体的展示就仅仅意味着消费主义被观看的明显特征？

一直以来对女性文学都有一种理解上的错位，它们代表着"欲望叙述"和"身体写作"的潮流。从一开始，身体就被定位为与性有关的寻欢作乐。不断涌现的女性文学被冠以"美女写作""身体写作"。人的欲望、性格、身体被贬斥，作家也被批评界否定。这样，问题就出现了，在文化批判领域，批判的主旨是她们在形而上和形而下的较量中最终滑向沉沦，将自我封闭于狭窄的个人体验中，割断了文学与社会、日常与人性的链条。对理论家来说，文学似乎已经退回到个人的孤独阁楼中，日常也成为非常个人化的，以至于很难以这样的姿态和立意确定文学的价值和功用。他们认为这些女性文学作家顽固地讲述着诸如人流、上环、三角裤的隐晦、神秘，主动要求被观看，或者说，她们是在这种自我欢庆的符号诱惑中提升自我的资本、满足窥淫者的目的。这使得身体构成了居伊·德波"景观社会"理论中的欲望景观。

我们讨论人文精神总是形而上的，而不关注个人的直接经验，这恰恰是对个人经验的压抑，而身体写作则是对个人经验的直观把握。因此，身体写作被作为一种抵抗话语进入文学批评的程序。

文本分析令人羡慕的方向常常可以指向被忽略的关键问题，尤其指向包孕在文化批判中的对文化客体各式各样的辩护。

对身体认知这样的观念并不能完全基于类似法兰克福学派的批判策略，而应该考虑其真实的存在规范。现代哲学家福柯以话语权利的方式重新考察了身体的历史和身体认知所赋予人类的思维可能。在福柯看来，在长期的伦理约制之下，对身体的管理与规训一直是权力拥有者的目标，并由此形成了"身体政治"，而身体从未停止过对权力的反抗。因而，身体就不再是隶属理性主义权力中心化的存在物，而是从实践的主体走向对主体身份的探寻，成为一种带有反抗性质的话语方式。显然，必须承认，消费主义构成的文化景观并没有瞄准人生存的真理问题，其间，女性身体符号所体现的反抗意识被遮蔽。也就是说，批评界对身体的理解大多是从"隐私"的角度出发的，在经由市场化的包装之后，身体所呈现的本义也被异化和扭曲。女性的身体写作一方面是话语策略的需要，另一方面又因为女性文学作家对身体的关注也是对欲望的真实、在场的认同。这种对物质享受的追求和对人的正常欲望的理解和尊重，所呈现的就是对既定的商品逻辑的破坏欲和表达反抗的快感，也成为对人文精神的可能探索。

那么，假设女性文学体现出一种抵抗消费主义的符号诱惑①，抵抗它的手段又是什么呢？

为避免否定被草率搁置，我们先来考察卫慧的《上海宝贝》描写私人体验与主体化建构的因果。

1999年，卫慧的半自传小说《上海宝贝》出版。《上海宝贝》中充斥着各种品牌的香烟、剃须刀、汽水、奢侈品、香水等，当这种对物质的膜拜情绪经由文化商品的流行词得以宣泄之后，欲望和身体往往成为它的最大特点。基于这一认识，如果简单地将女性这种"个人化写作"归结为个体退回私人空间的自我呻吟，便造成了社会经验与学理分析的脱节，而对此展开的阅读和批评必将陷入进一步的歪曲化。"欲望叙述"和"身体写作"这种评论模式，实际上不再是批评家的个人职责，而是对沿袭时代惯性的批评经验的处理。

卫慧的写作是从身体出发的，又将话语的形态定位于反抗。她从客观和主观两个方面揭示了有关身体的奥秘。

首先是"身体"的客观存在。

以"身体"的标准进行筛选，倪可的存在，是以大男孩天天和已婚的德国男人马克的身体接触为标志的。作为精神侣伴的天天因为家庭的秘密、脆弱、敏感，对倪可有着灵魂上的挚爱，然而，"每一个清晨的降临对于我而言都像是一次次冷酷攫人的雪崩"。天天无法给予倪可身体原欲冲动的快乐，软弱往往是其外在的表现形态。德国人马克高大性

---

① 消费主义状态下文学成为一种消费的符号，文学符号和传播结合在一起。记号经过传播后成为符号，符号具有语境，符号形成话语，话语形成文本。有语境，有不同作用，把符号文本放在历史语境中就可以揭示出历史根源。

第五章 商业浪潮冲击下人文精神话语的考察

感,让倪可获得了从未有过的肉体欢乐。相对于天天的"软弱",马克的身体是强大的,这就在一定程度上复苏了倪可对身体肉欲的想象力。然而两者之间却有着精神无法对接的空虚感。作为一种认知方式,强烈的身份焦虑恢复了"反抗"的活力。同时面对天天和马克的倪可产生了精神和肉体的错位。因此,身体在这里成为追问自己是否真实存在的基本动力。在这个意义上,卫慧的身体叙事就可以看作对意识形态规训的一种肉体层次上的反抗。在瓦解意识形态功能的同时,也在喧嚣的消费社会中成功地确认了自我的存在方式。

其次是主体的存在。

《上海宝贝》的反抗运动除了在身体意义上需要展现,在个人的主体层面更需要一种想象来充实。

卫慧始终坚守着最为基本的信念:人对虚无的摆脱和对主体建构的渴望。她清醒地认识到,精神的虚无就像寻欢作乐的都市泡沫,它是永恒的。她已经看到了生命本身的虚无,却将身体作为反思虚无的路径,通过身体克服、消解人的精神困境,显然,这一切都离不开身体的描写与感知。她写道:

> 他吸麻醉品,与世无争,抱着小猫去了南方,仿佛随时都会离开我,我指的可能是永远。①

在这一部分,卫慧提出,身体是一种社会关系,是为了摆脱内心虚无感管控下的东西。也就是说,身体虽然可以用于交换,但并不是商品。身体既非"商品"也非"欲望"。它遵守特定的社会关系,获取主体的身份价值和存在感。天天给倪可带来的是无法获得满足的虚无感,而倪可与马克的身体交流又无法获取精神上的充盈。身体与精神的关联难以同时实现,这既是对虚无的认知,也是对主体建构的积极体认。因此,身体对虚无的感应就成为主体建构的思想路径。

那么,卫慧所描述的身体的意义在哪里?

20世纪90年代的中国虽然成了新的世界性经济实体,但在文化价值和政治身份的自我认同上已经显露出迷茫的迹象,其原因之一,或许

---

① 卫慧:《上海宝贝》,沈阳:春风文艺出版社,1999年版,第103页。

就在于整个社会领域的"政治化"和庸俗经济学化。身体话语的一种显性的存在就是身体得到前所未有的解放，但在这个显性存在的背后还隐藏着一个长期被遮蔽的状态，即福柯、梅洛·庞蒂等人就意识形态对身体的压制所提出的身体政治话语谱系。在《上海宝贝》中，对身体进行表达的同时，主体也脱离了逻各斯的控制，即在感性肉体的解放进程中对自我本质的重新定位。这个文本实例不只说明了个体在经济全球化趋势下的自我认同问题，更在普遍性的意义上涉及一种文化上的自我实现问题。卫慧对"女性肢体话语的自由表达"[①]为我们打开了一种祛除身体"政治化"的视野，或者说这是一个"非政治化"的例子。

在小说的最后，倪可发出了"我是谁"的追问。

这让文本充满了隐喻性的因素。"我是谁"的提问所要表达的就是身体对主体的意义。正如法国著名女权主义批评家埃莱娜·西苏提出的，文本就在肉体快感的体验与主体之间建立了联系。

不可否认，卫慧采取了一种强力的"抵抗"方式，以发掘身体中的"思想"因素。但正如前文所述，采用"抵抗"的方式是因为文本的特殊性——主客体的对位式身份。两者位移的过程也是主体身份寻找认同的过程。这样卫慧对商品逻辑的抵抗就上升到了一种文化的高度，是对全球化时代中国主体意识和个体文化身份的进一步确认。因此，在建构主体这一原则下，卫慧对身体的态度之中就裹挟着对失落的身份、模糊归属的追问。

这样来看，《上海宝贝》就有了严肃的人文精神实践意义[②]，并试图塑造新的主体。

在小说《像卫慧那样疯狂》中，卫慧对身体的态度是放肆的，疯狂的、激烈的态度绝不是无谓的对身体的撒野和放肆，而是想在身体直接认同的基础上触及问题的实质。因此，卫慧掀起身体欲望的写作，对身体的蔓延和膨胀就构成了一种向下转移的退避式的抗议逻辑。

[①] 姚馨雨：《身体写作：女性意识的张扬与迷失》，载于《南通大学学报》（哲学社会科学版），2005年第1期。

[②] 当然，《上海宝贝》的文本并非十足完善、无懈可击，它仍然有许多值得商榷和推敲的地方。但是它对我们的重要意义，在于即便不能完善地解释文本，但其确立了20世纪90年代文学文本如何表现人文精神的方法。在严肃文学和非严肃文学的关系中，意义生产才是文学的主要任务。《上海宝贝》通过比较反叛和酷的方式，构造了消费主义境遇下人的概念。

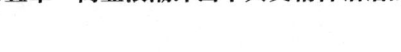

第五章 商业浪潮冲击下人文精神话语的考察

从这个角度说，退回到身体本身的反抗也是一种意识形态。

小说描写了两个同时毕业的女大学生：来自小城的阿慧，在大城市长大的阿碧。

卫慧首先从阿慧出发。阿慧和她的同居者——文化经纪人马格的关系是单纯的依靠商品标准进行的组合，这就让商品逻辑在身体的交融中变得异常醒目。在这种两性的激情中卫慧以看似无边的欲望和原始冲动遁入个人的体验。如果仅仅认为这是其对身体和欲望写作的契合，那就大错特错了。

"一束月光从窗户眼儿穿行而入，其中一部分映到了床上……肌肤似天鹅绒一样光滑，柔软的曲线拱成丰满的球状，丰满得近乎爆炸了。我不动声色地隐藏于月光照不到的一隅，和另一双陌生的眼睛共同饕餮这一幅魔术般的艳画。"① 阿慧以早熟的目光洞悉了身体的具体所指。床笫间的"私人表演""艳画""体操游戏"正是身体游戏的实质。卫慧式的反抗预言就使她以青春来捣毁现实世界温情脉脉的伦理规范。阿慧证实了这种反抗的真实，她与马克的情人关系不是私人隐秘的生命勃发，而是纯粹的生理行为的表演与观赏。这时，身体就成为看和被看之间博弈的介质。

由于商品逻辑的驱迫，阿慧毫不犹豫地利用游戏规则来获取自己的需要。这种冷酷，在身体赤裸裸的需要之后，才是对反抗意义的颠覆。或者我们可以将其看作另一种形式的挑战，以身体表现对商品逻辑话语的反抗和争夺，并在金钱与权力相互发生效应的过程中，还原这种关系贯穿其中的实质。

对于阿碧精神活动的描述，卫慧则以批判、嘲讽的话语言说方式来挑战这一话题。

在银行工作的白领女孩阿碧介于"爱情"和"激情"之间，并不一定能为反抗话语提供直接的证据。她漂亮多情，陷入与"成功人士"的性游戏漩涡。正是她对身体游戏的姿态，使其在意识和主体的边缘上如同立身于建构上的事件点。

---

① 卫慧：《像卫慧那样疯狂》，选自《水中的处女》，石家庄：花山文艺出版社，1999年版，第205页。

作为性游戏的一方，阿碧不再是传统的虚荣的受害者。卫慧已经将"身体"简化为"游戏"的一种本质功能，即在既定的游戏轨道中，逐渐走向一种主体性的表述。事实上，商品逻辑已经形成强硬的话语霸权，卫慧与之作了正面较量，并慷慨地暴露了白领生活的痛点。它锋利无比，又习惯于拒绝。

这样的组合就呈现了反抗话语的张力。卫慧通过两个女孩对身体的把握，构造了一种新的认知秩序，实现了对固有的身体认知体系的颠覆。

在卫慧这里，一方面，当其将身体和个人看作对抗激活的时候，她就否定了身体的商品性，其依据依旧是主体和客体之间的关系模式，标示了主体在对抗效应下建构的可能性。

在《像卫慧那样疯狂》之后，卫慧对身体的认识发生了变化。《水中的处女》可以看作卫慧反抗心理的进一步体现，或者说这是卫慧建构主体的反向逻辑。

这是一个画家在酒吧等待他的模特的故事。画家曾经在酒吧遇到一个女人，并把她领回了家，让她做了绘画的模特。这幅画被画家取名为"水中的处女"，但是画作还没有完成，模特却再也不来了。为此，画家开始了在酒吧里无聊而漫长的等待，他不停地在酒吧里游荡，直到小说结束时，画家仍然没有见到那个画布中的女子。

在写作的背景上，《水中的处女》将身体作为确认自我存在的手段与方式，整部小说笼罩在一种走向自我的话语指向中。

小说中的那幅半成品中并没有出现模特完整的形象，她的身体在画家的画中应该是部分缺席的。从中我们可以注意到，模特似乎谨慎地提防着对方对自己身体的侵入和"只要稍不约束，便可随处遭遇的激情"，拒斥可能产生的感官肉欲。因此，油画的未完成就构成了对商品逻辑的挑战。油画对这种女性反抗状态的呈现和揭示，正是主体建构机制的运作。对画家而言，只有进入对女性身体的完整描述，才能实现对女性"身体"客观、真实的认知。

发端于画家模拟形境之中的身体，必须借助"主体"对身体的命名，因此，体验、反抗与主体是不可分割的。身体在商品社会里经常以商品的方式来换取一定的浏览价值。模特的态度，即认为女性有权利按

第五章　商业浪潮冲击下人文精神话语的考察

自己的方式来处理自己的身体，而无须其他标准的界定，其出现与否，正说明了女性试图建构自身的价值观念。在一定程度上，"反抗"是主体面对环境所做的本能反应，反抗的效果则是提醒身体不愿被展示和接纳。

从这一点来看，卫慧主张身体作为一种确认自我存在的新的手段与方式并不矛盾，她以不同的形式表达了同一个论点。

在《私人生活》中，陈染对身体的界定与卫慧没有什么不同。不同的是陈染将身体和精神并置，交叉在主体不断生成的生命印记之中。

于是，怀着放弃对社会的认知，陈染几乎本能地从分析个体私密的内心体验出发，以看似放弃抵抗、随波逐流的态度展开了对商品逻辑的抵抗。

小说以回忆的方式叙述了倪拗拗从幼年到成年的成长过程。作为一个个体，倪拗拗身上始终伴随着精神和身体的成长。她与邻居禾寡妇的同性排斥和相吸，与母亲的依恋又隔阂，与男教师T之间的敌视和肉体的需求，体现出"受到伤害—拒绝伤害—确立自我"的变化过程。在女孩倪拗拗的成长过程中，她的主体意识发生了深刻的变化。

从某种意义上说，在《私人生活》中，陈染从一开始便直视了自我的身体和精神序列。幼年的倪拗拗带有肉身体验上的迷茫，在禾寡妇的启发之下，她试图在身体里发现自己。

身体是倪拗拗反叛男教师T的一个策略，或者说身体是反抗的内驱力。长大后的倪拗拗发生了挑战性的叛逃。知识女性的生存困境使其从社会退回到内心。她以内心独白式的话语表述，表达了身体和主体即将消失的困惑。倪拗拗面对的问题不仅是物质层面的，更是致命的精神困惑。社会背景构成了倪拗拗的生存状态——女性与社会对话的艰难，它呈现的是女性无法跨越现实的精神困境。因此，在这种精神的无序状态里，她不断地跟自己的身体对话，称自己的胳膊为"不小姐"，腿为"是小姐"，将身体升华到一种人类自我的精神主体状态层面。对身体的思索就使内心的经验事实具备了形而上的意义。

这样，倪拗拗就完成了一个身体上的自我和精神上的自我的双重确认。就此而言，倪拗拗内在自我的成长也是其内在生命意识的觉醒。

因此，回归到身体自身，身体才能彰显真正的意义。基于此，陈染发展了一个以身体为中心,并将身体和精神相结合的反抗策略。她肯定和发掘了身体,将之作为感性认知的工具,并致力于对社会经验进行批判,从单一的女性经验立场出发,表达了人存在的本质真理。于是,我们会发现,置身于私人体验之中,人的"主体"就成了一个问题。在女性文学中,每一种对商品逻辑下私人体验的叙写,都必然预设了"主体"的存在。或者说这是一种特别的主体状态,即试图辨别出"主体"的"自我",试图获得关于"自我"主体化建构的意义。

在对商品逻辑的对抗中,棉棉的《声名狼藉》以对"名"的追求展开了对自我的主体化建构。这种建构是依据两条不同但相关的路径进行的。

第一条路径依据的是对"名"的阐述。

在以男性为主导的社会,女性是被作为"边缘"和"他者"的形象出现的。姐姐对男性和社会的认知是从自己的切身体验出发的,就如同激光灯从各个不同角度照射到的"欲望"。这种被渲染了的欲望的力量就与"名"紧密地联系在一起。"男人们和爱情一样,早已声名狼藉!"① 当棉棉用"名"来表达自己的主体信念之时,"名"在个体转变为主体的过程中就起到了重要作用。因此,棉棉企图用"声名狼藉"式的自我放纵行为来表达对抗,以一代人的精神痛苦击中混乱壮观的市场经济要害。"名"作为人的生命存在的象征,当它与商品逻辑搅和在一起的时候,就形成了自我堕毁与自我拯救之间彼此分离的张力。

第二条路径是人身范畴的理念引导个体成为主体。

显然,棉棉真正关心的并不是声名的狼藉与否,而是在声名的状态当中所包含的对抗性。这种不折不扣的对抗性是自身与生命相通的部分。也就是说,名是人身的范畴。当然,这里必须申明,身体的本质不是具象的形式原则。它之所以能够抵抗商品化,就是因为它属于人身范畴(不仅包括人的身体,还包括其延伸或附属于人的领域,诸如知识、身份等)。在棉棉看来,身体是抵抗商品化进程的支点,它也往往被看作自我的核心。"名"则成为身体抵抗的先验原则:若"名"朝"珍贵"的方向演变,从"糖"到人的还原,就可以建构人的主体。因此,追求

---

① 棉棉:《声名狼藉》,珠海:珠海出版社,2009年版,第199页。

名的身体的行动总是呈现出反抗和建构的性质。借用克尔凯郭尔的反讽理论,"恰如哲学起始于疑问,一种真正的、名副其实的生活起始于反讽"①,不得不承认,棉棉对主体的表现和传达也是借助于一种对声名狼藉状态的反讽。在这样的情况下,身体或者是包含身体的人身范畴就直接成为主体加工和建构的对象。

再联系到叔本华对身体的解读:"身体的感受,就是悟性在直观这世界时的出发点。"② 棉棉同样将身体引导成为个体观照自我、观照主体、观照生命的认知路径。基于对声名狼藉形态的剥离和解构,人身范畴引导个体成为主体,实现了个体对自我的确认。它通过一种欲望产生主体理念,并引导个体参与主体建构的进程。这样,我们就会发现主体的顶端是与人文精神的非凡力量相联系的。

因此,这种对身体的假定在不同的文本领域呈现了逻辑上的相似性,即身体在女性文学中时常表现为一种反抗的力量,是一种与革命或者"造反"类似的东西,是对抗性的。卫慧、陈染、棉棉在进行身体叙述时,看似是在积极地拥抱商业浪潮,在商业浪潮中打造自己,把身体打造为时尚与欲望的景观,实则是以一种拒绝任何社会、历史和集体召唤的政治态度,退回到私人空间和内心经验,意图在经验的世界中重新建构自我。它以一种朝向主体的激情和狂热,颠覆了传统知识分子启蒙与批判的姿态,诠释了关注自我的人文精神力量。

第四节 人文精神寻思对文艺理论建设的推进

20世纪90年代价值贬值、信仰失落导致的精神危机是困扰知识分子的中心问题,在"人文精神大讨论"之后,钱中文先生倡导新理性精神对人文精神寻思,由此发展为新的文化和文学观念。面对时代的精神面貌,人文精神走向了理性批判与建构双向辩证发展的文艺理论建设过程。

---

① [丹麦]克尔凯郭尔:《论反讽概念》,汤晨溪译,北京:中国社会科学出版社,2005年版,第2页。
② [德]叔本华:《作为意志和表象的世界》,石冲白译,北京:商务印书馆,2009年版,第101页。

一、新理性精神对人文精神的重构

钱中文对"人文精神大讨论"的回应,可以说是对"人文精神大讨论"的一种延续。新理性精神作为一个概念和具有现实意义的口号,很快就引起了文艺理论界的关注,众多学者围绕着新理性精神参与对话与讨论。

从回应的立场与基点来看,关于新理性精神的讨论有不同的看法、不同的声音,展现了理论学者在急剧变动的社会下对文化精神状况的困惑和怀疑。

钱中文先后写了《文学艺术价值、精神的重建:新理性精神》《新理性精神与文学理论》两篇颇具代表性的文章。这两篇文章揭示了钱中文先生新理性精神的理论规划,并且是关于新理性精神比较完备的描述。他对新理性精神形成的缘由作了说明。新理性精神是从历史唯物主义的视野,从精英知识分子的立场来审视人的生存意义,关注人的价值、命运,即在理性方向上追寻人的现代性。

针对钱中文的观点,童庆炳和王元骧等有重要影响的学者作出了回应。

童庆炳先生通过感性主义泛滥的例子说明了新理性精神要在文化诗学的层面上实现自身的价值。新理性精神的意义、价值、立足点形成的论述阐明了进入文化诗学的新阶段是新理性精神的直接表现,它有其相对的自主性。根植于中国的现实,具有形成中国文学理论新格局的可能性。

王元骧在《"新理性"精神之我见》中附和了钱中文先生的结论,但立场稍有变化,他提出将新理性精神建立在理性发掘考察的基础上,指出实践理性不同于工具理性的旧理性,新理性精神的产生和发展必须消除冷酷的理性所造成的极权政治,才能解决人的生存意义问题。

许明对新理性精神塑造人的素质立场方式持肯定的态度。他认为知识分子把人文意识以及人文研究的思想内核结合起来,可以形成对当代中国的人文精神的正确认知。

虽然众说纷纭,但这些学者已经意识到理论领域的现状与困境,认识到新理性精神的价值问题。

针对人文精神的缺失和理性精神失落的焦虑，钱中文先生以其对新理性精神的"命名"从宏观上作了把握，他把概念分析分为三类，来建立新理性精神的理论建构策略。正是因为如此，以钱中文先生为代表的新理性精神有三个主要的问题。

其一，新理性精神是以"新人文精神"为精神内涵和价值核心的。

要把握住新理性精神的基本理论结构，首先要说明一个重要的概念"新人文精神"。"新人文精神"可以称为"新理性精神"的本名。

对新理性精神所使用概念的分析，钱中文借助人文精神这一定义指出人的生存、人的生存意义、价值普遍存在于社会形境之中，在这个意义上，"新人文精神"是对"人文精神大讨论"的延续和补充。

在《新理性精神文学论》中，钱中文指出，现实的不确定性不可避免地造成了一些扭曲。比如物欲使人异化，变成物的奴隶，商业浪潮的腐败面和消极面使文学理论和创作面临着现实危机、困境。文学作品的人文精神不足，商业化运作染指文学，导致个体的孤独、失望。新理性精神肯定了与人的生存活动的紧密联系，那么，整个新理性精神的基础就根植于"人文精神"和"新人文精神"的区别。两者的差异性关系正是对抗意义的发源处。在这个意义上，"新人文精神"最根本的体现就是"反体系"，即在人文精神对抗意义之上增加了批判精神，在思考的系统性与体系开放性的"动态"运动之中保持话语的张力。因此，新理性精神不是单纯的描述性的理论，整个理论试图将传统理性放到话语理论介入社会理论的背景之中，并以此为基础解除和否定封闭的权力话语的弊端。

其二，阐述的理论基点和中心话题是现代性问题。

如果说新理性精神的核心范畴总是"人文精神"，那么如何处理人文精神和批判反思之间的关系呢？

钱中文先生提出理性是一种实践的理性，其批判的方法就是将现代性引入社会文化建设的研究领域。以此为目标，新理性精神所指涉的现代性实际上涉及两个相关的问题：

一是以"现代性"为切入点获得批判反思重建的可能性。

在《新理性精神与文学理论》中，钱中文明确指出用现代性理解社会、文化、文学艺术的时候，总是将现代性看作一种反思和文化批判的策略，隐含着若有若无的某种权力批判，即认为现代性实践是一种思想前进的推力。

二是对"现代性"历史具体性的解释和分析。

在新理性精神这里，动态的历史具体的现代性成为确定意义和价值的基础，这直接决定了新理性精神对语境的看重。只有在具体的语境中，才能正确区分对西方、古代和现代性的诉求。现代性在特定的语境中被展示，也必然处于特定的语境之中。当现代性被展示时，它需要被定位与选择，吸收古代和西方文化中的有用成分进行改造和重构，才能在现代性的展现中建立新的文化形态。

其三，"交往对话"是思考的逻辑方法。

新理性精神的逻辑方法在一定程度上是交往对话式的。在《新理性精神文学论》中，钱中文似乎并没有说出新理性精神与交往对话的关系，却使人注意到本质与现象分离的二元论立场。

钱中文对交往对话的分析涉及对一种新的思维方式的概括，从中可以归纳出一个较简洁的表述：新理性精神作为新的理性形态，通过交往对话可以从形而上学进入后形而上学的思想语境。

所谓形而上学，是主体忠诚于普遍性、永恒性、必然性的思考。而后形而上学则是改变非此即彼的思维方式，清楚固有的原则。对交往对话进行界定的一个结果是削弱了自康德以来的形而上学的话语力量，使我们能够既结合"本质论"与"决定论"的"二元论"之外社会分析的成果，又不至于陷入与以形而上学思想为基础的传统理性主义同谋的困境。这一表述看似互揭短长，实则是显明了新理性精神交往对话概念的独特性。在人与人、主体与主体、意识与意识之间，交往对话以巴赫金对话理论和哈贝马斯社会交往理论的"因素"，进入了一个重建理性的后形而上学时期。

值得注意的是，交往对话的焦点是调节理性与社会总体之间的关系。在文化交流对话的历史进程中，肯定文化的异质性与共同性的存在价值，既是对形而上学与本质主义理性时代的妥善保存，又汲取了其作为新理性精神的组成部分。正是在这个层面上，确立了人的生存是一种互相对话的关系。

通过以上新理性精神的三个条件，我们可以看到严格的逻辑程序，新人文精神的内涵、现代性、交往对话在逻辑结构上是紧密关联、不可分割的。"现代性"和"交往对话"的题旨包含了"新人文精神"的批判意识，"现代性"则是建立这种批判意识的方法，在实际操作中"交往对话"则以开放性的思维方式完成了这一诉求。在这番讨论中，新理性精神从上述几个方面确立了自身在文化批判基础上的理论关系，构建了一个开放的理论系统。

二、新理性精神对人文精神的积极建构

进入20世纪90年代，文学理论提出了很多问题。以钱中文为代表的文艺理论家提出的新理性精神问题，围绕着市场化条件中精神失落、文化断裂、危机重重等问题，力图重建符合我们时代要求的精神价值，维护人性的尊严。从以上简要概述中可以看到，新理性精神的强大生命力，不仅在于其对"人文精神大讨论"的回应，还在于其重建精神和价值的努力。

这种对新理性精神（作为一种价值立场）特殊性的强调，首先是确立了理性的立足点。这可以看作一种人文精神思想形态的建构性。

理性空间是思想构建的共时性空间。新理性精神致力于对20世纪90年代理性秩序的考察，并从中识别出建构理性的起源。

新理性精神的一个重要结果就是它对理性建立的推动。因此，它更缘于思想操作的当下性。90年代技术理性与工具理性之间的关系被聚集起来，构成了一个压迫人精神的"集合"，并因为商品逻辑获得了形式上的可列举性和合理性。新理性精神就是要发现一种新的理性风格，远离人被异化和扭曲的紧张情势，反对科技理性向极端发展，所以应该在理论思想的内部确立一个固定点，以此来对抗世界，以免失去人的主体地位。由此，它建立了价值建构的一个特征：在传统理性中注入新质，在人文精神独有的结构中把握理性重构的迹象。

其次是确立了人文知识分子的立足点。这是人文精神主体形态的建构性。

如果文学发展是一个有力的例证，自"文化大革命"结束以后，知

识分子一直存在着肯定自身的延续性的努力，这些努力的核心就是精神的立足点。在20世纪80年代和90年代，知识分子处于两个不同的位置。前一个时期，知识分子是作为公共事件的参与者，而90年代知识分子的地位发生了重要变化，他们被急速变化的商业浪潮推至边缘，不可避免地导致了知识分子与意识形态关系的破裂，而处境的失衡感相伴而来。如韩东、朱文以断裂行动倾心书写个人经验，关注欲望化世界的个人精神遭际。

在这个意义上，知识分子应该选择什么样的精神立场，是新理性精神探究的最为热烈的一个层面。

钱中文先生在《文学艺术价值、精神的重建：新理性精神》开篇就指出了知识分子的使命问题。

这至少在理论上是倡导当代知识分子应该站在"公共性"价值立场的基点上，以文本为中介，以作家为个案，以文学为媒介，从而实现当代文学精神价值的重建。在"交往对话"的意义上解释人文知识分子的立足点，当他指出把"交往对话"作为一种思维方式和人生存的基本方式时，新理性精神实际上就包含了知识分子的生存感悟，将文学看作知识分子对外在于自身现实的认知。作为精神立足点推演出的逻辑必然性，就是知识分子力图在精神交往中找到自己的位置，以自由和独立的精神立场来抵抗商品逻辑的话语霸权。这似乎是说，知识分子本身产生出一种抵抗的潜力。这概括了人文知识分子批判反思的共性，即审视人的生存状态和生存意义，也使知识分子找到了自己的社会责任。

最后是为建构当代文艺理论和文学形态确立了立足点，这是人文精神的一种实践形态的建构性。

新理性精神不是抽象化的人文精神阐释的产物，它还关涉文学的实存状态。因此，还必须将其建构性置于文学实践的空间，考察实践和其理性程序的关系，在具体的文学环境中显现其存在的意义。新理性精神对人文精神传统的延续和建构集中在文艺理论和文学形态两个方面。作为一个理论范畴，新理性精神具有实践的功能指向，它构设了文艺理论建设的基本精神和语境。

商业传播和金钱法则对文学的干预使文艺理论"西化"，传统文艺理论遭受了不同程度的冷落。那么，新理性精神作为一种交流对话理论就要反对这种西方话语的"流通和传播",剥除西方话语的强力逻辑。毫无疑问,新理性精神将自己确立为植根于中国现代化实践和民族土壤基础上的理论,即一种融合民族文化立场和世界性视域的现代意识和现代精神。

这一理性的批判逻辑也内在地规范着此形境中的文学创作,使之成为与其相匹配的文学。

新理性精神是 20 世纪 90 年代文学理论中的重大问题,也是与文学实际联系最为密切的理论,这种联系便是新理性精神对文本关系的重新关注。将新理性精神的研究放在以文本为中介的文艺理论建设框架内,反观创作实践,给文学创作带来了以人文精神批判反思价值取向上的可能性。例如韩东、朱文等知识分子小说的推出,对人文精神的探索,其指向主要是批判式的,即市场经济下欲望的活力导致的价值损害。从张炜、张承志的例子来看,文本—民间—理想的人文精神构型对切入文学实践的考察是十分有意义的。这里需要注意的是,新理性精神并没有否认其与感性的联系。这里就包括对感性意义的发现与重视,如卫慧、棉棉的小说作为大众文化的一个重要部分,就是感性文化的呈现。在感性能量的释放中,新理性精神的交往对话关系消弭了感性和理性、主体和客体的二元对立,容纳了人的正当物质需求和欲望,承认人的感性和非理性存在的合法性,使理性表现为超越现实的本质。

那么,这种回应的作用就在某种程度上克服了传统文学理论的教条。这三个方面就构成了新理性精神不断扩展的同心框架,它以理性和非理性的沟通对话重返思想界。

第六章　多元分化的文学转折与人文关怀的话语诉求

在多元转折的文学过程中，新世纪始终秉承着多元的包容立场，认可不同的文学面向。乡土文学以民间为支点的价值批判与反思，底层文学对存在意识的肯定，不同的文学思潮糅合在一种多元化的语境之中。新世纪，人文精神以更加宽泛的外延和丰富的内涵贯穿在整个多元包容的立场中，文学亦在不同的面向之间追寻着人文关怀的同一性。立足"人文关怀"的话语诉求，文学将人文精神进行了更为全面的考察、梳理和界定。

第一节　人文关怀与新世纪文学的价值取向

新世纪不仅是人类发展史上有重大意味的时间概念，它更是一个文学阶段的指称。新世纪的到来，文学快速发展，使它包孕了多种多样的丰富性和可能性。文学创作多元，思潮叠涌，并与之前的断裂加大。在现代和后现代支离破碎的凌乱理论语境中，一切无中心、无目的模糊了人的理性价值的选择。然而尽管"新世纪文学"[①]在表现形态上大不相同，却共享着一种价值取向，即对人文精神的信念，倡导以人文关怀为意义指向的人文精神，并以人文关怀的开放意识渗透进文学的价值维

[①] 有关何为"新世纪文学"和"新世纪文学"概念界定的问题，学界曾经有一个较长的合法性争议过程，如 2005 年《文艺争鸣》从第 2 期开始推出"新世纪文学"系列笔谈，引起广泛讨论。它绝对不仅仅只是一个时间层面上的文学指向。在这一过程中，大家都注意到了新世纪文学中涵盖的大量的新质素，对与接近现代文学长度的"新时期文学"的差异有了共同的理解，有关"新世纪文学"科学的命名也已经成了一个通识概念。因此，本书对于"新世纪文学"边界可能产生的可移动性不再赘述。

度。如果说这是人文精神话语范式的路径依赖,不如承认这是人文精神为新世纪文学的历史反思提供了必要的合法性。正是在这个意义上,新世纪文学创作注意对人的关怀,注意对文学价值序列的生成,试图构建人文精神相对稳定的话语体系。

一、新世纪文学的分化与重构

新世纪以来,中国的快速发展使文学突破了原有的构想和预设,呈现了有别于以往的独特性,获得了多元化的发展。新世纪文学以多面、复杂的形象冲击着历史的规定性。王宁在《"后理论时代"的理论风云:走向后人文主义》一文中称"这是一个没有主流的时代,一个没有大一统理论话语的时代"。一种类似非大一统的普遍问题以多元性与多层次性的外显形式困扰①着新世纪文学。

从新世纪的时间性并置来看,新世纪文学的方向指向了分化与重构的性质差异,特别指向了包孕在分化之中的与重构的交互性。也就是说,新世纪文学的整体形态集中呈现在分化与重构上面,或者说,分化与重构是新世纪文学最常见的符号表征。

基于多元共生的基本态势,新世纪文学创造了新的可能性。这种文学的分化至少涵盖了四个层面的内容:

第一,文学主体的分化。

文学主体标志性的分化是多种多样的。

从作者的身份与从业者的构成来看,新世纪文学主体重新组合,作家队伍急剧膨胀。根据创作主体的身份特征来划分,大致包括职业作家、"80 后"作家、网络匿名写手、农民作家。

从 20 世纪 80 年代过来的一些"职业作家"当中,还包括一些以签约制、重点扶持作品等形式存在的签约作家等。他们开始承担家国重任,或者可以称之为启蒙重任,他们的文化身份使他们承担了文学的社会责任。这类作家主体保持了文学精英的现实身份,部分地践行了老一

---

① 当前的大众文化提倡文化多元,大众传媒的发展也带来了娱乐的全民参与和狂欢,一方面这样的存在有其合理性,另一方面娱乐也消解了优秀、深度和经典的文化。

代作家启蒙理想的终极关怀，同时倡导建构人文精神，如罗伟章、刘庆邦、陈应松、王安忆、迟子建等。

诸如高度青春化的"80后"作家，他们大多是20世纪80年代出生的以代际划分的作家，如新生代作家郭敬明、李傻傻、张悦然、甫跃辉、颜歌等，"80后""青春""成长"是其作品所表现的对象和主题。

有别于传统作家的创作，因为网络写手的不断涌现，还出现了通过电脑和网络平台进行创作的匿名、无名作家。他们往往选择文学网站、博客、BBS或某一门户网站的文学栏目推出自己的文学作品。而这种推出因为新媒体平台的特性也并非一次完成，而是以发帖、连载等方式及时更新。有趣的是，在新世纪的互联网运动中一批作家脱颖而出。他们表现出不同于职业作家的精神气质，即以匿名的身份保持对社会责任感的淡化与疏离，以娱人自娱的游戏性态度来看待社会。农民作家的主体包括农民也包括以打工者身份进入城市的农民，他们或者困居乡村，或者从农村流入城市，以留守日记、诗歌、打工文学、贱民歌唱、草根自述等文学样式书写自身的生存现状。作为特殊的非职业性写作群体，他们书写现实里的希望与失望、苛求与失败，从关注个人生活，或者说是作为个人生活的阐释者逐渐走向群体，成为群体中的个人。余秀华就是未经专业训练的农民作家，她也曾随同乡一起去温州打工，对爱情的渴望、身体的残疾和无法摆脱的封闭村子都是其作品表现的主题。其他代表还有白连春等。

尽管在主体分化的过程中传统作家的中心地位受到冲击，但新作家在新作品中所呈现的精神探索为文学提供了新的经验与思路，使文学表达在新世纪出现了新的发展空间，它们以不同以往的方式呈现自身。

第二，文学类型的分化。

在新世纪，一种较为普遍的观点认为，以某一类文学类型为基础的时代早已过去。继之而起的是文体之间的界限被撕裂，它变得复杂了，因而文学类型的流变成为文学分化的一个重要特征。

综合学界对文体因素的划分，陈思和认为台湾地区的新世代文学、城市文学等都可以被冠上新世纪文学的前缀。曾军认为新世纪文学可以看作"主流写作"加上若干"边缘写作"①。也有根据功能性划分的启蒙教育的纯文学(如王彪的《越跑越远》、张者的《桃李》、毕飞宇的《玉秧》)和消遣娱乐的通俗文学。这些观点揭示了新世纪文学在文学类型层面含混与分化的程度。文学创作方式的多样化是一个不容忽视的历史趋势。创作方式的分化就滋生出前所未有的广泛的文学类型。从文学创作的方式来看,新世纪文学出现了多种驳杂的文学形态。

新世纪文学的"分化"状态是指多种文学形态共同构成了交往对话中文学的复杂局面,包括传统文学、严肃文学在内的各种社会性文学。文学性的因素使新世纪文学调配整合了各种资源,超越了"纯文学"②的概念局限,从单一化走向整体的多样化。网络文学、青春文学、都市文学等的大众化文学在整体文学中的比重越来越大。

以网络文学为代表的新媒体文学区别于传统的文学创作,以游离于传统的姿态,将文学搬至网络、手机。网络写作的自由性、互动性和个性化追求形成了独特的创作手法。像李傻傻的《红×》中显示出的民主特性,对文学传统较为极端的断裂宣言,直接催生了新媒体文学体裁种类和艺术样式的繁荣。事实上,新世纪文学中的"80后"文学或"青春写作"也占据了相当的份额,在某种程度上甚至左右了年轻公众的文学阅读。他们在成长中分化,又在分化中不断成长。此外,何顿的《荒芜之旅》等择取城市勃兴的都市文学也是文学形态分化的新迹象。

第三,文学传播方式的分化。

新世纪文学创作的勃兴使文学的传播意识逐渐增强。电脑与网络的推动使新的文学传播方式开始出现。网络传媒拉动了文学传播方式的分化。对这种情形学界有几种看法。其中一种就是白烨将文坛一分为三,另一种是赵勇将新世纪文学视为网络文学和传统文学的各"半壁江山"③。整合两位学者的观点,就有可能找到新世纪文学传播实践的分化情状。

---

① 曾军:《有限包容及其问题——"新世纪文学"视野中的"新媒体文学"》,载于《文艺争鸣》,2011年第2期。
② 雷达、任东华:《"新世纪文学":概念生成、关联性及审美特征》,载于《文艺争鸣》,2006年第4期。
③ 赵勇:《文学生产与消费活动的转型之旅:新世纪文学十年抽样分析》,载于《贵州社会科学》,2010年第1期。

需要说明的是，以网络媒介为平台的新媒体文学也是新世纪文学不可忽视的重要存在，这也是新世纪文学传播方式的总体构成。

互联网出现之前，文学的传播主要依靠报纸、杂志、书籍等印刷媒介。文学作品通过作家协会、文联系统创办的各类文学期刊和商业出版送达读者。图书出版的市场化运作和商业营销也限制了暂时未获得一定知名度作家的图书的出版，只有在文学期刊发表作品并取得一定影响的重要作家才有机会出书。

互联网的出现打破了原有意义上文学生产传播的运作机制。新世纪文学包含了媒介、网络传播主力推导的文学演进。这样，文学传播就可以不受时间和空间的限制，以点击率取代传统的发行量、版次，甚至决定文学的价值（这里的文学价值是相对的，毕竟文学价值的衡量标准是一个历史性的变量），使文学能够在文化公共空间得到最大限度的传播。新媒体文学作为新世纪文学一种新的传播方式，颠覆了传统文学传播的规则和范式，网络连载开始成为文学传播重要的样式。目前来看，新媒体文学主要包括网络文学和手机文学。网络文学是随着互联网的飞速发展而迅速崛起的一个领域，如果根据传播渠道再进行细分的话，还包括 BBS、文学网站、电子杂志、博客等。2011 年 5 月 10 日，金宇澄化名"独上阁楼"，在"弄堂网"开帖，开始了小说《繁花》的网络连载，这部成名于网络论坛的小说获得了第九届茅盾文学奖。在《人物》杂志的记者采访中，金宇澄谈到了《繁花》网络连载的写作方式。从读者的接受来看，能够被网络连载吸引，这也昭示了文学与媒介转型的重要性。

除此之外，近年来手机文学的发展也提供了一个有力的例证。最著名的"中国首部手机短信连载小说"《城外》①，其显著的特征就是每篇 70 字，以 60 篇连载的形式，使"短信小说"进入文学版块。如"中国第一部真正意义上的手机小说"是台湾地区作家黄玄的《距离》。手机文学不仅给作者提供了创作的条件与管道，也给读者带来了阅读的自由。

如果说传统写作是文学文本信息单向传播的话，网络传播则是以潜在读者不受现实约束的即兴体验来检验文学的意义，因此，网络以非线

---

① 2004 年由深圳专业作家千夫长完成的手机小说。

性阅读的特征,消解了传统文学单线性传播的局限,使文学呈现出一种双向的互动交流。九把刀的《那些年,我们追过的女孩》等文本都是以网络传播的形式在读者中产生了广泛影响,再逐渐回归到传统文本传播的路径,由此形成了新世纪文学传播立体交叉的路径。

第四,文学价值取向的分化。

繁复多样的题材并不意味着文学的价值构成是一样的,即使在同样的文学语境中吸收了同样的文化元素,价值取向也会有所侧重,因此,差异也会更加明显。新世纪文学的价值取向一方面呈现出他律走向自律的过程,另一方面又在这种过程中呈现出多元分化的景观。也就是说,从作者秉持的观念上看,新世纪文学对精神价值的选择也处于分化的状态。

不同的价值取向构成了新世纪文学的"无名"状态。对此,陈思和先生在《共名和无名:百年中国文学发展管窥》一文中所作的阐释是它"不是没有主题,而是有多种主题并存"①。陈思和先生关于"无名"的定义表明新世纪文学延续了20世纪90年代文学价值层面的多样化,不再是统一的一元的精神价值走向,而是在此间呈现了个人独特性的价值立场。

借用巴赫金的"复调"一词,新世纪文学的价值取向形成了复调交织的意义网络,文本价值众声喧哗,各种观念并存并举。在具体的文学实践中,这种价值取向的分化可以归纳为:文学与启蒙的人性化、文学与乡土的精神化、文学与底层的世俗化、文学与网络的"去政治化"、文学与政治文明、文学与青春的体验化。

从文学发展史的角度来看,启蒙是五四新文学革命时期形成的文学传统,寄寓着文学拯救人性的独立性意义。新世纪,一部分文学从人学的角度重构义域,于是,启蒙成为一部分新世纪文学作家的价值原点,诸如"底层文学"和"新乡土小说"都有关于人性的客观分析,这样就激活和创化了新文学的启蒙传统。尤其对人性的价值判断,既非善与恶的绝对化,也非本能因素的简单驱动,而是以启蒙的具体操作规范映照社会条件制约下的"人性"之真。在这个意义上,"底层文学"也可看

---

① 陈思和:《共名和无名:百年中国文学发展管窥》,载于《上海文学》,1996年第10期。

作对"启蒙文学"的承续。

事实上,"80后"作家的价值理念、目标并不相同。一种是以张悦然为代表的纯文学,以坚挺的内心态度践行理想和抱负,再如蒋峰、李傻傻等对文学的严肃追求已经具有了严肃文学作家的潜质。另一种是以郭敬明、韩寒为代表的对自我经验的呈现,因此,他们的价值是在商业浪潮中不停地进行自我追认。对于自我的青春记忆很快转变为对自我经验的确认与对传统价值取向的拒斥。这一脉的"80后"文学不再指向社会的宏观层面,更不愿担负作家的文化责任和启蒙任务,而是抵达个人的现实体验和即时性消费认同的微观层面。在这样的价值构成中,不仅是理想、信仰、爱情等词汇难以发现,而且越来越多的"80后"作家呈现的更多的是个人的现实体验,《悲伤逆流成河》《北京娃娃》等就伴随了青年成长体验的过程。

以体现知识分子人文诉求为主要功能的乡土文学,以正面呼吁理想、光明,建构人文精神的超越与神圣成为新世纪文学的内在要求。它们以宗教性的终极关怀使新世纪文学坚守了人文精神的理性限度。乡土文学的思想价值根基建立在作家对乡土、家族、社会静态的审美判断上,更多地呈现出理想与现实的动态博弈,既有对空间变迁的把捉,又有对理想失落的理性辨析。因此,乡土文学注重人文关怀,主张以超越现实的精神为人们提供心灵停靠的场所。

长期以来,对主导文学而言,国家意识形态和时代主旋律实际上是优先考虑的对象。文学承载着政治使命,使得处于感性层次的对文学社会共同理想的理性倡导成为可能。它们更多地依据国家、民族的利益,代表国家的意志,是对应于政治观念、社会群体利益的理性意识,因此也构成了国家意识形态的一种权力话语。

20世纪80年代留存的文学政治功能的一元价值立场已不再适用。与所谓的有政治倾向的主导文学不同,网络文学的价值倾向在于以去政治化的方式传播经验世界的想象。它们以去政治化的方式思考意义和无意义之间的差距,即祛除被历史与传统所赋予的意识形态之"魅",追求个体心灵的解放。

底层文学倾情于"世俗化",即对人的现实关怀。以对"底层"的同情、怜悯和关注的书写姿态,使文学与现实的人的生存发生密切的联系。它们以强烈的介入意识、批判意识使文学呈现出自觉的当代性。以一种人文精神的力量切入中国的社会现实，反思在这种切入点中人的生存境遇。

在新世纪，文学价值取向构成了一个多层次的复杂的意义指向系统。它一方面传递着多种价值观并存的相对合理性，另一方面又在一元价值立场之外指向了某种断裂。换个角度分析，分化带来的问题就是断裂，那么如何在断裂中保持文学精神的连续性？如果文学一味迎合市场，那么，文学的审美功能又从何谈起？抛弃了精神关怀与安抚的文学，继续存在下去的价值和理由又在哪里？

我们应当承认分化有一定的合理性、有效性。若想在"多元分化"的论战中取胜，新世纪文学就必须力争精神重建的可能性。与分化的情况相反，新世纪文学还存在着另外一种倾向，在经历了从主体、文体、传播和价值取向的分化之后，依然守望着人文精神的精神平台。新世纪文学的发展实践证明，多元分化的文学生态正在为精神价值体系寻找新的生长点。

由此可见，这些分化虽然看似朝向不同的面向，彼此之间的距离和差距越来越远，但也形成了一种横向的影响，产生了新世纪文学的内在张力，或者说它们在新世纪文学的文化意义上被重新组合。文学需要克服分化的历史惯性，在构建人文精神的过程中获得一种新的意识和觉醒。这就涉及新世纪文学在分化之后人文精神如何继续发展的一个必经环节，即"重构"。也就是说，要将新世纪文学重新置于人文精神的问题场域加以创造和阐发，从而被烙印上一种"重构"的意义。

新世纪文学的这种分化趋势，以"重构"的方式在一个新的意义上重新开启了文学的精神资源，并将其创造性地转化到文学发展的过程中，重铸了人文精神。

无论如何，对人文精神的重新塑造，最真实的目标就是要指向一种对人文精神的新构。

蒋述卓已经给出了解释，"新人文精神"表明了这种重构的表现如何在理论上得到认可："21世纪的中国文学艺术应该以一种新人文精神作为价值取向。新人文精神以有利于促进当下社会主义现代化建设为现实关怀，立足于现实发展起来的人文关怀。"从分化到重构这种创造性的转换，才是新世纪文学发展的合理路径。这个时候人文关怀就成为文学发展的有力脉搏，以正面回击那些怀疑文学消亡的言论。

稍加辨析就会发现，从总体上来看，新世纪文学在文化价值，特别是以"人"为中心的取向上并未在分化中断裂，它仍然从整体性上丰富着人文精神的主潮。具体到文学的承担者，底层文学、乡土文学关注的仍然是关怀人与如何关怀人的问题，如李佩甫的《城的灯》、荆永鸣的《北京候鸟》《手机》。他们以"人学"为标准，展示"人"的存在状态，有意识地把人文关怀当作整个文学价值系统的核心，如阎真的《沧浪之水》、毕飞宇的《玉米》、雪漠的《大漠祭》、唐浩明的《张之洞》。

人文精神经由重构是肯定的。这里也存在一个与目前这个讨论直接相关的问题，它将成为本书随后部分的焦点，即在人文精神的事实中，人文关怀通过文学艺术实践，把自身作为人文精神在新世纪的潜在内涵呈现出来。

二、人文关怀对人文精神的反思及建构的不同路径

新世纪时代的转型导致了主体的分化与裂变，自我经验、回归乡土、底层关怀等多重话语交织。人文精神的深刻变化正在新世纪文学之中发生，如果把人文关怀作为人文精神的一个范式融入文学文本的探索，那么它作为一种价值倡导，也在新世纪文学创作中表现出不同的发展面向。

人文精神是一种对人的关注，这种关注不仅包括对人的物质生活条件改善的关注，还包括对人的精神生活提升的关注。考察人文关怀反思及建构人文精神的不同路径，就其对象而言，大致可分为两种：

一是对人类的终极关怀。

马克思在《1844年经济学哲学手稿》中，以"人不仅仅是自然存在物，而且是人的自然存在物"[1]肯定了人的精神、理想的需求。按照马克思的观点，人的终极关怀在逻辑上是有效的。人的精神、理想的需求并不是新的东西，它具有区别于人的感性需求的特征，始终存在于人

---

[1] 马克思：《1844年经济学哲学手稿》，北京：人民出版社，2000年版，第107页。

的意义和价值之中。在这里,终极关怀就指向了一种精神的救赎,我们可以把它理解为人的精神的超越性需求,即对人的形而上意义上的一种超功利性与神圣性的终极价值追求。它以人的精神作为主要的关注点,然后再转向更大的"超越性"。在普遍性的哲学视野里,终极关怀给文学提供了超越"此在"的基石,以此显示人的本质力量。

必须承认,文学的终极关怀在某种程度上承担了宗教的功能,给人以精神关怀和抚慰。按照许纪霖、郜元宝等的观点,终极关怀是"在形而上的层次上为整个社会的文化整合提供意义系统和沟通规则"①,袁进也认为人文精神"更多的是形而上的,属于人的终极关怀,显示了人的终极价值"②。终极关怀在文学中有了用武之地。

沿着这种路径,乡土文学站在人类整体的立场上,将传统的以人为中心的发展观念扩大到世界生态的格局进行拯救,包括人类特有的精神救赎的努力。

这一点我们可以从众多的乡土文学作品中窥见:

阎连科的《风雅颂》直指人的心灵层面,他从个体心灵的隐秘中寻找解救心灵的根源,以此获得了某种类似病源性的解释。这种心灵解救的观念非常适合于前面所描述的终极关怀的情况。人的生存和发展需要同时存在,体现出作家关怀对象时的宏大视野。人的精神追求是一系列生存的中心,也是建立人文关怀的基础。贾平凹的《秦腔》有着同样的逻辑,它告诉人们:作为叙述者的引生恰好体现了文学承担的心灵拯救的功能,他以宽容、仁慈、饶恕和同情的姿态让人的心灵产生动容。

> 夏天义拉着我再往七里沟去,我像个逃学的小学生,不情愿又没办法,被他一路扯着。刚走到东街口牌楼下,有人在说:"二伯!"我抬起头来,路边站着的正是白雪。这个白雪是不是真的?我用手掐了掐我的腿,疼疼的。夏天义说:"你去你娘那儿了?"白雪说:"我到商店买了一截花布。"我一下子挣脱了夏天义的手,跳在了白雪的面前,将那小白帕按在了她

---

① 许纪霖、郜元宝等:《人文精神寻思录之三——道统、学统与政统》,载于《读书》,1994年第5期。
② 袁进:《人文精神寻踪——人文精神寻思录之二》,载于《读书》,1994年第4期。

的鼻子上。白雪啊地叫了一声，跌坐在地上。夏天义立即将我推开，又踢了一脚，骂道："你，你狗日的！"一边把白雪拉起来，说："你快回去，这引生疯了！"①

如果说"文学天生带有一种终极关怀的鲜明特性，它是人类为了拒绝沉沦走向超越而保留的唯一的一块精神净土"②，那么这就不只是对精神和理想意义的基本安慰，还是一条通往生命本体的审美路径。其中，从理想的追求到人自由全面的发展，再到至真、至善、至美作为最高追求的过程，就构成了终极关怀共同的系统。

这种关怀由什么而引起？为了作出回答，就必须转向人生存的物质和现实层面，这就导出了第二个路径，即对人的现实关怀。

我们在新世纪的语境中再来考虑一下现实关怀这个术语的意义。现实关怀是具体而实在的。人作为一种存在物，首先要面对和满足的就是现实的生命需求，所以人文关怀也必须重视世俗的现实关怀。可以说，现实关怀就是针对具体现实的人的生存处境，表现为日常生活中的个体化理解和对人的感性的生命需求的肯定。在本质上，是关心人的生存与发展的"当下性"。

和终极关怀持有的观念相反，我们谈到"现实"或者"世俗"时，指的是人生存中的应然的存在物，或是满足个体生命活动的东西。从根本上来说是源于德国海德格尔的存在主义哲学，他认为人的存在具有日常性的特征，海德格尔将其称为"此在"。对他来说，存在的有限性需要添加"人"这个参数。这实质上隐含的意义是，"此在"意指"人"的存在本质，从"存在"向"此在"的转向过程是双向的，它的范畴与马克思"现实的个人"的意指不谋而合。沿着海德格尔所提示的方向，现实关怀偏重于关注人在日常世界之中的存在需求。

底层文学的出现是与新世纪形成的社会现实相匹配的，人文关怀作为首要的驱动力，在寻求关怀的过程中，激发了一种对人的生存处境和具体现实环境的关心。正如我们所见，底层文学是站在部分社会群体或者说弱势群体的立场上，表现人真实的生存状况，体现作家善良博大的

---

① 贾平凹：《秦腔》，北京：作家出版社，2005年版，第389~390页。
② 王进：《中国文学的当代命运——论文学的现代性》，载于《文艺争鸣》，1995年第3期。

胸怀。这样就解构了文学此前所承受的意识形态之重,强调了文学身份的在场性。在选择现实关怀的过程中,文学正在以更为开放的姿态回归自身。这些作家努力以现实关怀去加强文学的职能,把对人的关注、同情作为一种人文精神的形式。将这些关注和同情建立在人的物质性之上,当然,并不说取消了精神的对象,而只是转换了焦点。很明显,底层文学的主要贡献就是进一步强调文学与人文精神的联系,也由此带来了各式各样的现实关怀的丰硕成果,如曹征路的《问苍茫》《那儿》、李锐的《扁担》、尤凤伟的《泥鳅》、陈应松的《马嘶岭血案》《太平狗》、荆永鸣的《北京候鸟》、孙惠芬的《民工》、刘书宏的《盲流》、贾平凹的《高兴》、邓建华的《乡村候鸟》等,集中了对世俗底层人物的同情和对现实的讽刺性批判。为了在同一框架内讨论,可以抽取两位具有代表性的作家进行考察——曹征路和方方,他们以底层文学为基础专注于人的现实关怀问题。

在《那儿》中,国有企业中的一个工会主席试图阻止企业改制中国有资产的流失而失败自杀。小说尽其所能地展示了底层文化中的已知阶层意识。

曹征路的现实关怀方法在一定程度上是悲壮的。这其实是在以反抗现实秩序的思想利器宣称他选择现实关怀的代表性,带有知识分子不妥协和批判的态度。然而,《那儿》真正的意义却处于现实关怀的层面上,它以一种"在场"书写的见证意识向人们讲述了阶层不可逾越的视野。人生存的一切似乎都触手可及,而生存的艰难并不能被完全理解。

与曹征路一样,方方也承认社会现实的中产阶层高于底层的优先性,从社会上层、中层到底层的发展结构就反映出权利、资源超出性的优先权。物质现实给予对象的优先性造成了人的存在与存在的人之间悖论式的艰难。方方以推崇现实关怀的人文精神显现了社会现实的不完善。

随着这两种路径的出现,可以在它们的基础上来重新定义人文精神,显然,人文关怀的推动力已与新世纪相适应。同时,我们也必须意识到终极关怀与现实关怀联系紧密,以确保两者之间能够保持对话。例如,严红兰、赖大仁看到:"从人学角度看,终极关怀与世俗关怀都是人文精神中的应有之义，可将其理解为人文精神的两个维度。"①

无论如何，严红兰、赖大仁所说的终极关怀和现实关怀的张力，已随着文学实践成为人文精神的双重表现。当人文精神被转化为新的认知框架时，这两者自然被当作人文精神内涵的旨归。与此同时，在乡土文学和底层文学的例证中，人文关怀的力量得以被持续性地寻求，并形成了新世纪新的人文精神的风格。

第二节　新世纪乡土叙事中的人文关怀

20世纪以来，"乡土"成为中国文学描摹的共性之一，农村、农民、乡村的民俗风情交织在"乡土文学"的图景之中。新世纪文学中的乡土叙事保持了对乡土本身的"连续"意义，不同的是新世纪乡土文学采取了不同的视角来结构意义。

一、乡土：人类精神的自我救赎

乡土一直是作家关注的重要题材，近四十年来，中国乡土文学经历了前后转型的流变过程，它们构成了乡土文化的启蒙现代性话语。文学以批判启蒙的立场与视角剖析着农村和农民的迂腐、封建与不堪，鲁迅、王鲁彦、萧乾、许杰、许钦文、彭家煌、黎锦明、台静农、萧红等都对乡土充满了深刻的批判精神，创造了乡土文学特有的审美与文化功能。20世纪30年代，在《中国新文学大系·小说·二集序》中鲁迅这样描述了乡土文学："凡在北京用笔写出他的胸臆来的人们，无论他自称为主观或客观，其实往往是乡土文学，从北京这方面说，则是侨寓文学的作者。"鲁迅在乡土思念和乡土批判的维度上整合了新文学初期乡土文学的向度。

从在政治权利话语规范的引领下乡土文学注入的政治因素，到作家

---

① 严红兰、赖大仁：《人文精神：终极关怀与世俗关怀的"张力"关系——关于文学"人文精神"讨论的人学反思》，载于《贵州社会科学》，2015年第4期。

在乡土批评与田园牧歌的二元反思当中徘徊游移，传统乡土文学的启蒙立场逐渐式微。

如果以新世纪作为重要的时间分期，乡土文学在这之前和之后有一个重要的转变。新世纪以前，按照时代的延续性，知识分子都脱离不了站在思想启蒙的高度指点乡土文学的叙事视角。步入新世纪，市场经济以利益为手段，吸引广大农民涌向城市，并且取代了传统意义上乡村在社会生活中占据的重要位置。那么，这种以价值交换所建立起来的现实社会秩序就引发了诸多问题，理想和记忆往往成为作家关注的焦点，也成为文学当中人文精神新的生长点。因此，新世纪文学关注的对象发生了位移和暗转，使乡土文学带有了更大范围的文化意义，即在原初的启蒙意义之外，形成了批判反思和田园牧歌式的精神追求。它们不断吟唱传统主义，乡土就成了理想化的记忆或是有关理想的记忆。这时候，乡土文学通过对现代化的抵抗呈现了怀旧的色彩，以理想化的怀旧情怀去批判现实的社会状况。作家以富于田园牧歌情调的民间想象，通过他们记忆中的乡土，将民间作为反思现代社会的支点，并且在这种愤怒与挣扎中完成了人类的自我救赎。

之所以发生这一重要的转变，内在原因就在于作家创作视角与价值立场的转变，或者说是根本关注点的不同。新世纪以前，作家站在了启蒙的神坛，知识分子从精英立场以文化批判者的眼光发出了启蒙和批判的呼声。新世纪以后，在社会转型过程中，政治理想跌落。有别于20世纪三四十年代乡土小说"乡土（地方特色）"和"乡愁"的文化母题，新世纪文学以自己的方式缅怀理想。作家退出了启蒙的神坛，站在了与民众等同的位置重新书写乡村，而不是简单地标示身份。当乡土成为怀旧的对象而蒙上怀旧色彩的时候，就表明人们意识到需要以一种新的价值确认的方式来回顾。这种价值取向的形成，与90年代以来社会精神主体的巨大变化密切联系在一起。它关注的是人与人之间的亲和、与土地的亲切、与自然的和谐。作家以体恤和关怀的文化姿态传递着对乡土世界的复杂情结。

在2005年发表的小说《秦腔》中，贾平凹调整了此前乡土文学的写作思路，把对理想和精神的思考延续到清风街的历史中，站在当代中国现代化进程的高度展开考察。《秦腔》浸润了他个人的性情和对生命的体验，他用清风街、陕南村镇的黄土高原、渐渐失传的秦腔构筑起精神故乡的基本版图。或者说，在记忆中的古老故乡消失之际，指认出精神乡土图。记忆的底色带着文化的杂糅，变为文学的乡土就显露出有别于启蒙立场的独异性。对在现代文明中无处遁逃的命运，贾平凹开始带着距离感重新认知乡土，使其成为作家撤离现代化中心的唯一退守之地。因此，对乡村现代性的思考成为进入《秦腔》内部书写的核心问题。

《秦腔》将"过去"和"记忆"中的清风街作为实现救赎的依据和来源。它萃取经验与记忆的历史想象力，赋予了个体精神的认同感。

社会转型和市场经济的大潮对乡村发展的冲撞给清风街带来了不同寻常的变化。这个往日平静的乡村，在现代化背景下变得凋敝衰颓。如果说清风街是贾平凹退守的精神家园，此时的它则成了"忘却的记忆"，现代化消解了它原有的风貌。

老一辈农民夏天智、夏天义是清风街两个固执的坚守者。面对想去城里享福的四婶，夏天智表达了隐含在心中的那种丧失故乡的担忧。被边缘化的乡村正在一步步地远去，在精神上和文化上也在一步步地萎缩。农本价值观的失落不仅是夏天智一代的忧惧，也以"有父母在就是故乡，没父母了就没有故乡这个概念了"表达了知识分子夏风的无根状态。他们一步步想走近，又发现其实正在远离。

夏天智死后，竟然找不到帮忙抬棺材的人。清风街的青壮劳动力都外出打工了，三十五席的丧宴坐的都是老人、妇女和小孩。看到越来越多的人离开乡土，走向城市，这让夏天义感到沉痛和愤怒，"土地锐减、劳力出走、人气不聚""后辈人都不爱土地了，都离开了清风街，而他们又不是国家干部，农不农，工不工，乡不乡，城不城，一生就没根没底地像池塘里的浮萍吗？"[①] 他执着于淤七里沟的计划，捍卫着传统文化。小说结尾，死后的夏天义被葬在了七里沟，在这种愤怒与挣扎中就完成了人类的自我救赎。这样，《秦腔》就为乡土赋予了特殊的意义，它是生命的根本和精神之地，人在此可以实现精神的皈依。

在贾平凹小说的记述中，事实上一直保留着一个追问，何为故乡？

---

① 贾平凹：《秦腔》，北京：作家出版社，2008年版，第350页。

事实上，清风街作为故乡是有问题的，乡村向城市的位移导致故乡只不过是作者的文学想象，其实质是作为一种精神救赎反思现代化当中人性的动荡。乡土曾经是贾平凹的精神家园，他有责任和使命怀恋和守望，他的人文主义关怀正是建立在这种对乡土的依恋与热爱的基础之上。因此，描写衰落和凋敝并不是《秦腔》的最终目的，而是要借此实现人的精神还乡，尽管这是一个回不去的故乡。在追溯还乡的过程中，人的精神就获得了救赎。作家理性地审视了现代化进程中乡土文化中的负面因子，直面乡土的衰落，努力重构新的精神，希望在对乡土的回归中表达对传统精神生活的怀念与追忆。

现代化的压力导致乡土所承载的文化精神逐渐消失。关于故乡的记忆正不可逆转地被消耗掉，而《秦腔》中精神故乡的重建正是实现了人精神的释怀和解脱。随着关注点的转移，作家的精神立场也由启蒙转向救赎。他试图将乡土从现代性中分离出来，以避免商业对精神和理想的污染。《秦腔》浓缩了现代性的思考，讲述了农民与土地的关系、农民的生存状态，它既是对乡土的告别，也是对乡土的回归。它以道德人文理想的救赎姿态，反击了现代性对人的排挤与打压。

因此可以发现，人文关怀已经内化为作家创作的独特视角和文学表达的价值立场。新世纪乡土文学以与众不同的人文精神话语方式表达着对人、对生命、对现代社会的感知和省思，在一种大写的人的概念上完成了精神归属的确认。

第三节　底层文学书写的人文关怀

新世纪文学的一个醒目的变化，就是一批作家相继以贴近现实生活的视角，正视社会变革中的结构性矛盾和社会阶层的分化冲突，直面当下的社会生活，将底层在社会变动中的波澜起伏展示出来，使小说在题材和叙事上都呈现出明显的变化，创造了新的文学生长点。新世纪以来，以讨论社会问题为主的底层文学创作开始出现。

一、对底层命运的关注

20世纪90年代,物质的兴盛和商品化社会使中低收入人群日益边缘化。他们既不处于权力的核心,也不掌控社会资源。这时候,文学重新开始主张对社会现实的反馈和对人的关怀,"底层"问题浮出表面。

那么,什么是底层?借此,需要对标题中"底层"的概念进行说明。

"底层"作为一个理论术语,最早来自葛兰西的《狱中札记》,作为马克思主义学者的葛兰西以文化霸权的意指将其指向欧洲主流社会群体之外的被排斥的社会阶层。葛兰西的"底层"概念揭示了被遮蔽和被抹杀的政治和权利。

2002年,研究者陆学艺在《当代中国社会阶层研究报告》当中,根据中国国情针对中国社会阶层作出了五大社会经济阶级(社会上层、中上层、中中层、中下层、底层)的划分,底层也因此成为体现社会分层结构和社会流动的一个社会学概念。

作为文学概念,蔡翔在散文随笔《底层》一文中提出,底层是"在政治、经济、文化上的地位处于社会的最下层者"。这样,底层就成为一个具有内在一致性的观念,它指涉一个固定的领域。

严酷的社会现实形成了"底层文学"[①]的思想基础。在多元话语结构之下,作家对"底层"日益关注,并逐渐形成一股强劲的文学潮流,涌现了曹征路的《那儿》、刘庆邦的《神木》、刘继明的《放声歌唱》、孙惠芬的《民工》《歇马山庄》、贾平凹的《高兴》、李锐的《太平风物》、尤凤伟的《泥鳅》、田耳的《一个人的张灯结彩》、罗伟章的《我们的路》、陈应松的《马嘶岭血案》等一大批底层文学代表作品。作家对底层概念的阐释释放了一个积极的信号,即在商品化的文学之外,物质欲望无法吸收的情感需要以另外一种方式宣泄和对待。生存边缘开始成为文学独立理解、分析和关注的对象。

---

① 对底层文学的理解通常有两种观点:一种是指处于社会底层的作者写作;另一种是将处于底层的群体作为客体对象的作者写作,通常作者来自知识分子阶层。本书所讨论的底层文学指后一种。

第六章 多元分化的文学转折与人文关怀的话语诉求

为了避免文本阐释的单一性,以下择取三部底层文学作品进行分析,有意思的是这三部作品包蕴了复杂的情感元素,即从无奈、悲伤延续到绝望,并且成为文本阐释无限多义性的支撑。

十几年来,湖北作家陈应松以对少数边缘群体的关注保持着一种离群的指认。2000年,陈应松到湖北神农架挂职一年,深入乡村,采访农民、猎人、伐木工人、采药人,这一年改变了他的文学命运,也改变了他对文学的现实体验。偏远农村地区底层老百姓的生活在陈应松那里获得了持续的关注。在他众多的小说中,《太平狗》是比较独特的一篇,也是底层文学有代表性的力作。它所表现的意义不仅仅在于对边缘人群的选择,而且还提供了文学对社会现实生活理解的精神深度。

《太平狗》叙述了一条赶山狗和他的主人程大种的生命旅程。他们一样来自神农架丫鹊坳深山,一样在城市里遭受冷遇,一样度过无边的苦难,不同的是太平狗最终得以返乡,而程大种却被城市吞噬。在二者交叠的双重视角下,小说提出了底层弱势群体所面临的严酷的生存现实的考量。这个双重视角,一方面是从社会发展的格局来审视底层,展现他们对命运不公的忍受;另一方面是从生命存在的本体着眼底层,即表现他们与残酷现实进行抗争的顽强生命力。这种视角在小说中就显示了它的特别意义,将人与狗的命运进行了隐喻性的同构。

在这种设身处地的艰难处境中,我们来理解小说的精神深度。

小说中有程大种对城市情感的投射,他热爱和追求城市,却受到了城里人的打击和阻碍。从这点来看,可以将程大种与城里人的对话做一个对照:

"呀!狗!"

"把狗搞下去!"

"狗啊狗,这是只乡里的狗!这狗多脏,这狗肯定有狂犬病!"

一听说有狂犬病,车上的人纷纷挤到车门口拍着门要下车,有人打开窗子就往下跳。一时间,电车乱了,电车的辫子也掉了。

…………

"这狗没病,没有病!它是条猎狗,赶山狗!"

……………
"没有病!"
……………
"没有病的!"
……………
"不要紧的,没有狂犬病。"

从这段引文来看,城市文明秩序是一种精确和习惯,它无法接受闯入者的冲破。这就隐含着一种特殊的制度取向——城市生活中到处都体现着控制和规训。根据文化符号学中的"标出性"理论,正项、异项和中项构成了文化的三元模式。

我们先来提出一种假定,如同文化范畴中善恶、男女的二元对立,城市与乡村总体上也是二元社会结构。中项必须依靠非标出项(正项)来表达自身。原因在于非标出项被文化视为"正常",因此获得了这种意义代言的权力。中项则类似于社会文化结构,它偏向于正项,和正项一起构成非标出项。在正项、异项以及中项所构成的三元模式中,异项是标出项。电车里狗的涌进,显然是一个异质性的存在。如果将城市规则看作正项的话,那么,在中国现代化的发展历程中,其推进的方式是将城市文化作为正项标本,乡村生活方式和文化思想被推至异项的位置,承受着以城市为标志的社会文化观念的冲击。这样,在这种文化形态中,城里人就是正项,程大种所代表的农民处于异项(标出项)的地位。农民被标出的原因不在于数量的多寡,而在于他们还未融入现代化的城市,仍然固守着乡村生产与生活的模式。因此,在这一文化中,异项就呈现出相对弱势的地位。太平狗和程大种冲破了既有的规则,显得那么不合时宜。女人装腔作势激起的恐慌是有意把异项标出,一方面隐喻着城市居民对农民工的担忧和防范,另一方面这"是每个文化的主流必有的结构性排他要求……必须用标出性划出边界外的异项"①。

在这一看法构造的感觉结构之中,一方面是城市独有的魅力,一种理想的诱惑;另一方面是城市一种不能缓和的排他性严苛。依附于个体的发展逻辑,我们重新思考这种社会矛盾。人和狗本质上是相通的,他

---

① 赵毅衡:《文化符号学中的"标出性"》,载于《文艺理论研究》,2008年第3期。

们是作为城市的异质者和他者的身份也即我们所说的异项进入城市的。因为承受语境的压力,通常社会文化中的正项、中项、异项(标出项)会保持相对的平衡。但这种关系并非牢不可破,有时异项会积极地向中间项移动,并试图与中项结合。立足现有经验的描述,文本贯穿了农村如何走向城市的思考。

离开神农架以后,程大种对乡村的态度逐渐发生改变,产生了犹豫与迷茫,他希望向着城市化的方向做出改变,以积极争取社会中项,最后争夺正项的地位。异项向中项的移动就是一种重要的权力实践,因此这种动力关系不是暴力的和压制性的,而是生产的和创造性的。程大种对太平病狗身份的界定正是向城市这个正项的积极靠拢。他试图在城市中建构自我的文化身份,以此获得正项与异项可能的翻转,一旦翻转,他就获得了正项的资格。而具有原始意义的乡村文化身份(作为异项存在的)处于长期被标出的边缘地位,使程大种失去了翻转的可能,这就使他陷入了分裂式的裂变之中。在和城市的接触之中,人和狗都过上了流散的生活。

走出神农架的农民工程大种遭遇了城市黑工厂里血淋淋的暴力事件,被毒打而死。在幻觉中,他向老婆陶花子讲述了他无法归来的委屈与无奈,悲伤虚弱的呓语一下子击碎了沉重的现实。小说以"再也回不去了"的悲惨结局作为无法移动的标出项的生动注释。

"陶花子……"

他冷得不住地打着牙磕,身子痉挛成一团,胸口堵得慌。

"我可能……回不去了……还有一个……躺在那儿哩……"他的手给陶花子指指说,"老板不让、我们走,你只要说走……就有人拿大棒打你……"

被逼到黑暗血腥角落的程大种,城市梦也被撕得粉碎,他至死也没有重新回到家乡。在濒死的时刻,他以竭尽所能的力量鼓舞着太平。

"快跑,太平!快!"极度虚弱的程大种在黑暗中摸到狗,用尽最后的力气猛拍它一巴掌。

"故乡!……"它在心底里大声说。它喊。……在川、陕、鄂交界的那一片山冈上……还有一种更淳厚亲和的气味,不是这儿死亡的冷漠气味,那气味突然从很深的地方泛了出来,还没有死去,它蛰伏在太平的心灵深处。那气味使它回忆起了过去的一切;那气味拉拽着它,牢牢地拴住了它,让它不可遏止地带着坚定的步伐,向那儿走去。……它走着,走着,已经不是一条狗,是一个行走的魂。

淹没在城市中的程大种标志着夺取或者成为正项的运动宣告失败,仍然是城市文化中的异质标出项。

2013年,方方的小说《涂自强的个人悲伤》以勾画当代青年人的命运引起了社会的广泛关注。

事实上,在相当长的时期里,底层民众对社会分层的改变倚重于进城务工和外出求学这两条道路。与没有文化的打工者程大种不同,涂自强实现了由农民到大学生的身份转换,他走出山沟沟,开始试图以知识文化改变处于生存底层的命运。

如果说涂自强是用另一种"奋斗"延续了程大种无奈的理路,那么,这种奋斗最终仍然是无法直视的个人悲伤。他的失败带有一种必然性,而这也构成了人们悲伤体验的社会基础。

小说一开始是凝聚着希望的,涂自强徒步进城,一路得到了众多同样处于底层的人们的关怀照顾。不卑不亢的奋斗使他相信努力就有希望。不过,美好和希望并没有就此改变他的命运。进入大学的涂自强意识到了自己与他们的不同,这种不同包括两个方面:一是来自农村底层的身份,和与之无法割断的联系;二是作为底层的自我意识,使他坦然接受命运的不公,寄希望于向上奋斗的发展道路来改变命运。正是在这一意义上,涂自强的生存样态使他无法获得其他人生来就有的生存便利。

方方是从社会层面来观照涂自强的悲伤的。20世纪90年代的高等教育改革为农民子弟创造了上大学的机会,但在这一过程中又逐渐封闭了其对公共资源的获取。小人物的生活、生存的艰难,在利益分配不公和争夺上的劣势进一步将其推向边缘,而这不可避免地造成了身份的差异和势力的悬殊。在涂自强看来,拥有广阔资源的李同学们的存在,构成了与底层产生巨大沟壑的气场。

这多少有些逆来顺受的色彩,不能说与涂自强的自我认识无关。他甘心认命,"原罪"的认识逻辑掩盖了他的生存现状,抱有希望与忍受现状构成了他自身的规范和逻辑。他不断向现实妥协,试图完成"立足城市"的理想。涂自强一方面急于摆脱原生家庭给他带来的羁绊,另一方面对城市的认同和融入城市的理想又使他以此来实现对身份的僭越。作品真实地传达了涂自强进入城市后妥协、对抗和努力的过程。

"涂自强"这个名字本身是个耐人寻味的文化隐喻,作者将其指向底层命运的徒劳无望。他试图以自己的努力改变出身,而命中注定却仍然存身于社会的底层。父亲的死对涂自强而言意味着个人命运的巨大转折。他期冀以考取研究生的方式留在这个城市,出人头地,而父亲的死讯却让他不得不放弃。工作以后,老板失踪,他失去奖金,患上晚期肺癌,命运多舛的涂自强丧失了继续奋斗的能力。而在故事的形态结构上,"自强"与"徒劳"具有高度耦合的同构性质,同构在涂自强个人的命运里。所以,这就给涂自强的心灵体验蒙上了一层解构的色彩,造成了理想与现实的脱节。这样的脱节不是涂自强个人能力的问题,而是与社会的实际状况相关。当高度等级化的社会结构和个体现实经验互为因果时,涂自强的失败就显得极端的怵目和彻底。他试图依靠"知识改变命运",实现对自我价值的认可,然而一切似乎变得可疑。

小说结尾对死亡作了结构性的安排。

母子诀别是小说中一段刻骨的悲伤,它的意义是在更广泛的意义上终止悲伤的手段,暗含了每个时代的人们对生命的独特理解。当一个人失去奋斗的权利而被动奋斗的时候,还不如逃避现实的死亡更能让人接受。方方维护了涂自强的价值尊严,呵护了他的精神理想,让他选择了死亡。我们也可以将其指认为是对个体生命的理解和尊重。涂自强一直在不断地抗争,他"信步超前",虽然最终是以死亡的方式。

回过头看,"这果然只是你的个人悲伤吗?"这样的诘问是令人震撼的。经历了这样的质询,方方把涂自强的个人悲伤转化为对时代悲伤的指认。这是"涂自强"的个人命运,也是底层群体的命运,它落在了时代与个人交叉的延长线上。底层文学的意义也正是在这一基础上展开的。

如果说"悲伤"是弥漫在《涂自强的个人悲伤》中的一种重要的情感经验,陈应松的《马嘶岭血案》则以更广阔的视角,从社会阶层的构建思考了底层的生存现状和命运遭际。它所有的悲剧都来自跨阶层对话与博弈的绝望感。

切入《马嘶岭血案》的文本内部,面对日益拉大的城乡差距和严峻的社会现实,小说是如何处理阶层之间的关系的呢?

这涉及物质和精神两个方面的生存现状。

在物质上,九财叔没有钱给三个女娃买红发卡,以此作为参照系,祝教授拥有三个手机、两辆乌龟车。两者地位悬殊,一个"天上",一个"地下",造成了两个阶层强烈的反差。这种经济上的巨大差异也构造了九财叔在现实社会中的位置。为了300元的工钱,九财叔在马嘶岭上几次险些丧命。这种物质的窘迫挤压了九财叔原本艰难的生存空间,他怀着报复心理,带着仇恨肆意横行,用开山大斧将6名勘探队员、老麻全部砍杀。小说直截了当地书写了九财叔的惨烈和绝望。

在精神上,我们看到了这两个社会阶层真实的碰撞以及由此产生的难以逾越的巨大落差。对命运遭遇急剧变动的九财叔而言,仇恨不可能是最初的症状,似乎只是个人愿望与实际状况之间脱节的产物。对勘探队而言,与九财叔的交流并不通畅,以至于九财叔九死一生下山挑粮,却被怀疑是偷来的或抢来的。在祝队长要扣掉他20块钱的时候,他的"眼里流出了混浊的泪水",流露出"我们的命都快丢了,他们还扣20块钱,他们真不讲理,还是读书人,种田搓泥巴的就不是人么"[1]的不满和抗议。20块钱的矛盾,将九财叔推向了对勘探队员的仇恨。

令人震惊的血案故事背后是巨大的社会阶层差异。与程大种、涂自强一样,九财叔同为游移于社会权力机制之外的无权者,也即我们所称的底层。不同的是他没有选择习惯于认命、被忽视和蔑视,而是以一种内在冲动消解了现实的不公。问题也由此产生,日益严重的城乡差距、贫富分化、阶层固化等因素印证了小说中"虚构"的对比关系。寻找九财叔性格倒错和人性裂变的根源,就会发现勘探队员和山里人九财叔来自两个不同的阶层。勘探队员是城里人,有丰富的物质和精神生活;居于深山的九财叔吃苦耐劳,物质条件恶劣,他甚至交不起每年两元钱的特产税。社会地位的比对,身份、阶层的巨大差异,使人性深层的欲望

---

[1] 陈应松:《马嘶岭血案》,载于《人民文学》,2004年第3期。

第六章 多元分化的文学转折与人文关怀的话语诉求

开始发酵。从现实角度来讲,九财叔与勘探队对立的过程实际上也就是他的本真性和忍让被侵蚀的过程。这主要体现在两个方面:一方面是外来的采矿勘探队对本地文化的冲撞和影响;另一方面,由于经济地位不对等,九财叔有意识地改变自身的文化形态以迎合勘探队的心理。他以讲鬼故事的行为表现他的调侃能力,他的"戏仿"不被承认,却被误认为故意制造恐怖气氛。

城市和乡村本就有着多种复杂的区分与关联,这就使得文本内部的表述也变得复杂起来。小说始终沉浸在对底层和知识阶层这一竞争性关系的认识之中,或者说它展现了当代中国社会不断累积的阶层的对立。如果说"马嘶岭血案"仅仅是社会阶层问题的表层,而其中更为本质化的事实则反映出城市和乡村对立失衡时底层人民的心理错位。

那么,当面对人性的弱点或局限性时,文学应该以什么样的立场去书写?面对人性的复杂形态,《马嘶岭血案》并没有以简单的二元对立的善恶标准来理解九财叔的思想和行为,而是将他放置在复杂的人性环境中去考察。显然,小说并不是简单地站在被侵害者勘探队员的一边,也没有回避社会阶层在现实中的巨大差距,而是站在客观的立场剖析底层的伦理错位。经济地位的巨大差别,苦难被沉溺到人性的底层,所以九财叔采取暴力抵抗的方式面对不公。在这个问题上,作家重点强调的是不同阶层价值规范之间的压迫和冲突,它最终的结果只能是一种价值规范压倒另外一种价值规范。

因此,小说一方面毫不讳言地描写了城乡差距,揭示城市物质法则与乡村衡量标准的大相径庭;另一方面又不加掩饰地采取看待人性的双重态度。这样一来,底层群体在现代社会中的价值就被排除在多重力量构成的利益链条之外。

以上诸种,无论是正面回应的《太平狗》,还是反向思考的《涂自强的个人悲伤》《马嘶岭血案》,小说里的人各有各的困境。他们在底层生活里冲撞,在城市与农村的现实中纠葛,展现着底层人生活的艰难。

总的来说,如果上面的描述大体具有代表性的话,那么后续的讨论就变得很必要。它们构成了新世纪底层文学的基本模式,或者说它们呈现了新世纪底层文学书写和理解"人"的基本方式,这种方式就构成了新的人文精神价值机制的组成部分,即对人的深切关怀。正是在这一意义上,"绝望感突出为一种醒目的社会存在,是一种新状况。……在这一问题上,中国当代文学似乎重新拥有了介入当代社会进程的强烈愿望、动力与能力,并获得多年未见的社会反馈"①。于是,怀着对现实的忧虑,底层文学从分析底层生活的存在意识当中获得了知识分子的"原始正义"。②

二、底层意识与"原始正义"

2004 年,《天涯》杂志在第 6 期以"底层与关于底层的表述"为题,推出了底层讨论专栏,包括王晓明的《L 县见闻》、顾铮的《为底层的视觉代言与社会进步》、摩罗的《我是农民的儿子》、吴志峰的《故乡、底层、知识分子及其它》4 篇文章。这 4 篇文章以现实主义的批判性为文学提出了"为什么要写底层?""底层生活中有什么?""作家的责任和关于人的存在"等几个问题。不久,《读书》《上海文学》等也加入讨论。"北京大学当代最新作品点评论坛"活动推出的《2004 年最佳小说选》(上、下)的出版,使底层写作得到了进一步的推广。2005 年 7 月 28 日,在福建社科院文学所,南帆等人又以"底层经验的文学表述如何可能?"为题展开专题对话,围绕"什么是底层""文学史表述底层的经验""为什么要表述底层""80 年代以来文学描述底层的经验""底层怎样自我表述"五大问题进行了颇具规模的文艺争论。

此外,关于底层文学的对话和争鸣又从文学期刊延续到新闻媒体。在众多的讨论文章中,最有代表性的当属南帆的《曲折的突围——关于底层经验的表述》。南帆认为"底层"指定了一种掩饰性表述,即通过知识分子与底层的对话构造对底层经验的表述,又将西方和中国现代文学史上"雅""俗"两个美学范畴作为解决"底层无法自我表述,又听不懂知识分子对底层经验的展示"悖论式问题的逻辑。

问题也由此产生,为什么要写底层? 底层生活中有什么?

先看什么是"原始正义"? 这是这一部分理论论述的主干。

---

① 吴铭:《中国文学重新出发》,载于《21 世纪经济报道》,2013 年 9 月 23 日。
② 陈思和:《文学如何面对当下底层现实生活》,载于《杭州师范学院学报》(社会科学版),2003 年第 1 期。

第六章 多元分化的文学转折与人文关怀的话语诉求

这一概念来自陈思和先生发起的《文学如何面对当下底层现实生活——关于长篇小说〈泥鳅〉的讨论》中的阐释，他认为"原始正义这一精神形态与人类的生存历史绵延共生，作为人之为人的意识自觉中的一个核心精神构成，围绕它又衍生出了知识分子常常引为精神守则的良知、责任和道义等概念"[①]。

从定义上看，原始正义有一个核心的要素构成就是人的意识。在知识分子话语中延伸出良知、责任和道义，而这是人文精神文学构型的结果。但仅仅说人文精神还不够精确，应该是以"人文关怀"为核心的"人文精神"。

在文学作品和文学批评当中，底层文学以一种解构的姿态，揭示了在社会转型时期中国无法回避的现实问题。在某种意义上，底层指涉着边缘和弱势，是某一社会阶层在整个社会群体中所处境遇的被识别和体认，而底层文学则蕴含着作家对底层生存与发展的深切认知。

如果进一步追问，底层意识是什么，这就关涉如何看待底层意识和人文精神之间的关系。

首先，尽管对底层意识的形象概括有"来自底层"和"为底层"的类别划分，但底层意识的精神内涵是一致的，即对人的存在意识、对人的一种原始生存欲望的关注。对底层群体来说，他们首先是一个个活生生的生命个体；其次，生存是他们人生的第一要义和准则；没有生存，便谈不到理想、价值和道德。

在前面的分析中，我们曾用《马嘶岭血案》的文本说明了底层的思想进程。这一例子同样适用于此处。《马嘶岭血案》中，这种欲望的复杂性在于，我们在挑夫身上看到了处于弱势的底层如何运用暴力反抗的方式为自己争得有限的生存空间。暴力是文学的主题，《马嘶岭血案》却以一种更加日常的方式使暴力得到了巩固。九财叔属于阶层对立中的弱势群体，是话语暴力和物质暴力的受害者，而今却成为施暴者。这种角色的反转就渗透了很大的社会问题。

挖掘底层生活中的存在意识，它的精神深度和批判力度就在于指向

[①] 陈思和：《文学如何面对当下底层现实生活——关于长篇小说〈泥鳅〉的讨论》，载于《杭州师范学院学报》（社会科学版），2003年第1期。

了对人生存伦理关怀的层面，或者说是对生命欲求的申诉。对企图介入底层的文学而言，真正的问题在于，如何能在底层的生存机制上重新理解人的生存意义，对它展开真实而绝不妥协的描述，以便为人文精神的创造打下基础。在《涂自强的个人悲伤》中，涂自强的原始生存欲望就是在城市立足，这也是贯穿整个小说的发展主线。"虽然这是我自小生长的地方，是我的家乡，可它的贫穷落后，它的肮脏呆滞，又怎能让我对它喜爱？又怎能拴住我的身心？难怪出去的人都不想回来。我也是他们中的一个了。这个地方我是绝不会回来的。"有"家"难回的涂自强产生了对城市的强烈的渴望，渴望"在城市安家扎根，过上正常日子"，渴望被认同。他个人对社会的认知模式就是过上正常的城里人的生活。他开始以原始的生存欲望进行奋斗者的挣扎，尽管这挣扎有着无法缝合的距离感。

其次，这种底层意识中带有人文精神的要素。通过对人的生存欲望的深刻理解和同情，也即我们提到的"原始正义"来传达人文关怀。作家在对人的生存欲望给予理解和同情的过程中，就包含了一种强烈的人文关怀和人本主义意识，是对人的生存欲望和人的价值的高度重视。在底层文学的讨论中，一个值得关注的问题就是在主流文学之外，有另一种文学话语范式的萌动。它在文学价值标准的基础上更注重挖掘底层生活中人的存在意识，并注意这种存在意识与人文精神的相关性和同一性，即在文学的表达中体现人文关怀。面对这样的问题，作家对底层文学的理解就出现了多重精神指向：一是对底层身份认同的焦虑与困惑，二是对底层苦难的悲悯情怀，三是对人的生存意识的人文主义观照。从这个意义上讲，底层文学是一种重要的文化精神建构。

作为理解当代社会现实的一个侧面，《马嘶岭血案》暗示了作家对底层这一群体保存的原始正义，如理解、同情和关注等。由此我们就能够以人性的视角理解九财叔的砍杀行为，理解他期待自己挣到300元后，给三个女娃也买像勘探队员小杜那样的红发卡背后的温情，也可以理解"可以天天有肉吃""顿顿有酒喝"和"跟他们平起平坐了"之间的微妙关系。事实上，作者一直尝试着将以责任、良知、道义为指向的原始正义贯彻到对底层人文关怀的文本建构之中。在《涂自强的个人悲伤》中，方方提出了悲伤的重要性，在她看来，以悲伤为代表的文学写作模式远远比快乐的生产要困难得多。在个人与社会的既定关系中，对悲伤的理解、指认和抚慰过程也是人文关怀重新确立的过程。作家深刻地意识到了涂自强的生存精神，在特定的生存状态下，文学站在人文精神的立场给予了观照。

依据"原始正义"的内涵，将底层文学作品处理为思想的文本时，大致也能够理解陈思和先生为何会从中读出"原始正义"。从底层群体生存的社会形态来看，他们似乎是城市化进程中存在的历史必然，而这一界定也影响着对社会阶层的一种基本的理解和判断。这个时候，文学作品中的"原始正义"则以一种精神尺度证明了它的在场。知识分子精神价值取向的意向性表达，就以一种更为自觉的方式表现出辩证批判的精神向度。也就是说，原始正义与人文精神在某种程度上具有指向的同一性，它们构成了作家人文精神的重要部分。这些作品以知识分子悲天悯人的情感，对处于社会边缘的群体给予了人文关怀。正如张未民所言："这些作品中充满了现实化的生存诉求与公平正义诉求……天生地具有社会主义倾向、具有人道主义倾向。"[①] 由此，可以清楚地看到，底层文学对底层意识的介入与原始正义的在场性紧密相关。通过对现实的介入，文学成为人文关怀的生产者，并且参与社会之中，而这一切都要归因于它对"底层"的敏感性以及言说"人文精神"得天独厚的优势。其鲜明的介入意识也使它成为新世纪维护和坚持人文关怀最有活力的文学声音之一。文学中表现底层的目的即人文关怀。

最终，面对底层的现实生活，文学从人的生存意义和价值上升到对人文关怀的追求。

第四节 "文学是人学"命题的再认识与人文关怀

"文学是人学"，那么，人文精神对文学来说就是一个绕不开的问题。如果将人文关怀看作新世纪人文精神发展的内在脉络，那么，梳理"文学是人学"的历史逻辑和学理逻辑就是完全必要的。

---

① 张未民、孟春蕊等：《新世纪文学研究》，北京：人民文学出版社，2007年版，第402页。

首先我们来看"文学是人学"的认识过程。

周作人最先提出"人的文学",1947年袁可嘉写的一篇名为《人的文学与人民的文学》的文章也表达过类似的意见,巴人亦提倡文学"应该有更多的人情味"。

1957年5月,钱谷融在《论"文学是人学"》一文中,从文学创作和文学批评的角度提出了这一命题,文学"必须从人出发,必须以人为注意的中心","人"就是人道主义精神,人道主义精神的核心内容就是"把人当作人"[①],强调了人在文学中的中心地位,也涉及了文学中的"人性"问题。

尽管因为政治历史原因,"文学是人学"命题在当时的时代语境下遭致大量批评,但近四十年来,在文学创作和研究中,钱谷融先生关于"文学是人学"的一系列观点,大部分已经被人们接受并得到不断的阐释。"文学是人学"的命题逐渐得到了确立和公认,成为文学理论的常识,并对文学发展产生了积极的影响和推动作用。

在"文学是人学"的历史逻辑中,其学理逻辑清晰可辨,即它把人作为文学的出发点,把张扬文学的"人性"品格作为文学的基本要求。这样就确立了文学的人学基础,文学回到了"人"自身。文学在尊重人、重视人的基础上,又逐渐提炼出文学主体性观点等文艺理论的重要进展和突破。这也充分展现了"文学是人学"命题本身的理论概括力和生命力,因此朱立元先生评价说"'文学是人学'的命题永远不会过时"[②]。

进入新世纪,问题依然存在。"文学是人学"的认识问题再次凸显。文学是"人学"毫无疑义,但是面对新的时代语境,如何对这一文学观念进行必要的反思和审视反倒成了问题。新世纪以来,关于"文学是人学"的论争开始再次出现。为了加以理解,我们来考察"文学是人学"在新世纪文学中的地位及其各式各样的辩护。

论争的一方认为,这个命题比较空洞。第一,无法准确把握"文学是人学"的历史来源和出处,缺乏自圆其说的学理性依据。第二,"文

---

① 钱谷融:《论"文学是人学"》,载于《文艺月报》,1957年第5期。
② 朱立元:《"文学是人学"的命题永远不会过时》,载于《文汇读书周报》,2008年11月14日。

学是人学"具有现实局限性。"尤其站在新的世纪,以更高的标准对这一命题进行审视,其存在的局限性也是较为明显的:人是文学描写的中心,而不是文学描写对象的全部;人是评价文学的一个尺度,并不是评价文学的唯一尺度"①,即文学描写的中心在人之外还应当包括自然的部分。第三,对"文学"是否等同于"人学"提出了质疑。在这一过程中,刘为钦在《"文学是人学"命题之反思》中以生态文艺学的视野来质疑"文学是人学"的命题,主张以人与自然"二分解读法"来阐释文学与人学的关系。他把"文学是人学"命题看作人文主义情绪高涨时对文学的一种偏激的体认。

另一方则认为,首先,"文学是人学"命题在时间上具有连贯性,其完整内涵还需要全面的论述。针对刘为钦《"文学是人学"命题之反思》一文,朱立元认为这恰恰是再认识时必须予以重视和反思之处。其次,"文学是人学"的精神实质和价值估量还需要继续追问。如童庆炳《"文学是人学"新论》则从文学价值的立场展开了论证。

在这番谈论中,虽然学界的阐述策略不同,无外乎都是对命题构成元素的拆解,但已经勾勒出"文学是人学"的本质和它的主要的文化表现,亦即人文关怀现象。他们大致肯定了"人学"是考察"文学"的维度,站在文学的人学立场进行了新的时代反思,在承认人的存在这一点上,都没有否定文学艺术中的人文精神因素,还是具有比较一致的看法的,只是在一些具体问题上还没有完全达成共识。"文学"是"人学"的有效性就在于承认人在文学中的地位,其核心仍然承认文学与人的重要关联。那么,秉持以人为本,其间的合理价值就在于意识到人文精神在文学作品中的丰富储藏。这似乎也打开了一个重新认识"文学是人学"的视角,即如何在人文精神的基点上进行再认识,建立新的阐释维度。

"文学是人学"缘何被重提?

针对新世纪"文学是人学"再认识的现象,我们可以给出三个根源性的判断:

首先,在社会外部存在着文化意义上的人文精神的困厄。在文化商

---

① 刘为钦:《"文学是人学"命题之反思》,载于《中国社会科学》,2010年第1期。

品化的形式中，一方面是面对着文化上存在或附着的商业化、市场化、世俗化、功利化等多种多样的目的和态度，精神上变得一片混乱；另一方面是多种多样的拜物主义、拜金主义的文化批判，它们常常被归结为精神家园的失落与荒芜。面临人文精神的匮乏，和它们在市场经济中占主导地位的展示和传播，值得讨论的就是逃避这种精神迷失的尝试。而对"文学是人学"这个命题的再阐释，它的有益之处在于在整个社会人文精神被挤压和物化的背景之下，允许以理论思辨的方式，将人的精神从商品化中解脱出来。在面对全球化商业文化的威胁时，以理性的力量增强文化的抵抗力。

因此，"文学是人学"再认识的基点就是在人文关怀的基点上进行对等的抵御和抗争。

其次，在文学内部，存在着文学价值论意义上人文精神的缺失。当代文学始终是包含人文精神的，这也是近四十年来文学发展所形成的一种传统。在新世纪，人文关怀就成为这种人道主义精神的直接体现。在新世纪文学中，它需要被延续和重提，这也是对人文精神的认同。

如前所述，新世纪文学的总体发展趋势是：文学越来越分化，作家逐渐走向自我。文学所使用的话语诉求往往脱离了人文精神的根基，这种分化导致价值指向的空洞化，剔除了文学是"人学"的存在语境。这样的例证在新世纪文学当中俯拾即是。"他们把自己的爱与恨、喜与怒、哀与乐、美与刺，都一股脑地倾泻于文字，抛洒于文坛"，他们"注重'自我'，张扬个性"。[①] 在新世纪文学作家的创作当中，始终隐含着两种张力。一方面是感官欲望的消遣和享乐主义的娱乐泛滥，这突出表现为以无限扩张的感官欲望代替人性和人文关怀，违背"文学是人学"的本义。这实际上是从相反的方向扭曲和损害了文学，向人文精神发起挑战，甚至僭越了人类持守的道德底线。这种信仰和价值观的缺失无不与人文精神的缺失有关。它的困难在于新世纪多元分化的文学格局所造成的这种缺失如何得到疗救。除了精英文学沿袭了人文关怀的传统，其他分化的文学则解构了此前文学的精神追求，以一种更加发散的价值体系存在。文学在娱乐和消遣之外还应该有所承担。

---

① 白烨：《我与"80后"》，载于《文艺争鸣》，2011年第5期。

第六章　多元分化的文学转折与人文关怀的话语诉求

另一方面是文学缺乏对社会现实的关注。就目前的表现看，文学与社会的关系也关系到人的生存与发展。如果说人的生存焦虑是文学关注的焦点，那么对"文学是人学"的内部认同就可以助推人文关怀的发展。因此，作家的内在认同就变得格外重要。"文学是人学"的再认识出现于新世纪，并在当代文学发展的时代语境中延续下来，这是从人文精神到人文关怀的直接切转。"文学是人学"原本是文学内部的，对它的再认识是希望能得到作家们由外向内的积极认同，它直接与文学创作者相关。因此，在"文学是人学"再认识的过程中，文学可以把对人的关怀推向每一个创作领域，关注各个层面人的欲求，这样，认识就倒向了文学艺术的价值取向，对命题的再认识就是希望文学中持存这一精神价值。

以上两个方面的原因就向新世纪文学提出了一系列新问题：文学为什么是人学？文学在什么意义上成为人学？

既然"文学是人学""面对新的现实，产生了新的意义"[1]，那么，进入人文精神的问题场，这意味着无论在新世纪文学的内外，对"文学是人学"的认同都已经成为对人文精神的认同。为了这种认同被充分展开，在自由、人的生命本性、历史和实践之间必须设定一定的关联。在人的自由和文学的自由之间，实践存在论美学提供了一种阐释的可选择性。

作为佐证，基于人学形式下文学的"实践存在论美学"又在人学维度上以审美的方式呈现着人的自由性，即文学的自由问题，作家以审美创造的方式实现着这种自由。

后期，"实践存在论"[2]美学也在当代文学发展当中蔓延开来，成为文学是人学在人学维度上的拓展和延伸。在与朱立元先生的对话中，他对实践存在论美学提出的原委作了认定：

> "实践存在论美学"的提出已经有十几年了，准确地讲大概是在2001、2002年正式提出。当时在给我的硕士博士生授

---

[1] 朱立元：《从新时期到新世纪："文学是人学"命题的再阐释》，载于《探索与争鸣》，2008年第9期。
[2] 参见本人与朱立元先生所作的访谈《美与当代艺术》，载于《四川戏剧》，2015年第2期。

课过程中恰逢受教育部委托编写面向二十一世纪美学教材，师生对此讨论很多，对很多问题都有争论，经过争论达到了某种统一，最后逐渐梳理了自己的看法。当然，其中我是主导，相互讨论、交换的不同意见最后由我进行补充完善，逐渐形成了一个教材的雏形，就是后来我编写的高教版的美学教材，2001年出第一版，这个时候，"实践存在论美学"思想已经基本形成，但还没有使用这一词汇。教材的部分章节就是请当时参与讨论的博士参加编写的，有些是他们学位论文的一部分。好几位同学都参与了某些章节的编写。虽然"实践存在论美学"是我提出来的，但是集中了大家的智慧，所以说这是一个集体的创作。最早使用"实践存在"的概念是在八十年代末九十年代初，在我的一篇文章中提出，是我在学习了马克思的《巴黎手稿》等论著中将实践和存在结合起来，这也是我最早的提法，到正式提出实践存在论美学已经十多年了。①

作为以理性形式表达的"实践"，是以审美的观念表达对人的自由和文学自由的双重追求。这就与"文学是人学"在文学价值上具有了内在相关性。

实际上，实践存在论美学考虑到了文学与人的内在关联，试图以审美的观念思考人学的本质，也必然包括人文精神的决定性因素。大多数"文学是人学"的定义忽视了实践的历史形成。实践存在论美学对人的自由的想象的投合似乎成为被广为接受的事实，这在文艺理论发展史上可见一斑。

当然，我们不仅需要审美的文学实践，而且也需要"文学是人学"的理论，这两者恰恰可以相互补充。

实践存在论美学与"文学是人学"的关系，其核心指向就是人文关怀。

那么，我们的探讨就可能具有这样三重意义：

一是出于在"文学是人学"命题与文学的"存在论美学"之间建立联系的目的，我们可以在两者之间寻找融合会通并相互印证之处。"文

---

① 孙婧：《美与当代艺术》，载于《四川戏剧》，2015年第2期。

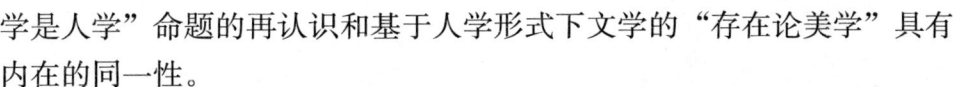

学是人学"命题的再认识和基于人学形式下文学的"存在论美学"具有内在的同一性。

二是"文学是人学"命题作为一种人的自由,指向人文精神的伦理关切,"存在论美学"和"文学是人学"趋于一致。对"存在论美学"而言,文学不仅是一种对自由呈现进行描述的文本理论,更是一种以审美的方式呈现人的自由性的实践。"存在论美学"最为根本和首要的目的在于对人的保存,在于以审美创造的方式推进的人文精神。

三是"文学是人学"命题与文学的"存在论美学"之间的张力展示了人文关怀作为人文精神内涵的统一性:人的自由的无限性。它通过文学理论的活力在人文精神的话语脉络之中注入了一个音符。这种自由也建构了人文精神在新世纪发展的历史必然性,它理应成为文学丰厚内涵的一种话语实践方式。

结　语　作为"立场与方法"的后人文主义

　　四十年需要一种总结回顾，更需要一种展望。

　　无论是文学实践还是理论建构，既有对过去的回眸，也有对未来的瞻望，这也是人文精神话语作为一种理论形态的本性使然。四十年过去了，我们需要细数远离的数年时光，需要研究者以历史和现实相互渗透的研究姿态，辩证地看待运动发展的人文精神。

　　近四十年来，我们目睹了：20世纪80年代初期，文学急于摆脱"为政治服务"的束缚，开始以反思批判的形式唤起人道主义的复归，而此后人文精神先后出现了人性、主体性、生存意识、人文精神和人文关怀等多种维度的转向。从近四十年来文学发展的几个阶段来看，文学发展始终围绕着人文精神问题展开。文学发展到新世纪，自身愈益多元分化，所面临的问题也就越多。当代人文精神进入了一个众声喧哗高度多元化的时代，在全球化的影响下，文学的生产与消费也与多元状态相呼应。如果仍然以固定的隔绝的眼光关注人文精神本身，就文学谈文学，就人文精神谈人文精神，脱离多元复杂的文学事实，势必会导致回顾当中有尚未解决的问题或者遗漏重要的事实。

　　如今，回过头来，有这样一个问题似乎尚未解决——文学发展与人文精神两个密切相关的重要事实，即在四十年的回顾之后，中国人文精神应以什么样的立场和方法再出发。

　　实际上，伴随着西方后理论研究视野的勃兴，人文精神也开始向后人文主义视野转移。与此同时，我们却经常把"后理论"看作"强制阐释"[①]的理论工具，很少意识到后学的立场和方法。对其中隐藏的人文危机也没有进行认真的研究和探讨。

[①]　张江：《强制阐释论》，载于《文学评论》，2014年第6期。

结　语　作为"立场与方法"的后人文主义

从 1978 年到 2016 年，当代中国文学四十年来人文精神的整体发展趋势，可以用从"人文精神"到"后人文主义"来概括。这也是一个从"人类中心"到"自然中心"的历史过程。全球化的格局就使人文精神不仅应与文学自身的内在性相关，同时也应该注重和人类、自然、全球的外在关联，因此，后人文主义开始成为一种全球视野与立场。在当代文学越来越与全球化文学同步发展的同时，人们愈加感受到后人文主义建构的本土价值，后人文主义成为当代文学展开的基本立场与诉求。

王宁《后人文主义与文学理论的未来》这篇文章的标题特别标出了"后人文主义"，这是一个值得注意的信号。后人文主义本身是一个相当西方的概念体系，其重要的特征在于批判，而这种批判在某一层面上是试图建立自我与他者的关系。正如有的学者注意到的，这种后人文主义的论述并非今日之语。至少，在西方学界，它早已被雄辩展开。哈桑（Ihab Hassan）、贝德明顿、詹姆斯（Robin James）、沃尔夫等都曾提出工具性与批判性的"后人文主义"批评。在对"后人文主义"的译介当中，港台地区学者译作"后人类主义"，冉聃、蔡仲译作"后人类主义"，王宁称为"后人文主义"，王祖友、陈厚亮译为"后人道主义"。学界也曾为后人文主义是否归属人文精神问题展开了唇枪舌剑，似乎两者之间有着割裂的、不可融合的关系。杨春时将主体间性扩大，想要建立一套超出人类中心的交往理论这一路径。王宁是从生态学意义上进行建构的，从中国传统思想中推演出一套人与自然平等和谐、消解人类中心的理论取向以批判西方。曾繁仁等人的生态美学也从生态的角度进入美学研究领域产生的新的审美状态，否定人类中心主义的存在，这样就避免了单纯指认人文主义和后人文主义的尴尬。

20 世纪 90 年代的"人文精神大讨论"不仅是人文的危机也是理论的危机。这次讨论不单是一群学者面对危机和围绕知识分子自身的讨论，更引发了我们对是否还是以人作为思考和研究对象的探讨。那么如果人不再是唯一的对象，是不是还要把人以外的其他生命个体纳入其中？后人文主义是在后理论时代产生的，可以作为理解人文精神话语的一个切入点和反思点。

如果说"人文精神大讨论"之前的人文精神都只是关注人自身，那么新世纪人文精神的指向包括人和其他的生命个体，最终上升到后人文主义的高度。后人文主义是受到后现代理论的启发，消解了传统人文主义所强调的人类中心主义，认识到人类自身的局限。它的核心论点是人类只是地球上的生命物种之一，人与自然界的其他生物处于相互依赖和共存的关系当中，尤其关注人与自然的关系，追求人与自然关系的和谐。

不管怎样，后人文主义（姑且称之为后人文主义）暴露了一种尚未启用的原则，或者称之为人文精神研究的匮乏性方法。如果假借其手，人文精神或者可以于无形中托出革命性的延展。

正如沃尔夫（Cary Wolfe）在其专著《什么是后人文主义？》(*What is Posthumanism*)中所指出的，后人文主义作为批评的场域，对西方的人文主义传统进行检讨，在后人文主义力量的张力中呈现思维观念上的改变。

在这样的思路下，我要把后人文主义命名为一种立场与方法。这里，立场与方法不是简单地对后人文主义价值的修饰，而是它的特征。它的可贵之处在于人与动物、人与环境、人与技术乃至人与一切生命形式关系的和谐对应。当然，需要提醒的是，立场与方法从来都不是固定不变的存在，它必然包含在文学和理论实践的进程之中。作为方法的后人文主义并不外在于作为人文精神的媒介，人文精神是后人文主义内在的固有属性，即后人文主义本质上是具有人文性的，着眼于人文精神，作用于人文精神，为人文精神所界定。首先，它是作为拓宽我们视域的一个很好的切入点，立场与方法要求人文精神具有全球人文意识，以"以人为本"为人文精神理念。如果我们将后人文主义作为生命阐释的主要义项，可以说后人文主义昭示了在全球化语境下生命的新的价值和意义。后人文主义在思维方式上做出了变化，以谋求与外部环境的共存。人文精神话语体系作为批评实践展开的场所，后人文主义就是从这个场所的内部完成对人类中心的消解，建构人类与自然金鼓齐鸣的进路。要构筑人文精神研究的一种新的理论视角，这应该是值得注意的。

关于人文精神在这四十年来身份的转换，我想引用利奥塔的话——"'后'字意味着一种类似转换的东西：从以前的方向转到一个新方向"——来说明其在文学实践里面的角色转换。由此可以认定，人文精神的流变是从观念转到立场上来。后人文主义不仅可以阐释文学文本，还随时保持着与世界文学的对话,这就为文学发展提供了可资借鉴的方法论机制,在一定程度上能够较为有效地构建中国当代文学的多元形态。

我特别指出这一新的立场与方法,我的理由是因为不仅后人文主义带来了阐释和建构的方法,还因为它为中国人文精神研究提供了再出发的契机。

从文学实践来讲,也许这是一场尚未完成的变革。

参考文献

一、中文专著

阿格妮丝·赫勒. 日常生活［M］. 衣俊卿,译. 重庆:重庆出版社,1990.

埃里希·弗罗姆. 寻找自我［M］. 陈学明,译. 北京:工人出版社,1988.

鲍德里亚. 消费社会［M］. 刘成富,等译. 南京:南京大学出版社,2000.

畅广元. 文艺学的人文视界［M］. 北京:首都师范大学出版社,2001.

畅广元. 中国文学的人文精神［M］. 西安:陕西人民出版社,1994.

陈刚. 转型时期的人文关怀［M］. 南京:南京出版社,2004.

陈思和. 中国当代文学史教程［M］. 上海:复旦大学出版社,1999.

陈晓明. 中国当代文学主潮［M］. 北京:北京大学出版社,2009.

大卫·休谟. 人性论［M］. 关文运,译. 北京:商务印书馆,1997.

杜维明. 寻找文化的尊严［M］. 长沙:湖南大学出版社,2000.

圭田畯. 人性新论［M］. 香港:香港社会科学出版社,2007.

金元浦. 多元对话时代的文艺学建设:新理性精神与钱中文文艺理论研究［M］. 北京:军事谊文出版社,2002.

凯蒂·索泊. 人道主义与反人道主义［M］. 廖申白,杨青荣,译.

北京：华夏出版社，1999.

李西建. 重塑人性——大众审美中的人性嬗变［M］. 武汉：湖北人民出版社，1998.

林毓生. 中国意识危机［M］. 贵阳：贵州人民出版社，1986.

陆贵山. 人论与文学［M］. 北京：中国人民大学出版社，2000.

陆士桢，孟登迎. 人文精神与意义探寻［M］. 北京：中国社会科学出版社，2005.

马克思，恩格斯. 马克思恩格斯全集［M］. 中共中央马克思恩格斯列宁斯大林著作编译局，编译. 北京：人民出版社，1956.

马克思，恩格斯. 马克思恩格斯列宁斯大林论人性、异化、人道主义［M］. 北京：清华大学出版社，1983.

米歇尔·福柯. 知识考古学［M］. 谢强，马月，译. 北京：生活·读书·新知三联书店，1998.

尼古拉·别尔嘉耶夫. 论人的奴役与自由［M］. 张百春，译. 北京：中国城市出版社，2002.

尼古拉·别尔嘉耶夫. 论人的使命［M］. 张百春，译. 上海：学林出版社，2000.

齐格蒙特·鲍曼. 个体化社会［M］. 范祥涛，译. 上海：上海三联书店，2002.

钱中文. 新理性精神文学论［M］. 武汉：华中师范大学出版社，2000.

沈恒炎，燕宏远. 国外学者论人和人道主义（第1辑）［M］. 北京：社会科学文献出版社，1991.

盛宁. 人文困惑——西方后现代主义思潮批判［M］. 北京：生活·读书·新知三联书店，1997.

唐君毅. 中国人文精神之发展［M］. 桂林：广西师范大学出版社，2005.

王海明. 人性论［M］. 北京：商务印书馆，2005.

王若水. 为人道主义辩护［M］. 北京：生活·读书·新知三联书店，1986.

王晓明. 人文精神寻思录［M］. 上海：文汇出版社，1996.

王晓明. 在新意识形态的笼罩下——90年代的文化和文学分析[M]. 南京：江苏人民出版社，2000.

吴宁. 日常生活批判[M]. 北京：人民出版社，2007.

徐复观. 中国人性论史[M]. 台北：台湾商务印书馆，1969.

徐复观. 中国文学精神[M]. 上海：上海书店出版社，2006.

许苏民. 人文精神论[M]. 武汉：湖北人民出版社，2000.

杨岚，张维真. 中国当代人文精神的构建[M]. 上海：人民出版社，2002.

衣俊卿. 回归生活世界的文化哲学[M]. 哈尔滨：黑龙江人民出版社，2000.

衣俊卿. 现代化与日常生活批判——人自身现代化的文化透视[M]. 哈尔滨：黑龙江教育出版社，1994.

余英时. 余英时文集（第十二卷）[M]. 桂林：广西师范大学出版社，2014.

朱红文. 人文精神与人文科学——人文科学方法论导论[M]. 北京：中共中央党校出版社，1994.

二、英文专著

Eagleton, Terry. Criticism and Ideology [M]. London：Verso，1980.

Eagleton, Terry. Literary Theory：An Introduction [M]. London：Blackwell Publishers Inc，1996.

Levinas, Emmanuel. Humanism of the other, Translated from the French by Nidra Poller [M]. Urbana：University of Illinois Press，2003.

三、学术论文

包忠文. 试论艺术规律和"人学"[J]. 南京大学学报，1982（3）.

陈思和. 当代知识分子的价值规范[J]. 上海文学，1993（7）.

陈思和．共名和无名：百年中国文学发展管窥［J］．上海文学，1996（10）．

陈思和．关于"人文精神"讨论的两封信——致坂井洋史［J］．大潮文丛，1994（4）．

陈军科．人文精神：当代社会发展与人的解放和文化自觉［J］．求索，2001（3）．

程代熙．人性问题［J］．文艺理论与研究，1983（3）．

程光炜．"人道主义"讨论——一个未完的文学预案［J］．南方文坛，2005（5）．

丁帆．新世纪文学中价值立场的退却与乱象的形成［J］．当代作家评论，2010（5）．

丁怀超．从新文化运动看当代人文精神重建［J］．安徽史学，1995（3）．

冯天瑜．略论中西人文精神［J］．中国社会科学，1997（1）．

郭金平，顿占民．人文精神的历史定位、理性定位、实践定位［J］．河北学刊，1997（2）．

韩东屏．市场经济与人文精神之命运［J］．天津社会科学，1997（1）．

贺萍，高娜．当代中国人文精神缺失探析［J］．长白学刊，2007（2）．

蒋述卓，李自红．新人文精神与二十一世纪文学艺术的价值取向［J］．文学评论，2001（4）．

寇东亮，马举魁．当代中国人文精神的建构：理论前提与实践路径［J］．延安大学学报（社会科学版），2000（3）．

何西来．人的重新发现——论新时期的文学潮流［J］．红岩，1980（3）．

李劼．文学是人学新论［J］．艺术广角，1987（1）．

刘再复．论文学的主体性［J］．文学评论，1985（6）．

刘再复．文学研究应以人为思维中心［N］．文汇报，1985－07－08．

刘良海．人文精神的文化主题［J］．东岳论丛，1997（5）．

刘京希. "人文精神与现代化"学术研究讨论会综述[J]. 文史哲, 2001 (4).

李维武. 中国近代人文精神失落成因探析[J]. 理论月刊, 1995 (4).

李宗桂. 民族文化素质与人文精神重建[J]. 哲学研究, 1997 (10).

陆贵山. 文艺的人文精神和文艺的历史精神[J]. 黄河科技大学学报, 2001 (3).

钱谷融. "文学是人学"一文的自我批判提纲[J]. 文艺研究, 1980 (3).

钱中文. 文学艺术价值、精神的重建[J]. 文学评论, 1995 (5).

钱中文. 新理性精神与文学理论[J]. 东南学术, 2002 (2).

钱中文. 新理性精神和交往对话主义[J]. 学术月刊, 2003 (4).

汝信. 人道主义就是修正主义吗?[N]. 人民日报, 1983-08-15.

舒也. 人文重建：可能及如何可能[J]. 文学评论, 2001 (3).

童庆炳. 对话：在人文关怀与历史理性之间[J]. 南方文坛, 2010 (3).

王宁. 后人文主义与文学理论的未来[J]. 文艺争鸣, 2013 (9).

王彬彬. 我们需要怎样的人文精神[J]. 读书, 1994 (6).

王一川. 从启蒙到沟通——90年代审美文化与人文精神转化论纲[J]. 文艺争鸣, 1994 (5).

吴炫, 王干. 我们需要怎样的人文精神[J]. 读书, 1994 (6).

俞红. 有关"人文精神"的一场讨论[J]. 哲学动态, 1995 (8).

余英时. 中国人文研究的再出发[J]. 粤海风, 2006 (3).

朱光潜. 关于人性、人道主义、人情味和共同美感[J]. 文艺研究, 1979 (3).

朱立元. 略论人、人性和以人为本[J]. 东方丛刊, 2006 (4).

朱立元. 试析"新理性精神"文论的内在结构[J]. 学术月刊, 2003 (4).

张汝伦. 人文精神：十五年以后的反思[J]. 文化纵横, 2009 (4).